チャタレイ革命

エロスを虐殺した20世紀

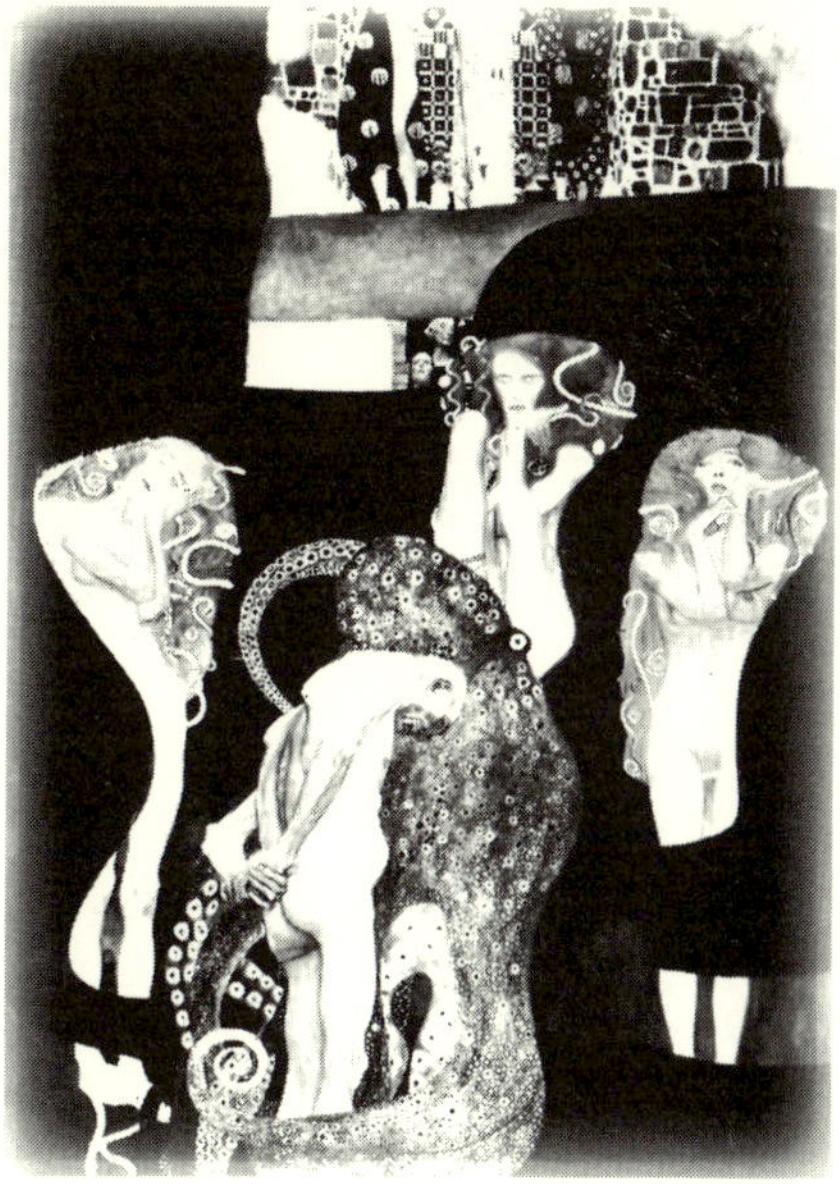

梅本浩志
Hiroshi Umemoto

社会評論社

扉画／グスタフ・クリムト『法学』1903年

まえがき

二〇世紀とは、つまり何であったのか。昏冥の時代として暮れようとしている二〇世紀末にあたり、そんな重い問いかけが、ジャーナリズムに永年関わってきた私の脳裡に去来する。日々の現実が、そのことへの思考を停止することを許さないのである。

国家財政が破綻しようと、景気が悪くなろうと、そのようなことはどうでもよい。どうでもよいというより二次的、三次的なことにすぎない。子供が子供を、まるで人形の首をむしり取るように切り取って、平然としている。教師が、遅刻してはペナルティを受けるからと駆け込んでくる女子生徒を眼にしながら、決められたゲート閉鎖の時間だからと鋼鉄製の校門ゲートを機械的に閉め、頭蓋を粉砕する。カネさえ儲かればと幼児をポルノ商品としたり、歪んだ性欲を満たすために売春婦にさせられた中学生や高校生を小金を持った男どもが相手にさせる。病院の小児精神神経科待合室をのぞいて見たまえ。苦痛にうめき、廃人にされた子供たちの痛ましい姿を正視することができる人間は何人いるだろうか。

二〇世紀は、その初めの日から終わりの今日まで、人間にとって重みと意味があるように変わってきたのであろうか。自分の能力を開花させ、生を充実させ、生きがいを実感でき、社会の主人公として活動できる、そんな日々をおくれるように少しでもなったのだろうか。どうも逆のような気がする。

戦争、内乱、軍事クーデタ、ジェノサイド、国家テロリズム、地雷禍、無差別テロ、粛清、全体主義、抑圧、秘密警察、ワパンカ（人間狩り）、ゲットー、強制絶滅収容所、恐慌、生体解剖、飢餓、性奴隷、強制労働、冤罪、思想犯抹殺、神風特攻隊、集団自決、無差別空爆、原子爆弾、劣化ウラン弾、毒ガス、暗殺、謀略、民族浄化、疑獄、教育崩壊、環境破壊、公害殺人、薬害禍、レイプ、少年犯罪悪質化、幼児虐待、エイズ、若年者失業、貧困、原発事故、日常的交通事故死、過労死、保険金殺人、身障者差別、先住民虐待、単身赴任、不当労働行為、リストラ、サービス残業、労働災害、インフレ、医療過誤、社会的差別、弱者切り捨て……、二〇世紀はあまりにもおどろおどろしく、無惨に人間を圧し潰してきた。

世界は人間の手に届かない彼方へ押しやられた。人間は人間を〈物〉としか見られなくなり、心まで無機物質と化してしまった。なにもかも、すべてが商品となった。一九世紀末に、パリ・コミューンという姿で、曙光を見せ、希望を与えたかに見えた時代も、二〇世紀に入るや、どこかへ消え去ってしまった。世界は人間を圧殺する機械装置になった。人間もそうした状況に無感覚に慣らされ、崩壊してしまった。人間は精神の内奥にまでローラーをかけられ、破壊されてしまった。「人間崩壊」の時代になったのである。

非人間的な現実とは逆に、美辞麗句を並べたデマゴギーが溢れたのもこの世紀であった。自由、民主主義、解放、社会主義、独立、人権擁護、豊かさ、差別撤廃、法の前の平等、平和、環境保護……、選挙公報を見るまでもなく、マスコミを通して日常的に、こうした言葉を目にし、耳にしない日はない。

人間崩壊の現実とデマゴギーの氾濫の二〇世紀ではあったが、そうした一世紀を通して確実に言えることは、権力と官僚制の止まることなき肥大化である。中央の一点に集中した権力は、権力の忠実な僕となり、そうなることによってささやかな甘い汁を吸える寄生虫の存在としての官僚を大量生産し、人間を支配するようになった。資本主義、社会主義、民主主義などと様々な呼び方はあるが、政党、行政、司法、労組、企業、団体等のあらゆる組織・機構にあまねく根を張っているのは官僚制システムである。作動し支配しているのは官僚制メカニズムである。特に日本はその様が顕著である。強大で磐石なシステムとなった官僚制の前に人間は全く無力となった。それが二〇世紀だった。

そう考えていた日々のある日のこと、ふと一冊の本をじっくり読んでみたいと思った。D・H・ロレンスの『チャタレイ夫人の恋人』である。かねてから状況の芸術に強く魅かれる私に、この作品は一度、精読し、分析し、自分の考えを整理するようすがとできれば、と思ったのである。ほぼ二〇世紀の初めに、この偉大な作家が自らの死を前にして、残り少ない時間を使って懸命に書いたこの作品をぜひ読んでみたい、読まなければならない、と思ったのである。そこには必ず何かが秘められているはずである。ボルシェヴィキ革命進行のまっただ中で、スターリン主義が確立しようとしていたこの時期、世に言われ、出版社もそのように宣伝しているような「性愛文学」を、ロレンスが単純に書いたとは考えられなかった。何かがある。

この作品は、欧米先進国では全くそうでなくなったが、日本では未だに、法的には禁書の部類に入っている。最高裁の「チャタレイ裁判」有罪判決は未だに規範として生きている。なぜか。

私は、精読した後、手で考えてみることにした。手で考えるとは、考えを書き記すことによって思考の軌跡を確かなものとし、確かな跡を踏まえて思考を発展させる、そうした作業をスパイラルに繰り返す知的営みである。

まず日頃から強く感じ、思わされてきた日本の裁判のおかしさを、この作品の国家権力による検閲削除の具体事例を検証することから、手で考える作業を開始した。当然エロチシズムそのものに踏みいる。エロチシズムの根源をなす「エロス」の哲学に遡る。参考文献を繙かなくても、ロレンス自身がこの作品の中で開示している。それをたどりさえすればよい。本書の序章と第一章がその内容だ。

いやしくも文明国、先進国を任ずる国にあっては、『チャタレイ夫人の恋人』を検閲削除することは、文明的にも法的にも認められないのが、世界の通例である。ところが日本においてはいまなお、チャタレイ判決を違法とした最高裁判決は生きていて、規範になっている。検閲削除事例を具体的に検証すればするほど最高裁判決のおかしさは歴然としているのだが、どうしてか日本の司法権力はかたくなに自らの誤りを率直に認めて、無罪とはしない。傲慢でさえある。そのため、今日なお訳者の作家・伊藤整は刑事犯罪人である。なぜか。

私の眼は、日本の裁判制度のあり方と体質に向かう。裁判所もまた官僚主義の牙城となり、裁判官も官僚になり果てた。いや、正確に言えば、日本の裁判官は生来官僚であり、官僚であり続けてきた。戦後、新憲法体制に移行したにもかかわらず官僚的体質と官僚主義は日を追うごとに強まって今日に至っているのである。欧米諸国のように陪審制度がないことも、裁判システムの官僚主義化を食い止め、是正できない大きな原因になっている。ここにメスを入れない限り、日本は二一世紀になっても文明国の仲間入りはできまい。二〇世紀最後のいま、裁判の在り方をなんとかしなければならない。こうした問題意識から第二章を書き進めた。

「エロス」の哲学は状況の哲学である。私はあえて、状況を図解的に語ることによって、状況に関する私なりの考えを提示してみた。マルクス主義の論理構造に特有なスタイルであると同時に、「逆さマルクス主義」としての近代経済学思想に特有な土台・上部構造論と対比する上で、冒険ではあるがあえてそうしてみたのである。この作業を通して、私の手は面白いことに、ロレンスとマルクスがともに人間の物神崇拝化批判という一点で通底していることを発見した。資本主義は産業革命をシステム化したものと言えるが、そんな資本主義の本性であるとともに致命的欠陥である物神崇拝化現象を二人とも激しく批判し、そこから自分たちの思想を出発させ、発展させていることを、私の手は発見する。第三章の内容である。

そこまでたどり着ければ、なぜロレンスが一見不自然で、小説作法からすれば問題と言うべき生硬なボルシェヴィズム批判を、この作品の中で展開しているのか、読みとれる。執筆当時においてはまだ不透明だったロシア革命の国家資本主義への退行を、ロレンスが予見していたことをうかがわせる革命批判を行っていたことを、私の手は見つけだす。スターリン主義化していったボルシェヴィキによって、性革命と自主管理という切り離すことのできない社会革命を権威主義的に抑圧し、権力主義的に弾圧し、遂に革命が反動化させられたことを発見するのである。ロシア革命が決して暴力的に反革命によって崩壊させられたのではなく、社会革命の圧殺と官僚主義化という内在律によって、ロシア革命はベルリンの壁崩壊で息絶えたのである。このことは政治権力奪取を先行させるべきだとする二〇世紀の、マルクス・レーニン主義型革命論の破産を証明することにもなった。第四章と第五章の内容である。

ロレンス思想の究極には「優しさ」という濃縮し、凝縮した思想の核質があった。そのことは、この作品の題名を当初、『優しさ』としたいと作者が考えていたということでもうかがわれるが、ロレンスにとって「エロス」とはつまり「優しさ」だったのである。暴力的で、打算的で、凄惨だった二〇世紀を振り返るとき、ロレンスがなぜ「優しさ」を強調したかったのか、分かる気がする。最近、若者に「好きな言葉は」とアンケートすると、「優しさ」と答える者が多いという。ロレンスはしっかりと、現代人に根づいているのである。そして息づいているのである。

チャタレイ革命——エロスを虐殺した20世紀＊目　次

第二章　裸の神の最高裁　78

第三章　物が神となった時代　104

序章　エロチシズムの殺害者

◇プリンセス・ダイアナ

もう何年前のことになろうか。英国のダイアナさん（ダイアナ皇太子妃）が、夫君のチャールズ皇太子とともに来日されたことがある。大変な歓迎ぶりで、警備も厳重をきわめた。報道陣も、カメラマンといえども接近が非常に難しい状況にあったが、取材対象にできるだけ接近し、直接見聞することを大切にしていた私は、ダイアナさんのすぐ近くに位置できるよう、働きかけてみた。

幸いにもうまくいって、至近距離に位置することができた。彼女との間の距離はおそらく二メートルぐらいではなかったろうか。先頭で歩くチャールズ皇太子は、大阪弁で言う「ええとこのボンボン」といったところで、微笑を絶やさず、周囲にまんべんなく愛想を振りまいていた。裏をかえせば、眼の焦点は定まらず、誰をしも見ている様子なのだが、誰も見ていない、そんなありさまで、先導する案内人に従って、歩き進むのであった。

ところがダイアナさんは、違った。長身の高さから、あたりを見渡すことは見渡すのであったが、その仕草のすぐ後で、改めて周囲の人物を見るのであった。見るというより見つめる、といったほうが適切であるかもしれない。その時の彼女の目が、いまだになんとも印象深いのである。

食い入るように、じっと見る。相手一人一人の心の中に食い入るような、入り込むような、なにか必死に訴えようとするような、燃えるような、それでいて寂しげな、孤愁に満ちた目であった。あの目だけは、忘れようとしても忘れられない目である。あの目に見据えられた男性で、彼女の魅力から逃れられるものはまずいないのではなかろうか。

その時私の脳裡にふと浮かんだのは、チャタレイ夫人だった。プリンセス・ダイアナはレディ・チャタレイではないか、理屈もなにもなく、直感的にそう思った。その直感が実に正しいことが、その後、次々と裏付けられた。愛を求め、恋を遍歴したこと、エイズ患者の手を握りしめたこと、地雷原を歩いたこと、離婚したこと、そしてパリのオートルート（環状自動車専用道路）で悲惨な最期を遂げたこと……

プリンセス・ダイアナは現代の実在のチャタレイ夫人だった。今回、この素晴らしい作品『チャタレイ夫人の恋人』を精読してみて、改めて、そしてつくづくと、そう思った。ただ一つ違った点がある。それは、チャタレイ夫人が事実上の離婚にまで踏み切り、その限りでは社会と対立しなければならなかったものの、そこまでの限界の中に自らを留めおいたのに反して、ダイアナさんはゴシップ・マスコミや社会的差別主義者や地雷戦争加担者あるいは英国諜報機関などに対して、公然と真っ向から闘った、ということである。

忍耐の限りをつくし、相手の誠意に期待したが、その相手がそんな彼女を裏切り、不誠実な対応しか見せないとき、プリンセス・ダイアナは、全存在をかけて、不誠実で非人間的な相手に対して敢然と闘った。彼女の知性と人間性が許さなかったのである。心の渇きがそんな彼女を行動へと駆り立てた。私がダイアナさんを評価し、好きであるのも自然なことである。そんなダイアナさんのルーツを『チャタレイ夫人の恋人』に見ることができる。おそらく彼女はこの名作を熟読し、強く影響されていたように思える。

プリンセス・ダイアナは一九九七年、バカンスを終えてパリに立ち寄ったとき、不慮の交通事故で命を落とした。既に離婚していて、プリンセスとは公式に呼ぶことのできない英国人は彼女を「ピープルズ・プリンセス」(民衆のプリンセス)と呼んだ。彼女の死因についていろいろなことが言われている。運転手の飲酒運転あるいは薬物服用、スピードの出しすぎ、パパラッチと呼ばれるセンセーショナリズム・メディアのカメラマンたちの執拗な追跡、英国諜報機関の謀略等々である。フランス警察は事件一年後に運転手の飲酒運転とスピードの出しすぎによるものとの報告を発表した。

しかしプリンセス・ダイアナの形式的死因はさほど問題ではない。彼女がチャールズ皇太子と結婚してから死に至るまでのプロセスを振り返ってみるとき、ダイアナさんは彼女を取り巻く状況に殺されたのであって、そのことが重要なのである。パパラッチの執拗な追いかけ一つ取ってみても、利益追求を至上命題とする世界のメディアのニーズに応えて、自らの収入を増やし、その腕を評価してもらわんがためにパパラッチたちが追いかけ回したにすぎないのである。その責任はなによりもダイアナさんを自分たちの利益追求の対象や材料としてしか見なかった世界のメディア資本にあり、同時に彼女を自分たちの好奇心の対象として、彼女をめぐる情報を貪り漁った大衆にあったのである。

ダイアナさんの人生遍歴は、政治家や高級官僚あるいは支配的上流階級のスキャンダルとは異なり、苦悩と人間味に満ちたものであった。だからそうした彼女の日常的営為は、私生活としてそっと見守る程度に留めるべきものだったのであり、それを政治家たちのスキャンダルと同列に扱うふりをして、実は自分たちの利益を追求していたメディアはなんと卑怯であったことだろうか。世界のどの大統領も首相も地雷原を歩いたり、エイズ患者と握手したことなどないのではないか。だがピープルズ・プリンセス・ダイアナはそうした。ダイアナさんをスキャンダラスな眼でしか見ることができない者は、エロチシズムに浸された芸術作品をポルノグラフィークな商品としか見られない俗物であり、愚者なのである。

彼女は〈物〉と化した社会から殺されたのである。利益追求を第一義とする社会の状況総体から殺されたのである。本質的に社会に反逆したからこそ、殺されたのである。そうした反逆者の運命は悲劇的なものであることは、歴史が証明している。特に時代に先駆けて、孤独に闘う者、少数で抵抗する者はそうだった。『チャタレイ夫人の恋人』の中において、作者のデイヴィッド・ハーバート・ロレンスはそのことを指摘している。

特に性にまつわる前衛的な冒険に対しては、社会は、支配階級であれ被支配階級であれ、冒険者をスキャンダルの汚泥に埋めて殺害してしまう。そうした先駆者を社会は「アウトダフェ」（異端者の火あぶり）にかけるだろう、と主人公の一人のメラーズに言わせている。フロイト左派で精神分析の立場からスターリン主義を激しく批判したウィルヘルム・ライヒも同様のことを指摘している。そうした意味でも、プリンセス・ダイアナの悲劇は資本主義的状況を象徴するものとして興味深いものがあり、そんなプリンセス・ダイアナの悲劇の本質をおよそ七〇年前に描いた『チャタレイ夫人の恋人』には、興味尽きないものを覚えるのである。

◇『エマニュエル』の衝撃

初めてパリの地を踏んだのは一九七四年のことである。この旅行は私にとって、その後の海外ルポ取材の下地を作ったという意味で、重要な、記念すべきものであったが、いま一つ、私の芸術作品を見、批評する視野を広めた点でも重要なものであった。芸術の最高の様式（スチール）の一つが状況の芸術であるということを、旅先で見た映画や絵画で再確認させられたからである。

学生時代、卒業論文に選んだテーマと素材が実存主義作家とされるアルベール・カミュの思想と作品だったから、状況の芸術について全く知らなかったわけではない。実存主義文学の得意とする状況の芸術は、作者の視点を神の眼にではなく、一人の孤独で断絶した存在の眼に置き、だからこそ限りなく人間的なものを求め、閉鎖された自己の壁を打ち破り、類的な存在としての人間を求める、そんな人間の眼で見て、描く。

だから絶対者でしか描き得ないはずの客観的な描写は成立しないとの立場に立ち、複数者の心理に同時に、等しく入り込むことは、芸術的に成り立たないとする考えを採る。ただ状況を主体との関わりにおいて克明に描く。視点と視座は常に主体の側に固定される。神でない人間は同時に複数者の心理に踏み込むことなどあり得ず、俯瞰的な描写など不可能であり、視点と視座が移動するなどということはあり得ないのである。そうした実存主義的様式が行き着いたものの一つが、アラン・ロブグリエやナタリ・サロートたちの試みたアンチロマンだ、と私は考えている。

さてそうした状況の芸術も、文学作品や評論を通してどちらかというと概念的に捉えていた私に、視覚と聴覚を通して具体的に提示し、迫ったのがほかならぬ映画『エマニュエル』（邦題名・『エマニュエル夫人』）であった。激しい衝撃を与え、感動を呼び起こした。いまなお、その時の衝撃と感動とを私はよく覚えている。なぜなのだろう。性を核とする状況の描写に終始するこの作品が、なぜ心を揺り動かす感動を呼び起こすのか。永い間、私にはよく分からなかった。

しかし、今回、『チャタレイ夫人の恋人』のノン・カット版を精読してみて、分かった。『エマニュエル』は『チャタレイ夫人の恋人』の本質を美的に映像化した作品だったのである。身分、階級、既成の通念や倫理観念、経済力、暴力、驕り、偽善といったいわば自己疎外され、物神崇拝の虜となった現代人の、疎外されているが故の無意識の不幸、孤独、心理的しがらみを、性によって破壊し、孤独と偽善と傲慢の殻から救い出し、本来の人間に立ち戻らせ、自らをルネサンス（再生）する。そのことの必要性を訴えていたロレンスの思想を、『エマニュエル』は見事に受け継ぎ、映像化していたのである。この作品によってエロチシズムは状況の芸術を表現する、最も根元的な感性的理念として、大衆的にも確立したといえよう。

七四年当時、フランスでは『エマニュエル』の話題で持ちきりであった。それはそうした芸術的、哲学的な視点から、高く評価されたり、批判されたりしての関心の高さの現れだった。だからシャンゼリゼの大通りの一流封切館で堂々と上映され、身なりのきちんとした人々が、ほとんどどカップルで見に来ていた。

ところがこうした素晴らしい作品も、日本においてはポルノ作品扱いで、検閲により切り取られ、ニュアージュ（ぼかし、元の意味は雲）がかけられ、原作とはまるで似て非なるものにされてしまった。原作では非常に美しく、人の心を動かすものであったのに、日本で公開された『エマニュエル夫人』は、醜く、哀れで、言葉本来の意味で猥褻なものに変えられてしまった。これもチャタレイ裁判判決のなせるワザなのである。判決が猥褻であるとき、作品もまた猥褻に贋造されるのである。

これはなにも映画や文学作品だけについて言えるのではなく、様々な分野でも言えるのだ。例えば日本人にも欧米諸国並の一ヵ月間のバカンスを基本的人権として認めるべきだとの訴訟を起こし、懲戒解雇されてまでして闘った私のかつての同僚記者とその裁判闘争を連帯して支えた時事通信労働者委員会に対する東京地裁から最高裁に至るまでの裁判所の不当判決など、猥褻で卑猥このうえないものなのであるが、被告の時事通信社では、その判決を大歓迎するコメントを出したのだから、この報道機関を名乗る会社も随分、猥褻な会社である。

エロチシズムの追求もバカンス権の追求も、人間に生きていることの幸せを実感させるという点で共通している、基本的人権に属する幸福追求権の問題でもあるのである。他者によほどの害を加える場合にならいざしらず、幸福追求権は権利を享受する本人が自らの人生を豊かなものにし、生きることの充実感（ジョワ・ド・ヴィーヴル）を感じさせるものであり、市民社会においては不可欠な人間的権利なのである。それを権力者や官僚が自分の思いこみと時代遅れな感覚で、許さないのは、そのことだけで猥褻で、卑猥なのである。エロチシズムを楽しみ、バカンスで生活を豊かなものにしたからといって、他人に危害を加えるものではないのである。

同時に、エロス追求権もバカンス権も、個人が社会の基本であり、その個人は最も価値ある存在として尊重されなければならないものであることは、市民社会の常識である。さらに、そうした近代市民社会は法人ではなく、市民たる自然人が主人公として自らの生きざまと社会の在りようを決定する至高の権利を持って自由な意思で形成するアソシエーションでなければならないはずだが、そうした至高の存在の前に、人間が幸福に生きるための根元的な権利を妨げ、抑圧しようとする存在物、例えば国家、資本、企業、官僚、権威といった存在物は排除されるべきであり、人間的に再構築された社会に取ってかわられるべきものなのである。

その意味で、エロス追求権とバカンス権は、人間が再び社会の主人公になるための社会革命を遂行する上で重要な役割を果たすものでもある。資本・企業・官僚を三位一体とする法人資本主義国・日本の裁判所はそうした人間復権の市民たちの運動を許すことができないのである。

本来、猥褻（わいせつ）とか卑猥といった概念は、なによりも受け取る側の主観によって形成されるものであり、日本の裁判官のようにおよそ文学や芸術の素養に欠け、社会的常識がなく、歴史の流れや時代の変化に無知な者にとっては、自分たちがそこで利益を享受している体制が少しでも変えられるような試みや主張、あるいは思想はすべて、自分たちの偏見に満ちた主観で切り捨ててしまう傾向があり、体質となっていると言える。自分たちの価値観に合わないもの、理解できないもの、体制的危険をもたらすかもしれないと感じるものは、すべて本能的に排除する。

傲慢に。「猥褻」とか「卑猥」などという裁判官たちの断罪言葉などその最たるものと言えよう。

◇『恋人たち』の無惨なカット

『エマニュエル』と前後して、状況の芸術としてのエロチシズムを前面に押し出した映画が次々と創られるようになった。『コント・イモロー』、『モデラート・カンタビーレ』、『昼顔』、『O嬢の物語』などが印象深い。いずれも哲学的なテーマを追求していたが、小説『チャタレイ夫人の恋人』を超えるものではなかったように思える。エロチシズムは文学よりも映画のほうが、メディアとして優れているように思え、それだけに衰退しかかっていた世界の映画はこの新たなる分野に意欲を燃やしたものだが、にもかかわらずロレンスに追いつくことができなかったのである。

そうした芸術と哲学の織りなす新しい作品が、世界で次々と生み出されていき、日本にも輸入されてきたのだが、どの作品も日本ではポルノ映画、成人向け指定映画として、大蔵官僚（税関役人）が検閲し、無惨なまでにずたずたにされてしまった。たとえ官僚によって検閲されなくても、こと性やエロチシズムに関する限り、全ての映画は、映倫（映画倫理規定管理委員会）によって自己検閲し、映画界は自己規制して、権力の手による検閲と同じように見るに耐えない作品にされてしまったのである。

一つの体験がある。フランス・ヌヴェル・ヴァーグの先駆的な作品とも言える、ルイ・マル監督の『恋人たち』を見たときの苦い体験だ。ジョルジュ・サドゥールが「ネオ・ロマンチスム的」

と評した作品で、確か『死刑台のエレベーター』でデビューして間もないジャンヌ・モローが主演していた記憶がある。一九五八年の制作で、いまや古典的な作品なのだが、エロチシズムを描いた作品では、いまでもこの映画を抜き出ているものはないのではなかろうか。それほど素晴らしい映像作品だった。

この作品にはそれまでだれも試みていなかった、全く新しい手法が取り入れられていた。一〇分以上ものロング・カット・シーンである。それまでの手法では、ワン・カットがせいぜい数分間だった。それをルイ・マルは一〇分以上もデクパージュ（カット）しなかったのである。当然、公開以前から世界的な話題になっていた。そのロング・カット・シーンをマルは、エロチシズムの高揚した舞台で使った。ブラームスの弦楽六重奏曲第一番第二楽章が静かに、しかし激しく奏でられる中で、場面が展開してゆく。

宮殿風のシャトーから、二人の恋人がクリスタルグラスを手に、庭園に出る。月光が妖しく照らし出す。大理石のテラスから、透き通るような、純白のイヴニング・ドレスを着た女と、そして男。そっとふれあうグラスの微かな、しかしどこまでも夜の奥に響き伝わっていく、冴え渡る音。静かに愛は営みに移っていく。

だが日本で公開された映像は、ここまでしかない。税関がそれ以降のシーンは猥褻にあたるとしてカットしたのである。それからずっと私は、このカット・シーンが気になって仕方がなかった。時事通信に入社した当時、私は映画評論も手がけ、先輩記者でもあった小川徹が編集する『映画芸術』に幾度か書いたこともあり、映画に関してはかなり深い知識と関心を持っていた。

それだけになんとかこのカット・シーンを見ることができないものか、と思い続けていた。

その機会が、全くの偶然に、訪れることになった。経済部に配属されて、財政研究会（大蔵省記者クラブ）に所属して間もなく、東京税関を見学する機会があり、行ってみると、輸入フィルムで税関が検閲し、押収したり、カットしたりした問題シーンだけを特別に編集したフィルムを上映するという。税関試写室で見たそのフィルムの中に、『恋人たち』のカットされたロング・カット・シーンがあったのである。

私は七、八年前に見た、まだ鮮明に記憶していた部分と継ぎ合わせてみた。そうすることによって初めて私はこの映画の素晴らしさが理解できた。カットされたシーンは、この作品の心臓そのものであった。その芸術作品の心臓を、大蔵官僚たちは猥褻図画（わいせつとが）だとして、くり抜いてしまったのである。許すことのできない権力の犯罪行為であった。

このロング・カット・シーンは、『チャタレイ夫人の恋人』で無惨にも検閲削除された、長文のエロチシズム描写個所に匹敵できるものだった。『チャタレイ夫人の恋人』では長文の削除個所が一一個所もある。いずれも作品において重要な位置を占め、意味を持つ叙述部分である。その中でも、酷いものは文庫本にして一四ページ、四〇〇字詰め原稿用紙にして約二四枚もごっそり削除している部分があるのである。伊藤礼氏は検閲削除の分量について「その箇所は十箇所あまりで、頁数にして七、八十頁はあっただろう」（『改訂版へのあとがき』）と書いている。とにかく信じられないぐらいの分量と酷さである。

『恋人たち』は大蔵官僚の手で、『チャタレイ夫人の恋人』は司法官僚の手で、いずれも無惨に検閲削除された。他の作品も同様で、特に映像作品では、削除されるまでには至らないまでも、ニュアージュがかけられるなどして、原作を台無しにしてしまっている。作品の一番肝心なテーマが、かくして伝わらず、誤った印象さえ与えてしまっている。芸術とか文化以前の問題である。日本国憲法では検閲をしてはならないことになっているが、最高裁からして憲法を守ろうとせず、恣意的に、そして傲慢に「判断」しているのである。後に大島渚監督の『愛のコリーダ』の原作が猥褻罪に問われて発禁処分とされ、裁判となったとき、私がささやかながら大島監督を応援したのは、『恋人たち』削除に対する、この時の激しい怒りがあったからでもある。

第一章　検証・チャタレイ判決

◇検閲削除事例

まずなにはともあれ、警察官僚によりそこの描写個所が故に発禁弾圧処分とされ、裁判官という名の司法官僚の手によって検閲削除を追認され、そうした文明社会では笑止千万な野蛮行為を、知性を最も要求される権威的な存在であるはずの権力機構の最高裁によって是とするお墨付きが与えられた、事例の幾つかをまず列挙してみよう。もちろんその中には、長文にわたる部分があり、本来なら当該個所を全文、示して読者の判断に委ねるべきだが、その削除文の量があまりにも多く、とてもそうすることは不可能である。可能なものについては当該個所を全文書き出してはみたが、そうできたのはごくわずかで、以下に書き出す検閲削除文のほとんどは必要最小限の所だけしか抽出していない。事例のほとんどが最低限必要な個所だけに留まり、また端折っていて略さなければならないのはそのためである。

◎事例1

〈恋人としての彼は妙にもの静かな男だった。女性に対しては大変優しく、自分のからだの震えを抑えることができなかった。それでいて、彼はまた、自分を離れた警戒心を持っていて、部屋の外のあらゆる物音に気を配っていた。

　コニーの方は自分を彼に与えたということのほか、何も気になるものはなかった。そして彼の方も、やがて震えがやみ、すっかり静かになった。そして彼女はその時、自分の胸の上に乗っている彼の頭を、ぼんやりした憐れみの気持ちで撫でていた。〉
◎事例2
〈彼はその夜は、妙に、小さな少年のように興奮し、小さな、か弱い少年のような裸体を、これまでになく興奮させていた。コニーは彼が悦びを為し終える前に自分が悦びに達することができないのはわかっていた。それでいて彼の少年じみた裸体とか弱さは、彼女の飢えた情熱を目覚めさせた。彼が終わった後、彼女は激しく乱れ、腰をもちあげて、続けなければならなかった。彼女が小さな不思議な叫び声を出して悦びに達するまで、彼の方は、意志の力で役割をつとめ、無理に緊張を持続し、彼女の中で萎縮せぬようにしていた。

　やっと彼女から離れた時、彼は厳しく、ほとんど嘲るように、小声で言った。

「あなたは男と同時にいくことができないんですね。無理に自分のを終わらせようとしているんですね。自分も最後までやりたいんですね」

　このとき言われたその言葉に、彼女は生涯忘れられないショックをうけた。と言うのは、受け身になって相手にまかせるというのが、あきらかに彼の唯一の交わり方であったからだ。

「あなたの仰言る意味は？」と彼女が言った。

「僕の言うことはわかる筈です。僕が終わってからも、あなたはいつまでも続けています。……

僕は歯を食いしばって、あなたが自分で終わりにするまで持ちこたえていなければならない」

　彼女はこの思いがけぬ残忍な言葉を聞いて茫然とした。

「でも、あなたは私に満足させたいとお思いになっているのではありませんの?」と彼女は繰りかえした。

（略）

「それでいいんです。私はそうしてほしいんです。しかし女が終わりになるまで持ちこたえるのが男にとって何か面白いことでもあるという考えはどうも……」

　この言葉は、決定的な打撃だった。この言葉は彼女の中の何かを殺してしまった。

（略）

コニーが彼に対して持っていた性の感情、男性というものに対しての性の感情は、その夜崩壊してしまった。彼という人間が存在したことがなかったように、彼女の生活はすっかり彼から離れてしまった。

　そして彼女は物憂く日を過ごした。クリフォードが統合的な生活と言う、あの空しい繰りかえしの他に何もなかった。二人の人間がたがいに同じ家に住み、生活し続けるということしかなかった。

　虚無!生の大きな虚無を認容することが生きる目的に見えてきた。ありとあらゆる忙しげな、重要そうなつまらぬ物事が全部集まって、最終的なこの虚無を作っているのだった!〉

◎事例3

〈彼女は一種の眠り、一種の夢の中に身じろぎもせず横たわっていた。すると彼の手が静かに、彼女の服の中を、不器用に間違えたりしてさぐってくるのを感じて、彼女はふるえた。しかしその手はまた、その場所場所で彼女の服を取りのけることを知っていた。彼は薄い絹の下着を、細心にゆっくりと下げていって彼女の脚から脱がせた。それから彼は強烈な悦びに身震いしながら、あたたかく柔らかな体に触った。そして彼女の臍に短く接吻した。そして彼はすぐ彼女の中へ入っていった。彼女の柔らかい静かな肉体という、この世の平安の中に入らねばならないのであった。女性の肉体へ入っていくのは、彼にとって純粋な安らぎの瞬間であった。

彼女は一種の眠りの中に、ずっと一種の眠りの中に静かに横たわっていた。動きと興奮は彼だけのものであった。彼女にはもう身動きする力もなかった。彼女の体を締めつけている彼のからだの激しい動き、それから精液が彼女の中にそそがれることすら、彼女にとっては一種の眠りの中であった。彼が終わって、静かにあえぎながら彼女の胸の上で休んでいる時、ようやく彼女はその眠りから覚めた。〉

◎事例4

〈「いつか、ゆっくりしたいね」と彼が言った。

彼は注意深く毛布を広げ、一つを彼女の枕になるように畳んだ。それから丸椅子に腰かけて、彼女を引き寄せた。片腕でしっかり彼女を抱き、残った手で彼女の体をさぐった。彼女の服の様子がわかった時、彼の吸う息が、ふと止まったことに彼女は気がついた。薄いペチコートの下に彼女は何も身につけていなかったのだ。

「触るととてもいい気持ちになるんだ」と彼は言った。

彼の指は、彼女の腰と尻の、デリケートな暖かい秘密の肌を愛撫していた。彼はかがんで、自分の頬を彼女の腹に、また彼女の腿に擦りつけた。すると、またしても彼女はそれが彼にどんな悦びを与えているのだろうと考えた。彼女の生きている秘密の肉体に触れることによって、彼が彼女に見いだしている美、ほとんど美の陶酔と言うべきものが、彼女にはわからなかった。何故なら情熱のみがそれを感知するからだ。そして情熱が死んでいるとき、あるいは留守になっているときには、壮麗な美の鼓動は感受できないし、またそれは少し卑しむべきものになるからだ。この暖かい、生き生きとした接触によって感ずる美は、見て感ずる美よりもはるかに深いものなのだ。彼女は、彼の頬が自分の腿や腹や尻を滑るのを、また彼の口髭や柔らかい豊かな髪がぴったりと肌を撫でてゆくのを感じ、やがて膝をふるわせ始めた。自分のずっと深い所で、新しい戦慄が、新しいむき出しなものがうごめき出すのを感じた。そして半ば怖ろしくなった。そして彼がそんなふうに愛撫してくれないことを、半ば願った。彼女は何となく追いつめられたように感じた。だが彼女は待ちに待っていた。

（略）

「寒い？」と彼はごくごく身近にいる人のように、柔らかな低い声でたずねた。ところが彼女は遠くにひとり取り残されていた。

「いいえ。でも私帰らなければなりませんわ」と彼女は優しく言った。

（略）

「いつか、おれの家へ来てくれよ」と彼は暖かい、確信ありげな、安らかな顔で彼女を見下ろして言った。

しかし彼女はぐったり寝たまま、彼の顔をまじまじと見上げながら考えていた。知らない男！知らない男だ！彼女は彼に対して少し腹立たしくさえなっていた。

（略）

「おやすみなさい」と彼女が言った。

「おやすみなさい、奥様」と彼の声が聞こえた。

彼女は立ちどまって、濡れた闇の中を見返した。するとやっと彼の身体の輪郭がわかった。

「なぜそんなふうに言うの？」と彼女が言った。

「なるほど」と彼は答えた。「じゃ、おやすみ。走って！」

彼女は触ることもできそうな灰色がかった夜の闇の中へ飛び込んで行った。横手の扉が開いているのがわかった。そこから、誰にも見られずに自分の部屋へすべり込んだ。扉を閉めた時、食事の鐘が鳴った。しかし彼女はともかく入浴したいと思った――どうしても入浴したかった。

「でもこれ以上は遅れないようにしなくては」と彼女はひとりごとを言った。「面倒なことになる」〉

◇〈物〉と化した男たち

以上挙げた四つの事例は、この作品を司法官僚が検閲削除した、そして最高裁がお墨付きを与え、今日なお法的にはこの種表現は許されないとする違法文書の中の、大きな削除例の最初の四例である。順序だって検証してみることとする。

事例1だが、おそらくどの読者もこれがなぜ猥褻だとして削除されなければならなかったのか、そして今日なお違法状態下にあるのか、理解できないだろう。このような表現は今日、いやこの名作の翻訳本が出版された一九五〇年（昭和二五年）当時においてさえ、文学表現の手法としては特に問題とされるようなものではなかったと言える。当時においてさえ、問題とされ、発禁処分に付されるような表現で全くないことは、常識を働かせ、偏見を持たず、自然な文学鑑賞眼さえ持っている人間なら分かったはずである。ところが最高裁は、この部分についても違法と断定し、削除判決を出し、今日なお違法状態なのである。もしこの最高裁判決を守り続けるなら、今日のあらゆる文芸誌、週刊誌、スポーツ紙はおろか文学書、学術書、日刊紙も、猥褻図画の類とされて発行を禁止されるであろう。それほど非常識な判決である。

この削除個所の、作品全体における意味と位置あるいは重要性について考えてみたい。

この個所は、戦争で性的不能になった上流階級の夫クリフォード・チャタレイ卿と同じ階級に属する作家マイクリスとの性交渉を描いた場面である。別にどうということはない文章に見えるが、この作品全体の中でかなり重要な比重を占め、以後の展開の伏線になる部分である。

マイクリスという男は「妙に静か」で「女性に対しては大変優しい」紳士なのだが、同時に性行為の最中でさえ「部屋の外のあらゆる物音に気を配っていた」周囲順応タイプの人間である。

性の営みという二人だけの世界に、それ以外の俗世間への気配りや警戒心といった二人以外の世界の要素を持ち込んでいる。二人だけの、その場においては全てであるエロスの世界は、このような状況下では成り立たない。男は自分の殻から決して抜け出ようとしない〈物〉でしかなく、だから彼女にとって行為の終わった相手は「自分の上に乗っている彼の頭」にすぎず、共に性と愛の世界を構築する人間ではない。構築できないのである。エロスの世界は人間にだけ許されたもので、物には許されていないからである。

こうしてささやかに、しかし切なく、生きていることの悦び（ジョワ・ド・ヴィーヴル）を味わいたいと願ったコニー（コンスタンス・チャタレイ夫人）に残ったのは「ぼんやりした憐れみ」という軽蔑感と絶望であった。この削除部分の直前の文章にある「限りない思慕の念」はすっかり失われてしまう。

コニーはこの体験から夫との愛が成り立たないのは、肉体的な性的不能という欠陥が真の理由でも原因でもなく、〈物〉と化した人間にあるのだということを知らされる。そして、〈物〉に変えられてしまい、そのことに気がつかない人間は、この物質世界で〈物〉が価値そのものだと思い込み、その価値観を他者に押し付け、〈物〉によって人間世界や自然環境を支配する体制の側に位置し、そこから利益を得ている階級・身分の人間であることを、マイクリスとの最初の交渉で知ってしまうのである。〈物〉とは、単なる物だけではなく、物と化した人間の集合し、構成する階級もそうなのであった。この冷厳な事実を夫と同じ階級に属するマイクリスとの性の営みを通して彼女は知らされたのである。この削除部分はそのように作品全体の中で極めて重要な位置と役割を持つのだが、同時に伏線となって次の検閲削除部分へと繋がっていく。事例2である。

◇文学を殺した最高裁

事例2では、事例1のテーマをさらに深く追求し、コニーが、もはや〈物〉と化してしまっていながら、そのことに気づかず、エゴイスティックな、自分の殻から決して抜け出ようとしない男に絶望し、虚無感に襲われる状況を描き出す。彼女は〈物〉でしかない階級・身分の人間には人間的な愛の世界を構築することができないことを知り、そうした男とは別の世界に住む森の番人・メラーズを愛していくようになるが、このシーンはそうした重要な部分なのであり、同時にボリシェヴィズムとキリスト教的ストイシズムを批判する作者ロレンスの思想表白の核心部分を、文学的叙述手法で具体的に描いている場面である。

夫の友人であるマイクリスとの性行為が終わった後で、彼が発した「その言葉に、彼女は生涯忘れられないショックをうけた。と言うのは、受け身になって相手にまかせるというのが、あきらかに彼の唯一の交り方であったからだ」。女は男の欲望を果たすための一種の道具でしかなく、女が女もまた充足を得るという当然のことを要求することに対して、「歯を食いしばる」などという苦痛を与えるのは許せないと文句を言うのだが、これを聞いた「彼女はこの思いがけぬ残忍な言葉を聞いて茫然とした」。

それでもコニーは、マイクリスの理解しがたいこの言葉について意味をただすため会話を交わすが、結局「この言葉は、決定的な打撃だった。この言葉は彼女の中の何かを殺してしまった」。こうして「コニーが彼に対して持っていた性の感情、男性というものに対しての性の感情は、その夜崩壊してしまった」のである。

マイクリスとの無惨なアヴァンチュールの後の「彼女は物憂く日を過ごした」。夫の「クリフォードが統合的な生活という、あの空しい繰りかえし」という、〈物〉が支配し、〈物〉の秩序の中に組み込まれる、生きながらの死の世界としての日常生活に舞い戻ってしまうのであった。それはまさしく「虚無！」であり、「ありとあらゆる忙しげな、重要そうなつまらぬ物事が全部集まって、最終的なこの虚無を作っているのだった！」。

ここの叙述部分は、ロレンスの体制社会告発・弾劾の書でもある。『チャタレイ夫人の恋人』を検閲削除したり、違法だと判決して恥じることのない司法官僚までも含む体制とその体制の側に存在し、日常生活を営め営む者たちの欺瞞性を告発し、弾劾し、人間を不幸にする状況を抉り出している叙述部分なのである。それを日本の最高裁は「猥褻図画」だとして、削除を命じたのである。

事例3の削除文章は、見事な状況描写の一言につきる。音楽のソナタで言えば、第二楽章のアダージオかアンダンテ・カンタビーレで作られた旋律にあたるだろうか。マイクリスとの性の営みの時の叙述と違う生き生きとしたなにかをほとんどの読者は感じるにちがいない。そのとおりで、「シャツ一枚の森番」との愛の営みをロレンスは才能を振り絞って描いているのだ。長くはない文章だが、その中に行為に入る前から終わった後まで、心理状況も含めて必要にして十分な全ての描写をなし得ているのは驚きである。文学の醍醐味だ。
この全てを描き尽くした文章の中に、読者は作者が性器どころか肉体の部分を表す言葉すらほとんど用いていないことに気づくだろう。性器を象徴したり暗示する言葉も使っていないことにも気づくだろう。具体的な姿態とか声といったリアルな書き方も一切していない。それでいて状況を見事に描いている。見事としか言いようがない。巷の性文学あるいはポルノ小説と称して本屋に並んでいる「作品」と読み比べてみれば、このことがよく理解されよう。ポルノグラフィとエロチシズムとの違いである。こうした描写・叙述のスチール（様式・手法）は、この作品全体に用いられている。

この描写手法はストーリーの展開とともにさらに濃密に発展していくが、訳者の伊藤整はこのスチールを「高い純粋な喜びを描くために使った特殊な方法である」と言い、後に見る事例5においては、「それは『波』として現され、なかごろで『光』にされ、あとでは『流れ』や『渦』にされている」（伊藤整「『チャタレイ夫人の恋人』の性描写の特質」）というように変化していく。そうした文学描写の極めて重要な、導入部にあたる描写部分を最高裁は違法だとして、検閲削除したのである。もはや文学としての生命は、この野蛮な表現抑圧行為によって断たれてしまったと言える。

◇二つの世界

事例4では、階級・身分の異なる人間との性の行為が「壮麗な美」にまで高まり、その「美」

によって自己の人間性が解放されていこうとするが、しかしそれまでの日常性の中に意識が引き戻されそうになるなどして、非人間的な世界と人間的な世界との間を、意識が行きつ戻りつしながら、微妙に揺れ動く様を、エロチシズムに満ちた状況描写によって見事に描いている。

コニーはメラーズとの性の行為を最初から意識し、目的としていたことは「薄いペチコートの下に彼女は何も身につけていなかった」ことで明らかだ。彼女は夫のクリフォードや夫の友人のマイクリスにも絶望して、新たなる自分へ自己解放したいと願いながら、積極的に森番に接近したのである。

森番のメラーズは、コニーに性の営みが素晴らしく人間的なものであることを、行為の始めの段階で、「彼の指」の「愛撫」によって知る。クリフォードもマイクリスも与えてくれなかったものだ。その時彼女は、おそらく初めてのことだろうが、彼が行為するエロスへの過程の動作が「彼にどんな悦びを与えているのだろうと考えた」。

行為やイマジネーションが一方的なものでなく、相手の内面に入り込んで思い、考えるという双方向なものとなったとき、はじめて世界が出現する。それは二人の行為によって構築するものであり、二人とも自分の殻から抜け出ようとしなければ、世界は決して成立しないし、出現しない。同時に、愛する二人は、性の営みを通して、狭く閉じこめられた、孤独な自分の殻から抜け出て、解放されることになる。だからエロスとしての愛は、部分的なものではなく、状況総体のものであり、それは即ち新しい世界なのである。

こうしてコニーは、相手のことを考えてみるのだが、分からなかった。というのも、エロスによる陶酔を感知するのは情熱なのだが、彼女にはその「情熱が死んでいる」か「留守になっている」からだった。それまでの彼女の日常世界は生きながら死んでいる世界だったのであり、死んだ世界では情熱が湧き出るはずがなく、当然想像力は枯渇するからだ。それどころか、情熱が存在せず、「壮麗な美の鼓動」を感受できない、単なる性行為では「少し卑しむべきものになる」のである。

　しかし階級・身分の違う森番によってコニーは、「生き生きとした接触によって感ずる美」を知らされ、「やがて膝を震わせはじめた」。それは「自分のずっと深い所で、新しい戦慄が、新しいむき出しなものがうごめき出す」オルガスムを感じる。がその時、クリフォードやマイクリスたちとの日常世界のことがふと頭を横切る。コニーは「半ば怖ろしくなった」。そして「彼がそんなふうに愛撫してくれないことを、半ば願った」。「彼女は何となく追いつめられたように感じた」。しかし新しい世界を知ってしまったコニーは「待ちに待った」。二つの間を揺れ動き、分裂し、統一した。統一できるときは「内部への彼の進入」のときであり、ついには「最後の達成によって純粋な心の平和を得た」のである。

　ところがそうしてせっかく達した「心の平和」も永くは続かなかった。日常性に引き戻されるからである。行為がまだ終わらないというのにコニーは「自分からこの分離」を望む心理状態になる。まだ〈物〉の世界の側に半分身を置いているコニーには「どうしてもそうなってしまうのだ」った。やがて相手もまた陶酔の最後に至る。「彼女は反発も感じないで横たわっていた」。もしマイクリスならそんな彼女を放っておいて、そそくさと立ち上がるだろう。しかしメラーズは

「静かに横たわっていた」だけではなく、「彼女をしっかりと抱き、彼女のあわれな裸の足を暖めるために、それを自分の脚で包もうとしていた。彼は身を寄せ、疑う余地のない暖かさで彼女の上に横たわっていた」。あまりにもメラーズやマイクリスの「寒い」世界とは違っていた。

◇エロスと日常性

事例4検証の続きである。

メラーズとの「生き生きとした接触によって感ずる美」にまで高まり、深まった愛の行為によって、コニーは階級・身分からの束縛と孤独から瞬時的に解放されたものの、行為が終わるや、元の日常性に立ち戻ってしまう。それほど人間にとって〈物〉と化した日常性は無意識の裡にこびり着き、しがらみとなり、よほどの意識と意志と決意を持たない限り、そこから抜け出すことはできない。そうした無意識の日常性に彼女は再び支配される。

「私、帰らなければなりません」と二度、口にする。二人は互いに隔絶された自分たちの世界に戻る。階級・身分という〈物〉の秩序が深淵となり、二人を引き離す。コニーはいままで愛し合ったはずのメラーズに対して、見知らぬ他人にまでなってしまうのである。「彼女はぐったり寝たまま、彼の顔をまじまじと見上げながら考えていた。知らない男！知らない男だ！彼女は彼に対して少し腹立たしくさえなっていた」。コニーにとってメラーズは元の〈物〉に帰ってしまったのだ。だから「彼の執拗な要求が彼女にはふしぎ」に思え、「まだ二人の間には何事もない」と錯覚し、

「まだ彼が本心を彼女に語ったこともない」と思いこんでしまう。二人の間にはつい今し方まで二人だけの愛の世界を営んでいたし、メラーズが「来てくれよ」と本心を語ったというのに、その事実そのものまで否定してしまい、メラーズが「誰か村の女」にでも話しかけているのではないかとさえ、感じるに至る。コニーは意識が分裂してしまったのである。日常性が分裂させたのである。

ここにまで至れば後はコニーが、日常性の軌道に乗り、急ぐばかりだ。彼が「彼女を引き寄せ、また服の下に手を入れ、濡れた冷たい手で彼女の暖かい体をさぐ」ろうとも、あるいは「もうちょっとここに居てくれればいいんだが」と懇願しようとも、「彼女は離れた」。そんなもはや〈物〉に戻ってしまったコニーに対して、メラーズは〈物〉の秩序である階級・身分の現実世界を彼女に突きつけて、そうした世界に留まる限り二人の人間的な関係はもはや存在しないことを、次の言葉で突き刺す、「おやすみなさい、奥様」。

コニーとメラーズとの人間的な横の関係は、館の令夫人と使用人の森番という縦の上下関係に戻ったことをこの一言でメラーズは明確に突き出したのである。このメラーズの一言は、単なる皮肉でもあてこすりの投げ言葉などでもなく、日常性から抜け出ることのできないコニーの内面世界の現実を鋭く抉りだし、突きつけ、人間的な意識を取り戻させるための、刃の叫びだったのである。

しかしそうした言葉にももはや日常世界に戻ってしまったコニーにはよく理解できず、「これ以上遅れ」てしまえば「面倒なことになる」強迫観念に取り付かれてしまうのだった。そして下層階級の森番との性の交渉も、あれほど悦びを感じていたにもかかわらず、いまや汚らわしいものに思え、「ともかく入浴したい」思いに取り憑かれてしまったのである。

しかし、そうした意識の立ち戻りにもかかわらず、「おやすみなさい、奥様」というメラーズの皮肉たっぷりの言葉に対して、コニーは「なぜそんなふうに言うの?」と、完全に元の日常性には戻りきれない自分を、無意識的に見いだす。夫やその友人たちの世界においては決して味わい得ない世界を知ってしまった以上、完全に元の状態に戻ることは不可能なのである。この微妙な彼女の心の裡の変化が、チャタレイ夫人を根底から変える契機となり、この作品の以後のストーリー運びを決定づける。事例4のこの削除部分は、それほど重要な位置と役割を占めているにもかかわらず、最高裁判決は違法だとして、削除を命じたのである。

事例4の検閲削除部分はまた、文学的のみならず、心理学的・社会学的な面で重要な位置を占めるものであった。『チャタレイ夫人の恋人』と同じく階級を問題とし、テーマとし、舞台とした、およそ一世紀前に書かれたスタンダールの『赤と黒』との脈絡を対比しつつたどれば、そのことが明らかになる。上流階級の女が下の階級の男に意識的に身を委せた後の複雑な心理の曲折に共通するものを両作品は描きながら、ともに恋愛心理を超える作品に仕立て上げているのである。

『赤と黒』の女主人公の一人・マチルドは男主人公のジュリアン・ソレルを自分の部屋に挑発的に誘惑し、密会する。エロスに満ちた一夜をすごした翌日、マチルドの心は変わっていた。「『あたし、行きあたりばったりの人に身を委せたのが口惜しくて』とマチルドは自分自身に対する腹立たしさに涙を流していった」(桑原武夫、生島遼一訳)と、ジュリアンに対して冷淡になり、よそよそしく、敵対的とさえ見える態度にがらりと変わった。

このマチルドの心変わりと相似した場面がこの事例4で描かれているのである。コニーは「薄いペチコートの下に何も身につけていなかった」ほどの主体的な意志を持って森番の小屋を訪れ、積極的にメラーズに身を委せながら、「半ば怖ろしくな」り、遂には「知らない男！知らない男だ！彼女は彼に対して少し腹立たしくさえなっていた」と思うようになる。マチルドの心変わり、心理の移ろいとなんと似ていることだろうか。コニーはマチルドの水脈につながっていると言えよう。

この二人の女主人公の同じような心理的動揺を単なる女性の恋愛心理の特徴だと見ることは浅はかと言うべきだろう。両作品の主題と問題意識からみて、そのようにしか捉えないことは、小説作法からして不自然だし、作品の価値を低下させてしまうからである。恋愛という人間的エロスの世界の場に、敵対的な階級の意識と旧い道徳観念が作用して、非人間的な日常性に引き戻されるところからくる上流階級の女性心理の分裂した内面を描いているのである。

コニーがコンスタンス・チャタレイ夫人であったと同様に、マチルドもまたド・ラ・モール侯爵の令嬢で、二人とも貴族階級に属していた。その二人が相手にした恋人はいずれも下の階級に属していた。ジュリアン・ソレルは百姓の出で、マチルドの父のド・ラ・モール侯爵の秘書をしていた。ただメラーズが、矛盾が激化し物神崇拝の毒が社会全体に回り社会が固定してしまった時代に生息していたのに対して、ジュリアンは隆盛期の資本主義下に生をうけ、平民のナポレオンが最高権力の座に昇り詰め、そして失脚した直後の時代状況下で社会がなお流動化するという幻想を持ち得る状況の中で夢を追うことができた、という違いはあったが。

だが上流階級の女がプロレタリアの男に身を委せてまでの恋に陥ることは絶対に許されないことだった。タブーであり、それを破る者はスキャンダラスな女として社会的にアウトダフェ（異端者の火あぶり）に処せられるのである。この社会的通念は宗教（キリスト教）に裏打ちされて、社会の規範となり、道徳となり、上流階級の女性たちの内面に巣くい、強迫観念となっていた。こうしてマチルドも、それから一世紀後のコニーも、下層階級の男に身を委せた後には激しい悔いに責め苛まれ、遂には「行きあたりばったりの人」だとか、「知らない男！」だと、ののしりに近い言葉を自分自身に吐きつけることによって、人格が分裂するような形で自己を防衛しなければならなくさえなるのである。人格の分裂あるいは精神の分裂は人間の自衛本能に基づくものなのだ、といった趣旨のことをかつて雑談の折に作家のなだいなだ氏から聞いたような気がする。これほどこの事例4の検閲削除部分は文学史的にも社会史的にも重要なのである。にもかかわらず日本の最高裁は無教養にもバッサリと切って捨てた。

◇波、光、流れ、渦

小説は最初のクライマックスに達する。その時ロレンスが用いた描写手法が、伊藤整が指摘した「高い純粋な喜びを描くために使った特殊な方法」である。「それは『波』として現され、なかごろで『光』にされ、あとでは『流れ』や『渦』にされている」ロレンス独特の手法で、「交わりの前は写実的で、始まった後は象徴的である」表現様式を最高度に完成させるために、ロレンスが創出したものである。削除部分全文を引用できないのは残念だが、枢要な部分だけを紹介する。

◎事例5

〈彼は通り抜けにくい、とげのある木の間を通って、彼女を林の中の枯れ枝を積み上げた小さな空き地につれていった。彼は乾いた枝を少し敷きひろげて、その上に上着とチョッキを拡げた。彼女はそこの木の枝の下に、動物のように寝なければならなかった。その間、彼はズボンとシャツ一枚になって、憑かれたような眼で彼女を見守っていた。しかし、彼は神経が細やかだった。――彼は彼女を上手に、上手に横たわらせた。とはいうものの、彼女の方がただされるままに横になっていて、自分から動こうとしないので、彼は下着の紐を切ってしまった。

彼の方もからだの前をはだけた。そして彼が中に入ってきたとき、彼女は彼のむき出しの肉体が自分に押しつけられたことを感じた。ちょっとの間、彼は彼女の中でじっとしていた。そこでふくれ上がり、震えていた。それから彼が動き始めたとき、突然抑制できない快感が起こり、彼女の内部に、新しいふしぎな戦慄が波立つように目覚めて来た。それは波立ち、波立ち、柔らかい焔が軽い羽毛のように重なり合って揺れるのにも似て、光り輝く状態にまでなり、この上もなく楽しく、楽しく、彼女の内部をことごとく融かしていった。それはどこまでもどこまでも高まり、最後に頂点に達する鐘の音に似ていた。彼女は最後に自分が発した荒々しい小さな叫び声に自分で気づかずに横たわっていた。けれども、それは、あまりに早く、あまりに早く終わった。

彼女はもはや、自分で身体を動かして自分の結末をむかえることはできなかった。これはいままでとは違っていた。これは違ったことだった。

（略）

彼女は自分でもわからぬ感動の中で彼にしがみついていた。そして彼もまた完全に彼女の外へ滑り出はしなかった。彼女は彼の柔らかい蕾が自分の中でうごめくのを感じた。それが不思議なリズムで大きくなるにつれて、自分の中にも不思議なリズムが閃き渡るのを感じた。それはふくれ上がり、ふくれ上がり、彼女の裂けそうな意識をすべて埋めてしまった。そしてそれから、あの言語をこえた運動が始まった。それは本当は運動というものではなく、純粋な、深まって行く感覚の渦巻であった。それは彼女の総ての細胞と意識の中に深く、更に深く渦巻いて入って行き、終いに彼女は、一つの完全な求心的な感覚の流れになった。そして彼女は無意識に、意味のわからない譫言を叫びながら横たわっていた。それはもっとも深い夜からの叫び声、生命からほとばしる声だ！男は自分の下にいる彼女のその声を畏れをもって聞いた。自分の生命が彼女の中に飛び込んで行ったように。そしてその声がおさまると、彼の動きもまたおさまり、全く静かに、すべてを忘れて横たわった。彼を抱いていた手が次第にゆるみ、彼女はぐったりとなった。

そしてふたりは横になったまま、何ごとも忘れ、おたがいの存在をも忘れていた。ふたりとも我を失っていた。

（略）

……彼は離れて行くところだった。しかし彼女は心の中で自分を裸のままにして彼が離れて行くべきでないと思っていた。いま彼は永久に彼女を包んでくれなければならぬのだ。〉

◇クリムト

事例5の場面描写では、なによりも作者ロレンスの筆の運びの見事さを、素直に堪能するべきだろう。伊藤整は「特殊な方法」だと言っているが、おそらくこのような状況描写の手法はロレンスが初めて編み出した、独自のものではなかろうか。

場面を一切の人間社会から隔絶された自然の中に設定し、写実的な描写から入る。ほどなく個々の動作や心理の揺れ動きは、まず波へと質的な転移を起こす。幾重にも押し寄せる波動だ。文章もそれに合わせるように、波の形を取る。「波立ち、波立ち」といったルフラン（繰り返し）である。状況描写の場面だけでも、このわずかなスペースの中で、実に六回もルフランを使用している。通常、小説では同じ語句を繰り返すことは、下手だとされている。せいぜい別のボキャブラリーを使うか、言い回しを変えるのが普通だ。それをロレンスはあえて無視した。無視することによって、非常に効果を高めた。言葉が繰り返されることによって、状況が読者の裡に波のようにひたひたと入ってくるのである。もはや韻文である。詩だ。作曲家がソナタ形式の曲で、第一主題と第二主題を幾度も繰り返しつつ馴染ませ、訴え、情感を盛り上げていったり、変奏曲などで同じテーマを繰り返し、繰り返し形を変えて登場させて多様な情緒を掘り起こしたり、小品でも同じ旋律を幾度もなぞり、積み重ねてモチーフを定着させることによって、聴く者の心を高揚させていく手法に通じるものがある。

その波立ちと合わせて、「焔」が燃え上がり、「光り輝く」状態にまで達する。その「光」は「彼女の内部をことごとく融かす」溶融現象を起こす。孤独からの解放だ。自己を超えることのエクスタシーだ。〈物〉と化していた自分が〈人間〉へと解き放たれることへの悦びだ。

溶融はさらに、「頂点に達する鐘の音」の「音」をもかきならす。一度鎮まった高まりは再び上昇し始め、「リズム」や「ふくれ上がり」という「力」に変位する。それは「感覚の渦巻き」となる。さらに「完全な求心的な感覚の流れ」になる。遂に「それはもっとも深い夜からの叫び声、生命からほとばしる声」へと一点に収斂する。見事な空間と時間の、そして人間的総体との、五次元の世界の状況描写である。

今度、この場面を繰り返し繰り返し読んで、ふとウィーンの世紀末画家と言われるグスタフ・クリムトの『接吻』を見たときの感動を思い出した。一九八七年、私は三度目のワルシャワ蜂起の取材を終えて、空路ウィーンに入った。翌日、その絵を見た。ベルヴェデーレ宮殿の中に贅沢に展示されているその絵を見た瞬間、私は立ちすくんでしまった。絵の前で立ちすくんだのは、スペインのマドリッドでゴヤの一連の作品を見て以来のことだった。

エロチシズムが溢れんばかりに、流れ出てきていた。光が波動となって、ひたひたと伝わってきた。描かれている男と女は、肌をほとんど出していない。男は肩のほんの一部を、女は肩と腕の一部を出しているだけだ。おそらく全裸になっているだろう男は黄金色のローブで自分を覆い、女を包み込もうとしている。女も黄金色の薄手のドレスを着て、男に抱かれ、男の裸身にぴったり寄り添っている。二人の間には境がない。肌を露わにするどころか、ローブとドレスにすっぽり覆われているにすぎない。それでいて、このエロチシズムはなんだ。なぜこれほどまでにエロスの輝きと豊かさが〈私〉を含めて状況全体を包み込むのか。私は完全に圧倒された。

このクリムトの作品は、装飾性が支配している。背景は銀河であろうか、暗黒の宇宙に無数の星たちが眩いばかりに輝いている。二人が踏みしめる大地は暗い緑の草に混じって決して鮮やかでない赤い花々が所狭しと咲き競っている。ほの暗い背景に、浮かび出るような黄金色に燦然と輝く二人。身体は一つになっている。女の頬と上腕にはうっすらと赤みがさしている。このエロスの世界。この世界と『チャタレイ夫人の恋人』の削除された事例5のシークェンスとは実に重なり合うではないか。

◇封印されたエロチシズム

伊藤整はこの事例5の場面描写について、「波」、「光」、「流れ」、「渦」の四つの要素を引き出して、エロチークな状況描写にロレンスが成功していることを指摘しているが、いま一つ「音」も重要な要素となっていることに気がつく。文章の行間に凝縮して塗りこめられた、森の中の静寂と二人の心臓の鼓動と高まる喘ぎと叫びが、状況描写に重要な役割を果たしているのである。音は音を超えて音楽になっているのだ。徹底的にエロチシズムを追求したクリムトがなぜベートーヴェンの『第九交響曲・歓喜』を必死に描いたのか、ロレンスの『チャタレイ夫人の恋人』とクリムトの『接吻』を関係づけてみて、私は初めて理解できた気がしたのである。

いまや大衆化し、ストレス発散の曲と化されてしまった第九交響曲にエロチシズムを感じるなどといえば、お堅い人たちから不謹慎だと言われるかもしらないし、専門家からはシラーの詩にはそうした要素はないから、その感じ方、解釈は誤っているなどと強く批判されるかもしれないが、しかしそう思うのだ。

作曲家は作品の中に自分のふとしたエロチシズムを閉じこめてしまうことがあるものだ。あの堅物のようなブラームスでも、ゲッティンゲンで知り合ったソプラノ歌手アガーテ・フォン・ジーボルトとの二週間におよぶ「婚約寸前までいった」付き合いの時に味わい知ったエロスの感動を、曲の中に閉じこめたのだ。多分、苦悩に満ちたであろうブラームスのクララ・シューマンへの愛が、永久的とも言えるほど永く、外からはプラトニックとしか見えないほど清く、深く沈殿したのも、おそらくアガーテとのエロチシズムの、鮮烈な記憶がブラームスの中に刻み込まれていたからではなかろうか。甘美な中に憂愁を漂わすブラームスの音楽を聴いていると、どうしてもそのように思えるのである。映画『恋人たち』で鬼才ルイ・マルが用いた『弦楽六重奏曲第一番』の第二楽章はそんなブラームスの秘められたエロチシズムの封印した曲ではなかったであろうか。ルイ・マルはそんなブラームスの秘密を暴いてしまった。おそらくマル自身も気がつくことなしに。

モーツァルトも何気ないところに、エロチシズムの感動を封印している。例えば、ザルツブルグ時代、二一歳の時の作品『ピアノ協奏曲第九番・ジュノム』第二楽章だ。ザルツブルグの大司教と激しく対立し、幽閉状態にあった当時のモーツァルトの許に、パリから女流ピアニストの

「ジュノム」が訪ねてきた。「ジュノム」については全く分かっていないと言われているが、フランス語でジュノム（ＪＥＵＮＥ　ＨＯＭＭＥ）とは男の若者の意味。おそらく彼女との愛を他人に知られたくなかったモーツァルトは、男のニックネームのような名前で呼ぶことによって、他人の目と耳とを欺こうとしたのではないだろうか。

その「ジュノム」にモーツアルトはピアノ協奏曲を作曲してあげた。当時滅多に作曲しなかったモーツアルトにしては異例のことだった。ザルツブルグ時代最大の名曲と言われるこの作品は、その後のモーツアルトの完璧な作品の出発点となる。この曲の第二楽章にモーツアルトと「ジュノム」とのエロチシズムが閉じこめられている、そんな気がする。モーツァルトの封印されたエロチシズムは、七年後に再び『ピアノ協奏曲第二一番』第二楽章に切なく姿を現し、また封じ込められたが、切なく甘かった彼のエロチシズムは深い悲しみへと変わっていった。

イタリアの作曲家ブゾーニは次のように語り、アルフレッド・ブレンデルはその言葉を自著の頭に飾っている。

「間違いなく、モーツアルトは自分の出発点を肉声で歌うことと考えている。そしてこの点から、さえぎられることのない旋律豊かな音楽（メロディアスネス）を引き出している。この旋律豊かな音楽が、彼の作品を通して揺らぐように微かに伝わってくるのだが、それは薄いドレスのなだらかな曲線を通して浮かび上がる女の美しい姿態のようだ」（梅本浩志訳）

ブレンデルは一般に、正確だが硬い解釈をするピアノ演奏家として知られているが、そのブレンデルがこのようにエロチークな印象文を書いたブゾーニの言葉を引用しているのである。

一年数カ月後、モーツアルトはパリで再び「ジュノム」と再会する。その後、彼女との関係がどうなったのか、分からない。悲劇的な結末となったように思える。特にピアノ協奏曲がそうなのだが、なぜかモーツアルトの曲は第二楽章が甘美で哀しい。哀しさは悲しみとなって沈殿する。その悲しみは『バイオリンとビオラのための二重協奏曲』第二楽章にまで至りつく。

◇司法官僚のさじ加減

元日弁連会長の中坊公平氏がいつかNHKテレビのインタビュー番組で、「裁判官も、官という字がついていることでも明らかなように、官僚なのですよ」と語っていたが、つくづくこの言葉は名言だと思う。その司法官僚である最高裁裁判官が、警察官、検察官という司法行政官僚と一体となって、『チャタレイ夫人の恋人』という二〇世紀を代表する古典的名作を、検閲削除するという非文明的な蛮行を行い、自分たちの恥ずべき行為を合法化して規範とした。そのため今日なお『チャタレイ夫人の恋人』の翻訳と出版の行為は法的には違法状態が続いており、チャタレイ判決は性表現に関する検閲削除の基準となっている。司法官僚たちは出版物や映像作品に対して、チャタレイ最高裁判決を武器として、ちらつかせながら取り締まりにあたるわけだが、検閲に引っかけるか、見逃すかは彼らのさじ加減一つなのである。

考えてみればこれは実に怖ろしいことである。基本的人権が司法官僚の手に委ねられているのだから。そしてその怖れを前に、関係者は萎縮してしまい、自己規制し、映倫のような自主検閲機関まで設置して、権力機関が自らの手を汚さないうちに、発行を諦めたり、表現者・翻訳者あるいは映画会社や映像作家たちに文章や映像を変えさせてしまうのである。言論・表現の自由を保障した憲法の空洞化を現実のものとしているのが実態である。とりわけマルキ・ド・サドやD・H・ロレンスの作品のように、思想表出と性表現とが一体化している場合には、極めて危険だし、実際そうなっているのである。そうしたおかしさを明らかにするために、いま少し検閲削除事例を検証しておかなければならない。

次の事例も、できれば削除個所を全文引用し、検証しなければならないのだが、ロレンスの思想が文学的に表出している部分だけに限って、引用しておこう。

◎事例6

〈「あなたもパジャマを脱がなければ」と彼女が言った。

「いやだ！」

「お脱ぎなさい！」と彼女が命令した。

それで彼は古い木綿のパジャマの上衣を取り、ズボンも脱いだ。手と手首と顔と頸以外、彼はミルクのように白く、痩せ形の筋肉が美しかった。コニーの眼にはいつかの午後、からだを洗っていた時のように、彼のからだがまだ鋭い美しさを持っているように見えてきた。

金色の日光が閉じた白いカーテンに射してきた。彼女は日光を部屋の中に入れたいと思った。

「ねえ！カーテンを開けましょうよ！鳥があんなに歌っているわ！日光を入れましょうよ」と彼女は言った。

彼は寝床から滑り出て、彼女の方に裸の白い痩せた背中を見せながら、窓のところへ行って、少しかがんで、カーテンを引き、ちょっとの間外を眺めた。その背中は白く美しく、小さな尻には精妙な、繊細な男らしい美しさがあった。頚の後ろの部分は日焼けして、細く力強く見えた。その痩せ形の、美しいからだには、内的な力があった。

「まあ、あなたって美しいのね！」と彼女は言った。「とても清らかで美しいのね！来て！」と彼女は両腕をさしのべて言った。彼はむき出しの肉体を恥じ、彼女の方に向こうとしなかった。

彼は床からシャツを拾い上げ、体をかくして近寄ってきた。

「だめ！」と彼女は言って、垂れた胸から美しいほっそりした腕をさしのべていた。「あなたを見せて！」

彼はシャツを手から離して彼女に向かってじっと立った。太陽は低い窓から射し込み、彼の腿と薄い腹を照らした。生き生きとした金色の毛の小さな雲の中から、まっすぐなペニスがやや暗く興奮した様で立っていた。彼女は驚きと怖れを感じた。

「とても不思議よ！」と彼女はゆっくり言った。「そんなふうに突っ立っているって、とても不思議よ！こんなに大きくって！暗い感じで、強そうで！そういうものなの？」

男は自分の痩せ形の白い体の前を見下ろして笑った。彼の平べったい胸の間の毛は濃くて殆んど黒かった。しかし腹の下の、ペニスが太く弓なりに立っているあたりの毛は金赤色で、生き生きと小さな雲の形になっていた。

「とても威張っているのね！」と彼女はぎごちなく呟いた。「それにとても立派だわ！男の人がなぜあんなに威張るのかやっとわかったわ！でもとても美しいのね！もう一人人間がいるみたいよ！少し怖いわ！でも本当に可愛らしい！それが私のなかに入ってくるのね！――」彼女は恐怖と興奮を感じて下唇を噛んだ。〉

この場面描写について伊藤整は、「作者は子宮を女性の象徴と見、ペニスを男性の象徴と見ている」と述べたあと、「男性が自己の性をはっきりと認識し、男性として行動すること、そして神経とか頭脳とか知性などという文化的な虚偽から解放されることによって、真の人間らしい生活を作り出せると考えたのである。だからここで、男性の誇りと力との象徴としてのペニスを、女性なるコニイが形の上で認識する場面を描くことを必要と考えたのである」と説明し、さらに「ペニスを神聖な男性の力の現れ、その存在の根源として女性が認識することが、この作品では思想上の必然のことである」とし、こうした描写は「性の思想の変革者として行わねばならないことであった」と主張している。

◇ロレンス、この思想の変革者

事例6の検閲削除の部分については、いま少し掘り下げて考えてみる必要があるようである。伊藤整の解説に沿って、筆を進めてみることにする。伊藤はロレンスを「性の思想の変革者」と位置づけたが、さらに「ペニスを、汚れの状態から人格成立の根本に変化させるところに、新しい彼の思想があり、人間全体の肉体における神聖観がある」と説明し直している。ロレンスにとってペニスは単なる肉体の一部分としての器官ではなく、一つの宇宙たる男性の中心であり、思想の象徴でもあるのである。

その「ペニス」は男性の外部についていて、可視的であるから、ロレンスはここのシーンで極めて写実的に書いた。それは思想を具体的に表現するためには、絶対的に必要なことであった。これに対してロレンスが女性の性器の外形について全くといっていいほど写実的、具体的に描いていないことに注意すべきであろう。精々、「彼女のからだの襞」とか「開いた腿の真中に垂れた柔らかい褐色の毛」といった表現なのだ。この偉大な作家にとって、女性の中心は子宮であり、それは体の内部にあって視ることができないものだからである。ロレンスは文学的に必要なことしか、描いていないのだ。このことを裏返して言えば、この削除部分を読まなければ、『チャタレイ夫人の恋人』の文学がどういうものなのか、ロレンスの思想は一体どのようなものなのか、全く分からないのである。

次の検閲削除事例もまたロレンスの芸術と思想を知る上でなくてはならぬ、必要不可欠なものである。その一部を抜粋する。

◎事例7

〈彼女は立ち上がって手早く靴下を脱いだ。それから上衣と下着を取った。それを彼は息をころして見ていた。彼女が動くにつれて強く尖った動物的な乳房も揺れ動いた。緑の光のなかで彼女のからだは象牙色に見えた。彼女はまたゴム靴をつっかけて、短い野性的な笑い声をあげ、激しい雨に胸をはり、腕を拡げ、ずっと昔ドレスデンで習ったリズムダンスの動作をしながら雨に叩かれて駆け出した。その姿は不思議に青白く、高くまた低く伸び縮みしていた。身を曲げると雨はその臀部に降りそそいで光った。身を起こして胸を突き出すように雨の中を進んでくるかと思うと、また屈む。すると今度は腰と尻ばかりが男の方に、荒々しく敬意を示すように何度も突き出されるのであった。

彼は苦笑して自分も服を脱いだ。我慢できなくなったのだ。彼は斜めに強く吹きつける雨の中に、少し身震いしながらも、白い裸体になって飛び出した。フロシーは狂ったように小さく吠えて彼の前を走り出した。コニーは、濡れ髪を頭にはりつかせて、燃えるような顔で振り返った。興奮に青い眼を燃えあがらせ、ふしぎな挑むような身ぶりで走り出し、空き地を抜け、濡れた木の枝に鞭うたれながら小径を駆けはじめた。彼女が走りはじめると、見えるのは、濡れてまるくなった頭と、前傾した濡れた走る背中と、光る尻のまるみだけになった。それは身体を縮めて飛翔するすばらしい女性の裸像だった。

広い乗馬道に近いあたりで彼はやっと追いつき、彼女の柔らかい濡れた裸の腹に、自分の腕を巻きつけた。彼女は叫び声をあげて立ち止まった。彼女の柔らかい冷たい肉体が彼の身体にふれてきた。彼が狂気のように彼女を抱きしめると、柔らかな冷たい女性の肉体は、その接触によってたちまち焔の様に熱くなってきた。雨は二人の上に降りそそぎ、二人の身体から湯気が昇った。彼は彼女の愛らしい重い尻に両手をかけ、雨の中で身震いしながら、自分の身体に引き寄せた。それから突然彼女を仰向けに抱き、雨音のほか何も聞こえない小径のうえに横たえ、激しく短く自分のものにした。動物のように激しく短く彼女を抱いてなしおえた。

（略）

彼は後ろのテーブルに手を伸ばして彼女の花束を取り上げた。それはまだ濡れていて雫が彼女のからだに落ちた。

「花はどんな天気でも外にいる」と彼は言った。「花には家がないんだ」

「小屋もないのよ！」と彼女は口の中で言った。

彼は勿忘草の花を、ヴィーナスの丘の美しい褐色の毛の中にそっと挿した。

「そら！」と彼は言った。「ここが勿忘草を飾る場所だ！」

彼女は自分のからだの下の方の、褐色の毛の中におかれた乳色の小さな花を見下ろした。

「かわいい花ね！」と彼女は言った。

「生命のかわいさだ」と彼は答えた。

それから彼は紅い石竹の蕾を毛に挿した。

「そら！これが忘れてはならない場所にいるおれだ！葦間にかくされたモーゼだ」〉

◇ギリシャの古代へ

事例7の検閲削除個所もまたロレンス思想の核心をなす部分である。人間が自然の一部であること、自然に帰ることによって人間性を回復できること、性の営みがその中心をなすもの、そうした世界は実はギリシャ的な文明にルーツを持つものであることをロレンスは文学的に語っているのである。キリスト教的ストイシズムの倫理思想に対する批判と、その延長線上に位置する産業革命からボルシェヴィズム革命の批判につながる、非常に重要なシークエンスなのである。それを無惨に日本の司法官僚たちは検閲削除してしまった。いまなお違法状態下に置かれているのである。

伊藤整の解説を引用してみる。「環境は自然である、自然の生命と人間の生命とが融和して原始時代と同じような生命の喜びを、愛し合う男女が味わうというその場面は、ギリシャ思想からいえば『ダフニスとクロエ』というギリシャ小説などの代表的なものがあり、ヨーロッパ思想がキリスト教から解放されたときに自然にとるギリシャ様式である。ロレンスの思想では、キリスト教からの解放が主眼となっているから、人間性の完全な形としては当然ギリシャ風になるのである」。土砂降りの雨の中で、二人の主人公の歓喜に満ちた、美しい性の宴が始まる。ここの描写は状況芸術の極致とも言える、見事な筆運びによって描かれていく。ルイ・マルの『恋人たち』あるいはナタリ・サロートのアンチロマン作品を映画化した『モデラート・カンタビーレ』に繋がっていく、泉のような状況描写である。

「作者は、気持ちのうえでまったく融和した性の喜び、性の歓喜を与える書き方に変わってきているので、ギリシャの自然神のバッカス神とそれに仕えるバッカンティという女神、または牧羊神と水の精のたわむれのように、自然な形のままで、積極的に生活することを意識するようにさせているのである」と伊藤は言う。ドビュッシィやラヴェルの音楽、いやベートーベンの後期の交響曲のメロディも聞こえてくる。クリムトの作品『第九交響曲・歓喜』の秘密が覗き見られる。

この「ロレンスの原始生命復帰の思想」（伊藤整）こそ、まさに近代ヨーロッパ芸術の出発点であったことは、そしてヨーロッパがキリスト教の呪縛から逃れて新しい時代を築こうとしたことは、例えばイタリア・ルネサンスひとつとってみても明らかであろう。このギリシャ思想への回帰を象徴させたのが、メラーズが「二、三本の勿忘草の花を、ヴィーナスの丘の美しい褐色の毛の中にそっと挿した。『そら！』と彼は言った。『ここが勿忘草を飾る場所だ！』」といったくだりの描写だ。ギリシャ彫刻、ギリシャ建築に見られる花や蔓草の装飾模様を想い浮かべてみれば、あるいは勝者の頭に飾られる月桂樹の冠を思い出せば非常に素直に理解できる。伊藤整は「陰毛に花を飾るというのもそういう思想（注・ギリシャ的な思想）の現れであって、作者の性思想の究極の形式化となっている」と述べている。

『チャタレイ夫人の恋人』のほぼ終わりに近づいたところでロレンスはコニーに次のように言わせている。もちろんロレンス自身の思想的核心を表出する言葉である。夫クリフォードが「肉体などは、動物の生活みたいなものだ」と述べた直後の反論である。

〈「でも学者気取りの、屍体同然の生活よりはましよ。それは嘘よ！人間の肉体はいまようやく真の生命に近づいてきているのよ。ギリシャ人はそれに愛すべき光を与えました。ところが、プラトンやアリストテレスが肉体を殺し、キリストがさらに息の根をとめてしまったのよ。それでも、いま、肉体はほんとうに蘇ろうとしているのよ。ほんとうに墓穴から起きあがろうとしているの。で、人間の肉体の生活は、美しい宇宙の中で、それは楽しい生活になろうとしているのよ」〉

◇ギリシャの壷

ロレンスは原始の生命を再獲得することによって、キリスト教ストイシズムと産業社会によって自己疎外された人間の生活を回復しようとする。英語のライフ、フランス語のヴィーは、いずれも生命、生活、生涯の意味を持つ。いずれも分かちがたい一個の総体的な概念である。もしそのどれかが不完全であった場合には、他の概念実体もまた変容する。生活が階級・身分といったものに枠づけられ、あるいは〈物〉によって支配される物神崇拝化作用によって思想や感覚まで歪められてしまっているとき、人間は生命を燃焼できず、感動を覚えることもなく、不満足の内に日々の生活を漫然とおくるだけだ。その生涯は欺瞞と偽善に塗り込められて、終わる。

そのように生きながらの死を定めるのは、キリスト教ストイシズムだけではない。産業革命のもたらしたシステムである資本主義もまたそうである。実は、この二つのものは分かちがたく結びついているのである。このことはマックス・ウェーバーが『プロテスタンティズムの倫理と資本主義の精神』で見事に論証している。つまり、キリスト教のプロテスタンティズムと資本主義の成立とは深く関わっており、両者はその根底において繋がっているのである。このことを充分、念頭に入れておかなければならない。ロレンスがギリシャ思想への回帰を望んだということは、キリスト教ストイシズムからの完全な脱却と解放を望んだということであり、そのことはとりもなおさず資本主義の深化に伴う物神崇拝的状況からの解放を切に願ったことと通底しているのである。この二つは一体的だといってもよいだろう。

自己疎外と物神崇拝から解放された人間的な世界、それは産業革命もキリスト教もまだ経験していなかった頃のギリシャ的な世界だ。ロレンスはそのことを文学的に表現するのだが、肝心のこの場面もまた司法官僚たちは検閲して、削除してしまったのである。

◎事例8

〈官能的な情熱の夜となった。彼女は少しおどろき、逃げ出しそうになった。だが官能の悦びに何度も突きぬかれた。これは優しさから来る悦びとは違う、もっと怖ろしいものであったが、しかしそれの方が望ましく思われた。少し怖がりながらも、彼女は底までゆさぶり、彼女の最後の蔽いも剥ぎとって、彼女を別な女にしてしまった。それは本当は恋愛ではなかった。それは色欲でもなかった。それは火のように鋭く身をこがし、魂を燃やしつくす、官能の興奮だった。

もっとも深く、もっとも古い恥が、もっとも秘密な場所で焼き去られてしまった。彼の好むままに自分をあずけることは、彼女には努力が必要だった。彼女は奴隷のように、肉体的な奴隷のように、受動的盲従的な物体にならなければならなかった。しかし激情が彼女をなめまわして消耗させ、その感覚の焔が彼女の胸や腹を貫き通った時、彼女は本当に死ぬのだと思った。しかしその死は刺激に満ちた素晴らしい死であった。

彼女は昔、アベラールとエロイーズは、愛の年月の間に情熱のあらゆる段階と純化を通り抜けてきたというが、それはどういうことかと思っていた。同じことが千年も、一万年前にもあったのだ!どこのギリシャの壷にも同じものが残っている!激情の極み、途方もない肉欲!その時には必ず、偽りの恥を焼き尽くし、肉体というもっとも重い鉱物を精錬して純粋にしなければならない。真の感覚の火によって。
　夏の夜、短いその夏の一夜に、彼女は多くを学んだ。彼女は、女は羞恥のために死ぬものと考えていた。そうではなくて恥の方が死んでしまった。恥ずかしさというのは怖れなのだ。深い肉体の恥、我々のからだの根の中にうずくまっている古い古い肉体的な怖れ。それは、感覚の火に追よらなければ追い払うことは出来ない。この夜も恥が猟り立てられ、男のペニスという猟師に追いたてられた。それで彼女は自分自身のジャングルの一番奥にたどりついたのだ。彼女は今、ありのままの自分という真の岩盤に達し、恥ずかしさという感情と無縁になっていることを感じた。彼女の自我はいま肉欲的な自我であり、裸となり、恥も感じなかった。彼女は勝利を感じた。自慢したいような勝利を感じた。そうだ！これがそれだったのだ！これが生命だったのだ！これが本当の自分自身のあり方だった！何もかくしたり恥ずかしがったりすることはなかったのだ。彼女は一人の男とともに、一個の他者とともに、究極の自分の姿を理解した。〉
　この削除個所はもう少し、引用を続けなければならない。

◇火のような感覚

◎事例8（続き）
〈この男は何という無謀な悪魔だったろう！本当に悪魔だ！この男に耐えるためには、強くなければならなかった。しかし、肉体のジャングルの核までには、肉体の羞恥心の最後の、最奥の窪みまでには、さらに距離があった。そこを探ることができるのは男根だけだった。そして男根は無理やり彼女の中に入り込んできたのだ！恐怖におそわれていた彼女はいかにそれがいやであったことか！しかし本当はいかにそれを望んでいたことか！それが今わかってきた。魂の底で、基本的に、彼女はこの男根による猟り出しを必要としていた。秘かにそれを望んでいた。だがそれを得ることはないだろうと信じていたのだった。ところがいま突然一人の男が、彼女の究極の赤裸々な姿を彼女と共有しているではないか。彼女の羞恥心ははぎとられていた。

詩人もその他の連中も、何という嘘つきだろう！彼らは人間には感情が必要だと信じさせる。ところが人間が最も強く求めているのは、この貫くような、消耗するような、怖ろしいほどの肉の感覚なのだ。それを敢えてなし、恥も、罪も、最後の疑いも感じない男がここにいたのだ！もし男が後になってそれを恥じ、女にも恥じさせたなら、それは何という怖ろしいことか！男たちは、大多数が、あわれにもすごい見栄っぱりで、あさましい。クリフォードがそうだ！、マイクリスでさえそうだ！ふたりとも感覚のことでは見栄っぱりで屈辱的だ。精神の至高の喜びだって！そんなことが女にとって何になろう？実際のところ、男にとっても何になろう？精神の中でだって混乱し、見栄をはっているにすぎなくなる。精神を浄化し元気づけるためにも、真の感覚は必要なのだ。真の火のような感覚、混ざり物ではない感覚が。

ああ、神よ！男性とは何という貴重な存在だろう！たいていの男性はみんな犬のように、ちょろちょろ歩き、嗅ぎまわり、交尾する。ここに怖れもせず恥じもせぬ男がいる！彼女は彼を眺めやった。彼は野生の動物のように、遠い眠りの彼方に運び去られて、そこに眠っていた。彼女は

少しでも彼から離れないように、彼の傍らへもぐりこんだ。〉
　この事例8の検閲削除部分は、『チャタレイ夫人の恋人』の中でも最も重要な場面である。なによりも最後の文章「彼女は少しでも彼から離れないように、彼の傍らへもぐりこんだ」でこのことがよくわかる。マイクリスに初めて身を任せたとき、彼はまるで用を達したかのように、まだ燃えている彼女を放って離れ、冷酷な言葉を発して、「決定的な打撃」を与えた。彼女に残ったのは「虚無！」だけだった。
　森番のメラーズと初めて交わったときも、コニーはマイクリスとの時とは違うなにかを感じ、「一種の眠りの中に静かに横たわっていた」し、「大きな雲を取りのけ、安らかさを与えてくれた」ものの、「彼女の、責めさいなまれた現代の女性の頭脳」によって「今なお休息を」得ることができず、「これは本当だったのだろうか？」と自問しなければならなかった。夫のクリフォードやマイクリスの〈物〉の世界の歪められた思想やモラルに引きずられて、彼女は決して「自分を失」うことができなかったのであり、「それは無意味なことだった」。だから「彼は彼女のからだの上に横たわり、濡れたからだをぴったり密着させて、両腕で彼女を抱いていた」にもかかわらず「それでいて彼のことは全く彼女にはわからない」のであった。自分の殻を突き破ることができずに、従って孤独の世界から脱することができなかった。そうしたコニーのそばから「やがて彼が身を起こして離れて行った」のも自然なことだった。
　二度目の宴の後でも、コニーは「身を起こそうとはしなかった。彼女は静かに横たわっていた。すると涙がゆっくりと盛り上がり、眼から流れ出した」し、「彼もまた静かに横たわっていた。しかし彼は彼女をしっかりと抱き」、「疑う余地のない暖かさで彼女の上に横たわっていた」のだが、彼女の意識は〈物〉の世界に急速に引き戻され、「私、帰らなければなりません」と二度も口走るという、分裂した精神状態に陥っていた。身体はしかし、精神とは別にあり、そうは口走ってはいたがベッドの上で「ぐったり寝たまま」の状態で、「知らない男！知らない男だ！」と自分に言い聞かせて、「彼女はゆっくりと起きあがった。彼女は行きたくなかった。それでいて、居残っているのもいやだった」という不安で、満ち足りぬ思いを残しながら、薄いレインコートを着て、暗闇の家へ帰っていった。

◇エロスと解放

メラーズとの三度目の性の宴の後、コニーの意識は変化してくる。林の中での営みという自然に立ち帰っての行為が、階級・身分という〈物〉で束縛されていた、この上流階級の女の精神を解き放つ作用を及ぼしたことは確かであり、それはまたロレンスの思想の原点でもあった。

「ふたりは横になったまま、お互いの存在をも忘れていた。ふたりとも我を失っていた」。ようやく「彼女は自分を抱いていた彼のからだが離れたことに気づいた。彼は離れて行くところだった。しかし彼女は心の中で自分を裸のままにして彼が離れて行くべきでないと思っていた。今彼は永久に彼女を包んでくれなければならないのだ」。コニーは確かに新しい、未知の世界に足を踏み入れたのだ。

二人は会話を始める。その時彼女は「あなたはほかの女のひととあんな風にすましたことがあるの？」と尋ねる。コニーは他の女の世界、おそらく中下層階級・身分の女たちであろう、そんな女の性の世界に関心を向ける。孤独な一個の女から、階級や身分を超えた人間存在としての女性の世界に眼を開くのだった。こうして「コニーは、自分の中にある新しいものの深さをはっきりと感じながら、ゆっくり帰っていった」。そんな彼女をもはや彼は送っていく必要がなかった。コニーは歩きながら「彼女の中にもう一人の自己が生きていて、彼女の子宮や、内臓の中で柔らかく溶けて燃えていた」。

こうしたメラーズとの幾度かの性の宴の末に、後述の検閲削除事例9の完全な統一にコニーは至るのであるが、その時の行為が一度終わった後の場面では、ロレンスは次のように描いている。「彼が黙って立ち上がろうとすると、彼女は恐怖に駆られて彼にしがみついた。『だめ！行ってはだめ！置いていかないで！意地悪しないで！抱いて！しっかり抱いて！』と彼女は狂おしく囁いた。そして自分のしていることも解らず、激しく彼にしがみついた。彼女は自分自身から救われたかったのだ。彼女自身の中にある怒りと抵抗から逃れたかったのだ。だが彼女にとりついていたその内部の抵抗の何と強かったことか！」。明らかにコニーは完全に解放されたのである。この部分については後にまた検証してみる。

このように彼女はコンスタンス・チャタレイ夫人からコニーへとルネサンス（再生）するのであるが、その思想の骨組みがこの事例8の検閲削除部分に書かれているのである。

官能の興奮により、コニーは「別な女」になり、「もっとも深く、もっとも古い恥が、もっとも秘密な場所で焼き去られてしまった」。そして「感覚の焔が彼女の胸や腹を貫き通った時、彼女は本当に死ぬのだと思った。しかしその死は刺激に満ちた素晴らしい死であった」。

渋沢龍彦はロベエル・デスノス『エロチシズム』の訳者あとがきの論文『エロチシズムの本質的構造』で次のように書いている。

「愛欲と死とは楯の両面であり、快楽と苦痛とがそこに浮き彫りされている。セックスの快楽がのぼりつめた極所には錯乱（たとえばサディズム）があり、苦痛はよしんば死によって癒されるとしても、少なくとも死に至るまで最悪の状態に高められることを免れない。人間が、極端な快楽からも極端な苦痛からもひとしく遠ざかったイメージを、人間概念に適用するに至ったのは、本能の条件のしからしむところであろうか。一般に性生活と自殺とが、宗教によってもっともしばしば禁じられているのも、偶然ではない。宗教そのものの依存している領域が、すなわちこのセックスと死によって形づくられた神聖な領域だからである」

恥、エロス、死、いずれも宗教の領域に属する本源的なテーマであり、禁忌の対象として今日まで人間の精神を規制してきた。とりわけキリスト教が、ヨーロッパ社会にあっては、支配的な宗教となってからは、ストイシズムの形を取って、人々の生活の全領域を支配してきた。エロスとタナトス（死）はタブーの奥に押し込められ、恥というベールで覆い隠された。恥は、単なる素朴な羞恥心から、階級的な偏見と虚栄心と保守的な精神風土および固定的な倫理観念によって歪められ、そのことによって人間が自分を見失い、本来の人間性がどういうものなのかということも分からない状態に陥り、自己抑制的なストイックな心理バリアへと変質してしまった。チャタレイ夫人もそうした一人だったのである。

フロイトと彼の後継者たちがこの禁忌の領域に足を踏み入れるまでは、裏の世界で密かにこの世界の営みが営まれた。それは素晴らしい快楽を味あわせたが、同時に罪の意識を伴わされた。エロス（性・愛・美）は宗教的ストイシズムの最大のタブーであった。エロスを人間の生にとって肯定的に受容し、積極的な自己解放のためになくてはならぬものにするためには、キリスト教が支配する以前の時代に回帰しなければならなかった。それは、ヨーロッパ世界では古代ギリシャの時代に回帰することだった。イタリア・ルネサンスがそうであったように。

◇感覚の復権

コニーは中世ストイシズムが究極まで押し進めたアガペーこそ愛だとする、道徳化された愛を決定的に否定するに至る。いま少し正確に言えば、アガペーとエロスを混同した「いわゆる愛」を否定する。人間にとって愛の本来の姿はエロスであって、エロス否定の上になりたつアガペーではない、そのことを森番のメラーズとの幾度かの満たされた性の営みを通して知った。性は生そのものである。メラーズがヴィーナスの丘に花を飾った仕草から、エロスがギリシャ的なものであることを知った。「どこのギリシャの壷にも同じものが残っている！激情の極み、途方もない肉欲！」と作者ロレンスは刻印する。

彼女はそれまでの自分からすっかり変わった。「夏の夜、短いその夏の一夜に、彼女は多くを学んだ。彼女は、女は羞恥のために死ぬものと考えていた。そうではなくて恥の方が死んでしまった」。遂に閉ざされた宗教的、道徳的な心理バリアから解放されたのだ。解放された瞬間、コニーは、それまで身にまとわりついていた恥が、実は宗教あるいは保守的な雰囲気や教育から植え付けられ、固定観念となり、タブーとして禁じられたものであり、タブーを破るものはそれ相応の罰を受ける、と思いこまされてきて、それが故にどうしてもそこから抜け出ることができなかった「怖れ」にがんじがらめになっていた自分を発見する。「恥ずかしさというのは怖れなのだ。深い肉体の恥、我々のからだの根の中にうずくまっている古い古い肉体的な怖れ」だったことを知ったのである。そして「それは、感覚の火によらなければ追い払うことが出来ない」こともメラーズとの性の宴を通して、知った。感覚の復権である。

感覚の復権はエロスの世界を現実のものとしたが、単に個人レベルだけに留まらず、二〇世紀後半には政治革命先行型のマルクス・レーニン主義的革命思想とは別の、社会革命先行型のいま一つの革命の思想とスタイルを提起し、それが未来に向けての新しい革命の主流となっていくのである。アメリカのカリフォルニアの性革命がベトナム反戦運動に果たした役割、フランスのエロチシズム解放の潮流が五月革命に及ぼした影響など、感覚の復権が政治、社会の運動やありように寄与した影響と役割を無視することは出来ない。逆に性の解放を抑圧したロシア革命は崩壊し、性表現を抑圧し続けてきた日本のシステムも崩壊の瀬戸際に追い込まれているのである。

いまや「恥」から解放されたコニーは「自分という真の岩盤に達し」た。「彼女の自我はいま肉欲的な自我」となった。その時、「彼女は勝利を感じた。自慢したいような勝利を感じた。そうだ!これがそれだったのだ!これが生命だったのだ!これが本当の自分自身のあり方だったのだ!」と心の中で叫んでいた。「彼女は一人の男とともに、一個の他者とともに、究極の自分の姿を理解した」。ロレンス思想の帰結であり、高らかな宣言だった。二〇世紀から二一世紀にかけての社会変革のための、革命宣言だった。そしてそれは実際、現代世界史に大きな衝撃を与え、影響を及ぼした。そんな重要なロレンス文学を、日本の司法官僚どもは検閲削除し、最高裁はお墨付きを与えたのである。その違法状態は現在なお続いているのである。

◇悪魔が崩す〈物〉の世界

「究極の自分」に到達したとき、それを可能ならしめたのが、メラーズという「悪魔」だったことをコニーは知る。「この男は何という無謀な悪魔だったろう!本当に悪魔だ!」と思う。ロレンスがここで用いる「悪魔」という言葉は、決して修辞学上の比喩用語ではない。酷い人間を言い表すのに「あいつは悪魔だ」とか「悪魔のような奴だ」というのとは全く違うのである。

悪魔(魔女も含む)は、キリスト教世界にあっては、キリスト教以外の宗教や思想を信じたり、抱いたりする人間を、社会的に排除する場合に、追放し、抹殺するために指弾する対象に用いる言葉であった。それは拡大されていき、同じキリスト教内でも、教会主流が公認した教義の解釈や行動以外の考えを抱いたり、実践する人間を社会的に抹殺するために用いられた。いったん、悪魔、魔女だと決めつけられれば、異端審問裁判に引き出され、拷問され、狭く暗い牢に押し込められ、最後には火刑台に乗せられて、火あぶりの刑に処せられた。その様は、例えばドイツのローテンブルグに残る博物館で今日においても仔細に見ることができる。

この悪魔狩り、魔女狩りの犠牲になった人間の何と多かったことか。著名な人物でも、ガリレオ、フス、コペルニクス、ジャンヌ・ダルクを思い出すことができる。彼らが人類の進歩に寄与し、歴史に貢献し、正しかったことは、いまでは誰一人として知らないものはないだろう。著名な人間たちだけではない。名もなき悪魔や魔女たちがどれほど人々を救い、科学的知識を伝え、病から救ってきたことか。このことはミシュレの『魔女』に実に感動的に語られている。

人間がキリスト教の抑圧から解放されるためには、ただギリシャ世界に回帰するだけでは駄目で、まさに悪魔の存在が必要だったのである。コニーが「本当の自分自身」に立ち戻るためには、メラーズという悪魔が必要だったのである。公認キリスト教にとってギリシャ的な感覚・思想の世界はそのことだけで悪魔的なものであり、排除されなければならなかった。だがその悪魔的なものが実はコニーの場合のように人間を解放するものであることだと分かったとき、ヴィーナスの丘に花を飾る悪魔が絶対的に必要だったのである。

その悪魔つまり「恥も、罪も、最後の疑いも感じない男」が「この男根による猟り出し」によって、羞恥心をはぎ取り、「真の火のような感覚、混ざりものではない感覚」を取り戻させ、「精神の至高の喜び」などという〈物〉の世界の欺瞞性をはぎ取る。それはただ単に一人の女のコニーからだけではなく、既存の全世界からはぎ取るのである。既成の文明世界に対する批判となり、その欺瞞的世界を支えてきた人間に対する批判となる。「詩人もその他の連中も、何という嘘つきだろう！」と弾劾する。「男たちは、大多数が、あわれにもすごい見栄っぱりで、あさましい。クリフォードがそうだ！マイクリスでさえそうだ！ふたりとも感覚のことでは見栄っぱりで屈辱的だ。精神の至高の喜びだって！」。そんな男どもは「みんな犬のように、ちょろちょろ歩き、嗅ぎまわり、交尾する」言葉本来の意味の動物でしかないではないか。そんな連中に限って「精神の至高の喜び」などと口にするのだ。

それに比して「ここに怖れもせず恥じもせぬ男がいる！」。いまや「彼女は少しでも彼から離れないように、彼の傍らへもぐりこんだ」。それまでのように、もう宴が終わってから、虚無を感じたり、早く家へ帰らなければならないと思ったり、「心の中では自分を裸にして彼が離れて行くべきでないと思った」ものの口に出して迫ることもできず、「ついに彼は離れて行った」ような中途半端な状態になることから、永遠に決別した。新しい女にコニーは変わった。いまや積極的に、自らの意志でコニーは「彼の傍らへもぐりこんだ」のである。ロレンスの高らかな宣言であり、この作品の最も重要な部分である。それを最高裁裁判官も含む司法官僚たちは検閲削除したのである。

◇二重の意識

これまで見てきたように二〇世紀最高の文学作品とまで言われる『チャタレイ夫人の恋人』は、日本にあってはまことに無惨に、ずったずったに検閲削除され、もはや作品の体をなしていない。

状況文学としてのテクニックの素晴らしさを味わえないどころか、ロレンスの思想もまるで伝わってこない。作者の思想の核心部分はエロチークな状況描写と不可分であり、一体的で、それだけに文学的に極めて効果的なのだが、その肝心の核心部分を権力が恥臆面もなく削除しているのだから、これはもう作品の体をなしていない。実に野蛮な国家権力の暴力行為というべきであろう。

そんな検閲削除の中でも最も酷いのが、作品のほぼ真ん中部分の、長文にわたる削除である。一二章末のこの場面は、コニーがそれまでのチャタレイ卿夫人コンスタンスから一人の女としてのコニーに、質的に変わる中心部分なのであるが、このシークエンスをなんと、文庫本にして一四ページ、四〇〇字詰め原稿用紙にして約二四枚分もごっそりと削除しているのである。この野蛮行為の被害個所を検証してみるが、あまりにも長すぎるので、ほんのつまみ食い的に事例検証せざるを得ない。

◎事例9

〈彼が「うん、おめえはいい女だ！」と小さく囁くようにいったとき、彼女の内部で何かが戦いた。そして彼女の心の中の何物かがそれに抵抗して身を固くした。怖ろしい程の肉体の密接さと彼のつかみかかるような奇妙な性急さを感じて身を固くした。それでこの時は自分自身の激情の高まりに流されるには至らなかった。彼女は自分の手を彼の激しく動くからだの上に力なく置いていた。どんなに努めても、彼女の心は頭の上方から見下ろしているようであった。

（略）

彼女のふしぎな女性の心は冷たく遊離して立ち退いていた。そして彼女は完全に静かに横たわっていたけれども、腰をあげて男を抛り出し、醜い抱擁や滑稽な突きかかってくる尻の動きから逃れようとする衝動にかられていた。

（略）

彼女の心は啜り泣きはじめた。彼女は、彼が引き潮のように遠く去り、彼女を水際の石のように残して行ったのを感じた。彼は離れてゆく。彼の魂は彼女を置き去りにしてゆく。彼もそれを知っている。

そして彼女は自分のこの二重の意識と反動とに苦しめられて本当に苦しくなり、啜り泣きはじめた。彼はそれに注意せず、気づきもしなかった。啜り泣きが強くなり、彼女は身を震わせた。身震いは彼に伝わった。

「ああ！」と彼が言った。「今のはうまくいかなかった。君はいっしょじゃなかった」――では彼は知っていたのだ！彼女の啜り泣きは激しくなった。

「だが、失敗なんてなんでもないよ」と彼が言った。「そういうことだってあるんだ」

「私は……私は……あなたを愛せない」と彼女は突然心が破れ去ったと感じて泣き出した。〉

コニーはここで森番メラーズとの階級・身分的な距離を測る。言葉の訛りが気に入らない。不格好なコールテンのズボンを女性の目の前ではく神経のなさにいらだつ。育ちの悪い男の自信のありすぎにも理解ができない。

〈それなのに、彼が黙って立ち上がろうとすると、彼女は恐怖に駆られて彼にしがみついた。「だめ！行ってはだめ！置いていかないで！意地悪しないで！抱いて！しっかり抱いて！」と彼女は狂おしく囁いた。そして自分のしていることも解らず、激しく彼にしがみついた。彼女は自分自身から救われたかったのだ。彼女自身の中にある怒りと抵抗から逃れたかったのだ。だが彼女にとりついていたその内部の抵抗の何と強かったことか！〉

◇メタモルフォーゼ

〈物〉の世界とエロスの世界との間に挟まってコニーは逡巡し、恐れ、望み、喘ぎ、引き裂かれた。しかしまさにその瞬間、メラーズのちょっとした行為で、激しくエロスの世界に入り込む。引き返すことのできない世界に入り込んでしまった。

◎事例９（続き）

〈彼は彼女をまた腕に引き寄せた。すると彼女は急に腕の中で小さくなり、小さくすり寄ってきた。抵抗は消えた。そして彼女は不思議な平穏の中に融け込んだ。彼女が彼の腕の中で小さくなりすばらしく融けてきたとき、彼にとって彼女は限りもなくいとおしい存在になった。彼の血管は強く優しい欲望を激しく感じた。彼は彼女を、彼女の優しさを、腕の中にいる彼女から感じた。彼の血の中に届いてくる美しさを感じた。そして彼の手は、純粋な優しい欲望に駆られて、すばらしいうっとりするような動きで、彼女の絹のような手触りの腰の曲線を撫で、彼女の柔らかい暖かい尻の間を下って、あの急所に次第に近づいた。彼女は彼を欲望の焔のようだと思った。だが彼は優しかった。彼女は、自分がその焔の中に融けてゆくのを感じた。そうなるのに委せた。彼女は、彼のペニスが彼女のからだに無言のふしぎな力を示し、主張をしているのを感じたが、その主張に自分を委せた。彼女は死を思わせるような痙攣に身をゆだね、彼に向かって全身を開いた。ああ、もし今彼が彼女に優しくしてくれないならば、それはどんなに残酷なことであったろう。なぜなら彼女は彼に向かって自分のすべてを開き、全く無力になっていたからだ。

自分の内部に力強く容赦なく侵入してくるものを感じて、そのふしぎな怖ろしい感じに、彼女は再び身震いした。柔らかく開いた肉体に入って来るものが剣の一刺しであったならば彼女は死んでしまっただろう。彼女は突然激しい恐怖に襲われて彼にしがみついた。しかし侵入してきたものは、太初に世界を造った重たい原始的な優しさであり、安らぎの入って来るふしぎな感じ、秘密な安らぎであった。胸の中の恐怖は鎮まった。彼女の胸は安らぎの中に身を委せた。彼女はすべてを放棄した。すべてを、彼女のすべてを、なるがままにさせた。そして洪水の中に自己を失った。

彼女には自分が海のように思えた。起ちあがって高まる暗い波、巨大な山となった波。そして暗黒のなかにいる彼女のすべてが揺れ始めた。彼女は暗い無言の巨体をゆらす大洋のようになった。ああ、彼女の内部の深いところで、その海は引き裂かれてうねり、長く遠くまで伝わる大波となった。そして彼女の急所に柔らかく刺し込まれたその中心から、海は何時までも引き裂かれてうねって行った。その刺し込まれるものが深く更に深く入って行き、さらに底の方に触れると、彼女はより深く、より深く、より深く開かれて行き、波はもっと強く何処かの岸辺へうねって行った。それは彼女をむき出しにし、その不可解な感触をもったものはさらにさらに刺し込まれてきた。彼女自身の波は、彼女をおき去りにして、さらに遠くさらに遠くうねって行き、遂に突然、全身の細胞の急所になにかが触れ、彼女は静かだが激しい痙攣をおこしはじめた。彼女は自分になにかが触れたことを知った。至上の悦びが彼女を襲い、彼女は終わった。彼女は終わった。消え失せた。そして生まれた。女として。〉

女がオルガスムに至る見事な状況描写の文章である。今日のこの種小説のほとんどは、ロレンスのこの文章のものまねにすぎないが、とてもこの域に達していない。

哲学（思想）と詩が、このすばらしい描写を完璧ならしめているのである。伊藤整が指摘した『波』として現され、なかごろで『光』にされ、あとでは『流れ』や『渦』にされている」状況描写の手法が駆使され、さらにそれらは「海」となり、その「海」で暗い波が起ちあがって高まり、巨大な山となり、大洋のようになっていった。絵画的というより音楽的である。スメタナの交響詩『モルダウ』やドビュッシーの交響的エスキス『海』を連想してもよい。あるいはリストの交響詩『前奏曲』やベートーヴェンの交響曲第六番『田園』を想ってみてもよいかもしれない。それともドビュッシーの『月の光』かラヴェルの『ボレロ』でも。クリムトがベートーヴェンの『第九交響曲・歓喜』を聞いて絵筆を取ったのも、おそらく第四楽章の四重唱に至って、コニーが最後に達した海の高まりと「至上の悦び」と「消え失せた」心の平安と「そして生まれた」再生の歓喜と同じ悦びを感じたからかもしれない。

そうした状況描写に合わせるようにロレンスは、詩や韻文で用いるルフラン（繰り返し）の修辞法を駆使する。それも二度の繰り返しだけに収めていない。「彼女はより深く、より深く、より深く開かれて行き」と三度も繰り返している個所さえある。散文としては異例の修辞法である。こうしたルフランそれ自体が、読む者の心の中に波を起こし、うねりとなって押し寄せ、海へと開かれて行く。リズムである。ロレンスは、あるいはこの作品を、散文体の小説ではなく、韻文の詩作品として書いたのかもしれない。

第二章　裸の神の最高裁

◇エロスの詩を殺した者

コニーはこうしてコンスタンス・チャタレイ夫人からメタモルフォーゼ（変身）した。散文が日常性の世界を表現する文体であるならば、日常性を超えて、新しく到達した宴の世界を演出する文体は韻文でしかなかった。詩人のロレンスは、こうして極めて韻文的な散文詩の文体に作品をさらに彫琢する。事例9をいま少し続ける。

〈そして今、心の中に、彼にたいするふしぎな賛嘆の念がめざめた。一人の男！彼女に与えられた男性のふしぎな力！彼女の両手は今なお少し怖れながらも彼の身体の上をさまよった。今まで彼女にとって彼はふしぎな、敵意あるいくらか嫌悪をもよおさせる存在であり、それが男というものだったが、それにたいして彼女は恐れを抱いていた。今彼女は彼に触れたが、そこにいたのは人間の娘を妻となした神の子だった。いかに彼が美しく感じられたことか！そしていかに純粋なものに感じられたことか！この敏感な肉体の静けさは、どんなに愛すべく、どんなに愛すべく、強く、しかもなお純粋で繊細に感じられたことか！この力強さと繊細な肉体の静けさは！いかに美しいことか！彼女の手はおずおずと彼の背中を下りて行って、柔らかい尻のまるみに達した。

この美しさ！何という美しさ！突然小さな新しい意識の焔が彼女を貫いた。ここにある美しさが、以前はどうして彼女に反撥を感じさせたのだろう。この暖かい生命ある尻に触ることの言い難い美しさ！生命の中の生命、真の暖かさ、力ある楽しさ。そして彼の両脚の間にある二つの玉のふしぎな重み！何という神秘！人間の手の中に柔らかく重たくのっているもののふしぎな神秘の重み！それはすべての良きものの根だ。すべての全く美しいものの根本だ。〉

コニーの内部では、再びメラーズの「男根が徐々に、ものものしく、満ち脹れ始めたのを感じた」とき、「一種の畏怖の念が融けて」いき、「どんな意識でも捉えることの出来ない純粋に柔らかく変幻」するものを感じ、「彼女の全身は原形質のように無意識に震え、生きていた」。二人の間に沈黙の平和が訪れる。その時メラーズが「起きなくちゃならないんだろう？」と口にするが、コニーは「いいのよ！」と答える。彼女はこの日のエロスの世界を通して完全に以前の自分からメタモルフォーゼしたのである。二人はお互いの〈美しさ〉を確認し合う。コニーはメラーズの世界のスラングを口にする。それまで二人を隔てていた階級・身分という〈物〉の境界を溶かしてしまったのである。

〈黄昏の中を家へ走り帰る途中、世界は夢のようだった。庭園の木立は膨れ上がって潮の中で錨に引き止められた船のように揺れていた。そして屋敷に向かう斜面の膨らみは生きているようであった。〉

『チャタレイ夫人の恋人』の最も重要なこれら長大なシークエンスを、司法官僚は無惨に検閲削除し、最高裁はそれを是としたのである。これは文学作品を冒涜する野蛮な行為以外のなにものでもない。この削除部分を読まずに、この作品を理解することも、鑑賞することも、不可能である。この検閲削除事例9の頭のほうの文章に立ち戻ると、「優しさ」とか「優しい」といった言葉が盛んに出てくることに気がつくだろう。実はロレンスはこの作品の題名を当初、『優しさ』（テンダネス）にしようと考えていたというが、そうであればこの事例9の個所こそ、この作品の臍とも言うべき中心そのものであるわけだ。その中心を権力は無惨にも削り取ってしまったのである。中心がそぎ取られた作品を読みとり、理解するなどということは、どだい無理な話である。

そんな横暴で、破廉恥なことを司法官僚たちはしでかし、最高裁はそれにお墨付きを与えたのである。『チャタレイ夫人の恋人』を未だに違法状態下に置いている日本は今日もなお、文化的には三流国家である。経済は崩壊し、文化は三流――こんな国が世界から馬鹿にされるのも当然である。

◇野蛮な日本最高裁の判決

作者D・H・ロレンスの自己投影とも言える事実上の最後の文学作品『チャタレイ夫人の恋人』が日本でなぜ苛酷な弾圧を受け、今なお違法状態下に置かれているのか、ここで考えてみる必要があるように思える。

作家・伊藤整の訳によって日本で小山書店から刊行されたのは、レッドパージやジャーナリスト弾圧が吹き荒れた一九五〇年のことである。「ロレンス選集」全一七巻の一環として、上下二巻本として発行された。発売と同時にベストセラー入りし、大変な話題となった。東京警視庁はこれに目を付け、同年六月に出版社の倉庫はもとより、全国の小売り書店から全冊を押収した。九月に入って、発行人小山書店主・小山久二郎と訳者・伊藤整を猥褻文書頒布のかどで起訴した。出版した行為だけではなく、翻訳したことも罪とされたのである。

裁判は翌五一年五月から東京地裁で始まり、五二年一月に有罪判決となった。被告たちは直ちに東京高裁に控訴したが、より重い形で再び有罪判決。そのため最高裁に上告したが、田中耕太郎裁判長は一九五七年三月一三日、大法廷において「上告棄却」つまり両被告を有罪とする判決を読み上げたのである。今日においても最高裁は同判決を破棄しておらず、確定判決として法的には違法状態が続いているのである。違法状態が継続しているだけに留まらず、確定判決として生きている以上、法的な規範として性表現取り締まりの規準となり、武器となっているのである。そのため法的には、チャタレイ裁判で違法とされ、検閲削除された部分と同種の表現を行えば、猥褻文書として摘発され、刑事弾圧を受けなければならないことになっているはずである。法治国家であるならば、そうでなければなるまい。

実際、このチャタレイ裁判有罪判決の影響で、以後、ヨーロッパにおいて思想・芸術書として古典的名作とされるマルキ・ド・サド著、渋沢龍彦訳『悪徳の栄え』、野坂昭如編「面白半分」所収『四畳半襖の下張』さらに大島渚著『愛のコリーダ』が摘発され、『悪徳の栄え』と『四畳半襖の下張』は有罪となったが、『愛のコリーダ』は東京高裁で勝訴し、検察側が上告を断念、無罪となった。しかし、チャタレイ裁判の最高裁判決は今日なお生き続け、司法当局はそれを根拠に多くの作品を猥褻文書として取り締まり、さらにインターネット表現規制の突破口にしつつあることは、マスコミ報道で見るところだ。それほど『チャタレイ夫人の恋人』伊藤整訳本に対する五七年の最高裁判決は今日なお大きな影響を及ぼし続けているのである。

そのおかしさ、不当さについてはこれまでに検証してきたとおりである。およそ非文明的な野蛮な行為であったことは既に明らかにした。

ロレンスのこの作品が日本だけで問題になり、権力による規制を受けたかというとそうではない。この作品が思想的にも文学的にも歴史を先取りする革命的で前衛的なものであったがために、他国でも弾圧を受けようとした。米国と英国でそうだった。時期的にも日本のチャタレイ裁判と同じ頃だったが、両国ではいずれも権力側が敗訴し、出版・表現・言論の自由を改めて確認させている。

米国では一九五九年にグロウブ・プレス社が無削除版を出版、通信販売しようとしたところ、連邦郵便法に抵触するとして、裁判となったが、連邦側敗訴、出版社側勝訴になった。英国では一九六〇年にペンギン・ブックス社がロレンス没後三〇年を記念して無削除版二〇万部を出版した。裁判となったが出版社側が完全勝訴した。

米国、英国のチャタレイ裁判で共通していることは、①両国とも、司法当局に対する意図的な挑戦として出版し、猥褻とは何か、ということを問題にし、人権問題として真っ向から権力に対する挑戦として闘ったことと、②陪審制度を採用し、市民感覚と常識が裁判で生かされていたこと、であろう。このような陪審制度の下に、米国では裁判長が知性ある訴訟指揮し、英国では一二人の陪審員全員が問題なしとの結論を出して、出版社側勝訴の判決になったということである。

◇陪審制度なき欠陥裁判

同じ猥褻とは何かをめぐって裁判となりながら、欧米では出版社側被告が勝訴となり、反対に日本では出版社のみならず翻訳者までもが敗訴となり、今日なお違法状態下に置かれているのは、一体なぜなのか。どこに違いがあるのか。そういったことをもう少し考えてみることにする。

日本のチャタレイ裁判では確かに作家、評論家、翻訳者、ジャーナリストの多くが裁判支援に立ち上がったが、欧米でのように裁判闘争に取り組んだかどうか、疑問なしとしない。欧米においては、人権問題そのものの言論・表現の自由の権利は絶対に権力によって侵害されてはならないとする基本的人権の問題として捉え、検閲・出版妨害に関わる刑事事件に対しては事件を逆手にとって意識的に権力に対する挑戦として当初から戦略的に取り組み、出版し、意識的、意図的に裁判闘争を挑み、勝訴してきたのである。

欧米社会においては、権利とは痛苦を伴いながらも意識的に闘い取るもので、デモクラシーとは自らが自らの犠牲と献身の果てに闘い取った人権のシステムとして定着しているものであるのに対して、日本では戦後占領軍から与えられた所与のものでしかなかった、その違いがチャタレイ裁判でも出ていたのではなかろうか。日本ではせいぜい一部知識人たちの運動でしかなかったのではないだろうか。裁判で、『チャタレイ夫人の恋人』の芸術性を強調し、猥褻なものではないと強調し、そうした作品の芸術性を強調することによって勝訴しようとしたあたりに、欧米と日本の裁判関係者たちの姿勢に違いが見られるように思える。

いまひとつ、陪審制度（一般市民を両陪席判事とする参審制度を含む）をとる欧米の裁判システムと、裁判官という司法官僚だけで裁判を進め、判決を下す日本の裁判制度との質的な違いについても言及しておく必要がある。日本と欧米との裁判への取り組みと判決の甚だしい落差には、陪審制度が深く関わっているように思えるからである。

陪審制度にあっては、一般市民の中から無作為に抽出して、陪審員が選ばれるわけだから、裁判に勝とうとするとどうしても一般市民にも理解でき、訴える力があり、シンパシーを抱かせる弁論を展開し、活動を行わなければならない。一部の法律専門家やインテリ階層だけの考え方や言葉だけでは、陪審員に訴えられない。市民の言葉で語る必要性が出てくる。こうして原告（刑事裁判では普通は権力側）も被告も、時代感覚にマッチさせ、市民の常識レベルに下り、しかも庶民の心を動かすようにしなければならない。陪審制度下の裁判が一般市民から遊離しないところ、時代の流れから立ち後れないところがここにある、と思う。

同時にこうしたシステムの下では、裁判が民衆に身近なものになり、日常生活の内部に自然と浸透してこざるを得ず、常日頃から裁判、事件、訴訟、正義、人権といったことどもを自分の頭で考え、咀嚼し、自分たちの言葉で語り合うこととなる。陪審制裁判制度では市民社会の中に、裁判は生活次元で定着しているのである。だから民衆が置かれた時代状況、感覚、常識、人間的な感情が陪審員の答申に自然と反映し、判決となる。

それに引き替え日本では、裁判官という名の司法官僚が、国家や企業体制を擁護することを至上目的に、人権擁護は二の次で、不勉強な上に時代感覚や市民の常識からおよそ乖離し、第一線に立つ裁判官の人事権と査定権を一手に握っている最高裁事務総局の強力な管理の下に置かれて、所詮サラリーマンこわっぱ官僚に惰さしめられてしまっている「裁判官」という名の司法官僚が、威張り腐って雲上の高みから、強きを助け、弱きを挫くことだけに汲々と、判決文を書くのだから、文明どころか民衆の感覚とはおよそかけ離れた判決を下すのである。なまじ憲法で司法の独立と裁判官の身分を保障していて、それを隠れ蓑にしているからたちが悪い。

少しでも裁判に関わった者なら、こうした日本の裁判のおかしさ、異常さ、非常識については身に沁みて分かるはずである。デモクラシーというならば、そして日本が近代的な文明国家になろうとするならば、陪審制度の導入が不可欠ではないだろうか。少なくともドイツの労働裁判所などで見られる市民を陪席させる参審制度を取ることが不可欠である。曲がりなりにも日本でも、労働事件で審理し、不当労働行為を是正させるための機関である都道府県の労働委員会において、参審制度の雛形が定着し、半世紀にわたって実績を上げてきている。それをモデルにして、陪席する市民代表を選挙して選出したり、学識者・専門家を加えたりして、陪席団をプールし、そこから陪席判事を選ぶといった知恵を働かせればよいのかもしれない。もちろん裁判の基本が本格的な陪審裁判制度でなければならないことはいうまでもない。当然のことだが、制度改革には魂がこもらなければならない。ドイツ（当時は西ドイツ）のように、裁判所・裁判官が戦争責任と戦後の反市民的裁判に対する責任を自覚し、謙虚に反省することが前提とならなければならないのである。そうしない限り、現在の司法・裁判の改善、改革はあり得ないのではなかろうか。

確かに陪審制度にも様々な欠点はあろう。専門家から見れば、法律のような専門知識を必要とする世界で、なまじ素人が判断し、感情に左右されて、結論を出し、それを基に判決を下すことなど、もっての外である、論外である、と主張するに違いない。複雑な法律的な知識を一般市民が理解できるはずがないと専門家たちは言うだろう。アンドレ・カイヤットの名作映画『裁きは終わりぬ』などを持ち出して、陪審制度の不合理さを指摘するだろう。「苦労して六法全書を丸暗記し、司法試験に合格し、研修を受け、任官されてきたわれわれと、そんな苦労をしたこともなく、初歩的な法律的知識さえ持っていない馬の骨どもと同じように扱われてはたまらない」という裁判官たちの声が聞こえてきそうである。民衆を衆愚だと考える人間ほどそうであろう。

しかしそうだとすれば日本はデモクラシーの国などと言わなければよい。デモクラシー、つまり民衆が主人公となって自分たちの運命を決定し、自分たちの社会を治め、自分たちの生活をよりよいものにしていく社会制度においては、たとえ間違うことがあっても、何かを決めるにあたりそのプロセスから決定に至るまで、民衆が権限を持ち、ことにあたる、というのが当然なのである。このシステムであれば、たとえ一時的に誤った決定を下しても、是正していくのに時間がかからない。

これに対して先例や判例にこだわり、なかなか軌道修正しない官僚制度下のシステムにあっては、民衆の感覚・常識あるいは時代感覚にそって、機敏に是正したり、修正したりすることは非常に困難である。『チャタレイ夫人の恋人』の翻訳・出版事業に対して有罪判決を下し、米英両国で被告勝訴判決が出てから既に四三年も経過した今なお違法とされている状態下に置かれている一事を見ても、このことは明白であろう。

◇裸の神の傲慢さ

陪審制度を取ろうとしない日本の裁判制度について、いま少し考えてみる。

日本の裁判制度は先進国の中でも、一般市民がほぼ完全に関与できないという点で、ユニークというか独自というか立ち後れているというか、非常に異常なものである。同じ後進的な資本主義国として歩み、第二次大戦で民主化されたドイツでも、とりわけ一九六八年の学生革命を契機に裁判所は、傲慢な高みから市民の目線の高さにまで下りた。たとえ陪審制度は取らない裁判でも、審理や判決に際しては参審制度などなんらかの形で、市民が加わるようになっている。デモクラシーの国なら当然であろう。

デモクラシーとは民主制のこと。まだ実現できていない理想社会に向けて、その実現のために理念、イデオロギーとして抱く思想としての民主主義ではなくて、「民」衆が「主」人公として自分と、自分の周辺と、社会のあらゆる面に関わり、発言権と決定権と審査・審理権を持ち、参画していける社会システムのことである。そのためにはなによりも情報の完全な開示が必要なことはいうまでもない。一部の政治家や官僚にそうした実権を委託したり、牛耳られるシステムではない。官僚たちが情報を独占するなどということは決して許されるべきではない。

たとえ選挙や審判といった制度が設けられているとしてもそうなのである。日本の場合、確かに立法府議員たちの選挙や最高裁判事に対する審判の制度は存在するが、行政官僚や一般裁判官に対するそうした仕組みは存在しない。官僚に対しては、首長などごく一部の特別公務員以外にはリコール制度もない。最高裁判事に対する国民審判も形骸化していて、なんらのチェック・システムとしての役割も果たしていない。そうした形骸化し、空洞化したシステムに安住して、日本の官僚主体の「民主主義」システムは、民衆と関わりのないところで、自動的に機能しているのである。司法制度はその最たるものである。

日本においては欧米諸国で見られるような裁判制度の改革が全然行われてこなかった。通常、地裁段階の裁判は一人の裁判官が審理を行う。よほど大きな裁判でないかぎり最初から三人の裁判官から構成される合議制の形は取らない。それでも大きな裁判では、例えば五裁判官合議制をとるといった特殊な例外はあるものの、審理終結間際になって三裁判官の合議制に移行することが普通と言えよう。そうした仕組みの下で行われている裁判も、担当していた裁判官が最初から最後まで審理し、判決に参加するということはほとんどない。私の体験からいうと、東京地裁段階では皆無であった。地裁は事実審理の上で最も重要な役割を果たすものだが、その地裁にしてこのありさまである。

こうして実際の裁判に直接参加せず、審理を通して感じ、知るはずの、印象を全く知らずに、ほとんどの裁判官は、準備書面や陳述書といった類の文書や速記録に記された証言ややりとりと書証（文書による証拠）だけで、判決を下す。

真実を見極めようとするとき、言葉の記録だけでは不可能なことは、ものを書く人間にとっては常識であるのだが、日本の裁判所はその常識に全く反したことを行っておかしいとも思わない。私自身の記者経験からいうと、あるとき政治家の相手があまりにも平然とうそをつくので、そんな相手をじっと見極めることによって、相手の言うこととは全く逆の記事を書き、大きなスクープを取ったことがある。これがもし記録された文字だけで判断すれば、絶対にそういうことはあり得ないわけで、大誤報となったのである。

言葉は、話し手の眼、口、表情、さらにはその人間の置かれている状況などと一体化したものであり、そうした総体的な状況から言葉を判断しなければならないものだが、日本の裁判ではそうした最も基本的な作業を行わず、厳めしい黒い法服をまとって、神の高みから判決文なるものを読み上げるだけなのである。裁判の中立性を楯にとって、そうした判決に対して批判に耳を傾けず、傲慢な態度を取り続けるのである。それでも、まだ準備書面や書証（証言記録も含む）などの文章に一応目を通して（一応目を通してくれるだけでも、必死に訴えている人間にはどんなに嬉しいことだろうか！）判決文を書くのなら、まだしも救いはあるのだが、私の体験では、そうした裁判官は皆無だったと断言できる。

実際、日本の裁判所の官僚的傲慢さは全く鼻持ちならないといってよいだろう。判決批判を許さず、判決に対する批判的言動は基本的人権の言論・表現の自由に当てはまらないとする思想にこのことが端的に表れている。一九九九年のバカンス裁判原告・山口俊明記者の懲戒解雇処分撤回を求める訴訟に対する東京高裁判決と、同判決を支持して強引に上告棄却つまり山口上告人敗訴の決定を一方的に下した最高裁の態度と思想に、このことが表現されているのだ。問題の東京高裁判決というのは、その七年前（一九九二年）の「バカンス裁判」最高裁判決直後、記者会見した山口記者が、判決批判を行い、その談話がマスコミで大きく、一斉に報道されたことが許せないとし、その記者会見談をほぼ唯一最大の理由として被告会社の山口記者に対する懲戒解雇処分を是としたものだった。記者会見は言論活動中の言論活動。そこでの言論の自由は完全に保障されなければならないことはデモクラシー社会の常識である。そのため山口記者は最高裁に、東京高裁判決は言論・表現の自由を保障した日本国憲法に違反すると上告したのだが、最高裁は上告要件の違憲理由にはあたらないと、その理由を具体的に述べずに、上告棄却の決定を行い、文書で送達してきたのである。

最高裁という「お上」に逆らう言動は許せないとの、度し難い官僚主義の悪臭がふんぷんと漂ってきたものだ。裁判が市民からチェックされないところから来る日本の裁判所の驕り高ぶりがなせるワザだった。チャタレイ裁判から日本の裁判所は一歩も前進しなかったどころか、退歩さえしていたのである。

私自身、ひよんなことから裁判に関わることになってから、もう三〇年以上になる。関わった事件数も一〇件は優に越す。そうした経験から振り返ると、裁判官の中には真面目に審理を推し進め、少しでもおかしな点や理解できない点、あるいは矛盾した点や重大な問題点に直面したとき、裁判官自ら尋問する。当たり前といえば当たり前のことだが、こうした態度の裁判官にお目にかかることは希有の例である。酷い裁判官になると、尋問や反対尋問などの審理の際、廷内はおろか証人すら全く見ずに、机上でひたすらに何やら書き物をしている裁判官もいた。書き物といえばまだ聞こえはいいが、せっせせっせと文書を書き写していたことは、その裁判官の顔の動かしようから見て取れた。速記録さえ出来ればよく、審理中の裁判とは全く関係のない書き仕事をしていたことは間違いない。

こうした裁判を延々と何年も続けた後、審理に関係してこなかった裁判官たちが、合議制に移行すると宣言して、精々二、三回で原告、被告双方から最終準備書面などを出させて、それで審理終結（結審）を宣言し、判決を「下す」のである。

その判決たるや、私の経験からすれば、最初からどちらかを勝訴させるという大前提の方針があり、それに都合のよい「証拠」や「主張」だけを、立証されているかどうかなどについては二の次で、つまみ食い的に採用し、敗訴させる方針の一方の側の証拠や主張あるいは判決に不都合な証拠や主張に対しては、「採用の裁量権限は裁判所にある」との実に傲慢不遜な理由と態度で、採用せず、独断と偏見に満ちた判決を下す。敗訴側の主張に対しても「独自の見解に立って原判決を論難するもの」と一〇数文字で切り捨てる。何がどのように独自なのか、日本の裁判所は決して具体的に指摘もしなければ、述べようともしない。お前ら下々の人間が、生意気なことを言うではない、との態度である。最高裁もこうした裁判所のやり方を是認してはばからない。というより、最高裁自体が率先してこういう態度をとっているのである。

もし陪審制度やそれに代わる市民参加の裁判制度を取り入れていれば、とてもこうしたことにはならないと思われる、そのような裁判制度を日本では取り入れているのである。チャタレイ裁判決のおかしさも、こうした日本の後進的な、反デモクラシー的な裁判制度に起因していることが大きいのではなかろうか。

◇司法真空国・日本

日本にも陪審制度の試みはあったようだが、戦時中の一九四三年に息の根を止められて、結局は今日に至るまで現在営まれているシステムで裁判が行われ続けてきた。敗戦で欧米流デモクラシーは輸入されたにもかかわらず、裁判の基本的なシステムはついぞ変わることがなかった。不思議なことなのだが、侃々諤々の議論が起きた記憶はない。二一世紀を目前にして起こった司法制度改革の動きも、決して国民レベルでの本格的論議とは言えず、まして運動と呼べるものでないことは明らかだ。そうした裁判制度で、とりわけ戦前、戦時中には、例えば治安維持法関係等の思想弾圧などで日本の司法は多大の過ちを犯し、小林多喜二、三木清といった多くの人物が犠牲になったというのに、その原因、背景の一つとなった裁判制度について、根本的な改革がなされなかった、というのは考えてみれば実に不可解、不可思議な話である。

裁判所の戦争責任についても、例えばドイツなどでは徹底的に議論され、追及され、その結果として今日のデモクラティックなシステムとなったのに、日本ではほとんど問題にさえされなかった。私自身の不勉強のせいなのかもしれないが、日本で司法の戦争責任が追及されたり、それに基づく改革論議が行われた記憶は全くといっていいほどないのである。法曹界の一部にあったとは思うが、市民レベル、学生運動、労働運動では、個別の冤罪事件等に対する取り組みはかなりあったことは事実だが、真っ向から司法の戦争責任、戦後責任の問題として取り上げ、運動し、改革にまで持ち込もうとした運動は、全くなかったのではなかろうか。

日本の司法制度は、明治維新期の富国強兵の大方針により、行政追随を制度的、体質的に強制されてきたと言える。強大で強力な中央集権的な国家行政権力がまず存在し、立法と司法はそれに付随する形で敗戦まで来て、今日においても基本的、本質的に変わることはなかった。カレル・ヴァン・ウォルフレンの『日本／権力構造の謎』などでもこうしたことは指摘されている。権利を主体的に闘い取った経験を持つことが少ない日本人より市民意識、デモクラシー感覚の発達した外国人のほうがこのことのおかしさに対しては敏感に感じるのであろう。

こうした歴史的背景をもつ日本の裁判制度にあっては、裁判官自体も行政官僚的な体質を意識的、無意識的に持つのも当然であろう。まして最高裁事務総局が人事権を握り、各裁判官を厳しく監理し、最高裁においてすら「調査官裁判」と言われるほど調査官が絶大な権限を握り、判決は事実上調査官という文字どおりの司法官僚が書いたものを裁判官が読み上げるのが現実だというから、日本の裁判所は、憲法で三権分立だの裁判官の独立性保障など書かれていても、それは全く空しいことで、現実はビューロクラシーとしての官僚機構が支配し、その下に全体主義的な体制・体質となり果ててしまっていると言える。このことは私自身の永年にわたる体験や毎日新聞社会部諸君が著した『検証・最高裁判所』等による知識でも確認できるのである。日本弁護士連合会の久保井一匡会長も、日弁連機関誌『自由と正義』二〇〇〇年四月号において、その就任の挨拶文の中で「わが国の司法の最大の欠陥は、その容量が小さく、裁判官が最高裁事務総局の人事支配下にあるため、事実上その独立が阻害されている点にある」と指摘していることでも裏付けられていると言えよう。

◇井の中の蛙たち

チャタレイ裁判の例をとってみても明確になっている日本の裁判のおかしさについて、なぜそうなのか、どうしてそのような状態が一向に改善されないのか、そのあたりのことを裁判所と官僚主義との関わりの観点から、いま少し考えてみる。

日本の裁判制度では、最高裁の大法廷を除けば、合議制の下でも地裁と高裁はごく特殊な例外を除き通常裁判長一人と陪席裁判官二人の三人体制で審理し、判決を下す。最高裁小法廷では裁判長一人と陪席四人の五人体制と二名多い。これら裁判官のほとんどは、一部の最高裁判事を除き、プロフェッショナルな裁判官として人生を送ってきた人たちである。最近では法曹界内での交流を図るためとして、地裁や高裁段階でも検察、弁護士から判事になる人間も出てきて、検察官が判事になっていることもあり、驚かされることがあるが、やはり基本的には裁判官は、地裁から最高裁まで、その多くが判事としての職業人生を過ごしてきた人間だと考えていいように思える。

そうしたプロフェッショナルな裁判官たちのほとんどは、大学の法学部に入り、ひたすら六法全書を丸暗記し、判例集を頭の中にたたき込み、難関の司法試験に合格して、札付きの反市民的な思考の持ち主である、例えば東京地裁労働部裁判官の任にあった人間が教官を務める司法研修所で研修を受け、ようやくにして判事として採用された人たちである。詰め込みに忙しく、学生運動やボランティア活動、あるいは苦悩や迷いの果てにさすらいの旅などに出るなどという体験を持たない人間がほとんどではなかろうか。つまり生きた人生経験を持たず、社会の実情、人生の陰影、人間の心理や感情の微妙な綾などをほとんど知らずに、いわゆるエリート人生を送ってきた若者が判事になり、裁判所という極めて閉鎖的な世界の中でその後の人生を送るのである。

最高裁判事といえどもこうしたパターンは基本的に変わらない。確かに外交官や労働省高級官僚あるいは学者・弁護士からなる裁判官もいるのだが、学者・弁護士を中心とする特殊な例外を除き、彼らの多くもまた一般のエリート裁判官たちと似たような青年時代を過ごしてきた人間が多いのではないだろうか。日本の社会でエリートとして大成するには、そうした馬車馬的人生を送るほかなかったのである。学生運動に関わった江田五月などという例外的存在はいたが、彼とて結局は政治家に転身した。ちなみに九八年末の最高裁判事の出身を見ると、裁判官六人、検察官二人、外務官一人、行政官一人、学者一人、弁護士四人となっている。

つまり、裁判官の一人一人が悪いというより、まるで現代版科挙の制のごときそのようなシステムでしか裁判官になれない仕組みになっているところに大きな原因があると考えてよく、そうした仕組みの中にどっぷりと浸かっていれば、本人たちも自覚せぬままにいつのまにかそうした科挙裁判官になってしまうのであり、そうした非人間的裁判官が造られ続けてきたのである。しかも絶大な国家権力に庇護されているわけだから、よほど自らに鞭うって感覚を研ぎすまし教養を高めようとする人間でない限り、いったん判事の職に就けば、自分のおかしさ、裁判所のおかしさに気づくこともなくなるのは自然である。たとえ気づくことがあるとしても、去勢されてしまっている職業判事たちには、正義感に基づく主体的な行動に出る勇気はもはやない。

こうしたことに裁判所も全く気がついていないわけでもないようで、例えば社会的な視野を広めるためなどと称して毎年、判事を記者クラブに派遣して研修させたいと、新聞協会を通して申し入れてくるのだが、永年記者クラブ詰めの新聞記者をしていた私も、そうした派遣研修判事の姿をついぞ見たことがない。つまり最高裁側のポーズというかアリバイづくりのパフォーマンスでしかないのである。一言でいえば裁判官という人種は世の中知らずなのである。そんな人間が現実社会で苦しみ抜き、最後の場として裁判所に、切なく、必死の思いで訴える人間に対して、神の高みから判決を下しているのだが、日本の裁判官たちはそんな自分たちの姿や行為をおかしいとも思わないようである。こうした日本の裁判官・裁判所のおかしさは外国人ジャーナリストも敏感に感じていて、例えば英国「ザ・タイムス」紙の東京特派員ジョアンナ・ピットマン記者も、同紙一九九一年八月五日付記事で鋭く批判している（梅本浩志『わが心の「時事通信」闘争史』二〇二〜二〇三、二一四ページ）。

そうしてようやくにして任命された若き判事たちに対して、待遇に連動する人事の異動権限や勤務評定の権限を一手に握る最高裁事務総局が、全裁判官に対して年一回の裁判所長たち上司の勤務評定書と勤評をうける裁判官の勤務希望地調査票を抱き合わせにした「人事カード」制を実施している。上司の所属裁判所長や高等裁判所長官が意見を添え、最高裁事務総局に提出するシステムになっているという。勤務評定の評価基準については「全裁判官に共通した一定の評価基準というものはない」というから、要するに客観性を欠いた勤評制度である（読売新聞二〇〇〇年六月五日付夕刊）。裁判官たちは最高裁事務総局によってがんじがらめにされているのである。裁判官の独立性など期待するほうが無理というものである。その上でさらに厳しい監理の眼を光らせ、酷い場合には分限裁判に掛けるなどするから、判事たちは最高裁事務総局という司法官僚機構に羽交い締めにされて、抵抗することもできない。

憲法で保障されている裁判官の独立性や身分保障などは言葉の上だけのことである。むしろその陰にかくれて、自らの卑怯な官僚的体質をかくしていると言える。そうした一つの巨大な司法ビューロクラシーが形成されているのである。現代日本はモナルシー（君主制）でもアリストクラシー（貴族制）でもデモクラシー（民主制）でもなく、ビューロクラシー（官主制）によって支配、統治されていると言えるが、その最も酷い世界が裁判所なのである。

そうした裁判所に対して、主人公であるはずの民衆が異議を申し立てたり、チェックできるのは、総選挙の折の最高裁判事に対する国民審査と、国会における裁判官弾劾裁判ぐらいしかないが、いずれも茶番でしかないことは、誰よりも民衆がよく知っている。こうして一つのビューロクラシーの怪物になってしまった日本の裁判制度にあっては、誰も、どこもチェックできない。ましてデモクラシー国家の常識である陪審制度を採用していないから、もうどうしようもない。未だにチャタレイ裁判の法的違法性が生きていることのおかしさを、国民はどうすることもできず、裁判所も知らぬ顔の半兵衛である。

◇権威なき傲慢

権力は立法、司法、行政の三権からなっていることは小学生でも知っている。その三権のうち、司法が他の二権とは著しく違うところがあることも、少し考えてみれば誰でも気づくことだ。特に司法の中でも裁判がそうだ。同じ権力とはいえ、司法は権威の占める比重が立法と行政に比べて特段に異なるのである。

権威には、①強制し、服従させる威力、②人を納得させるだけの信頼性があること、③優れた専門家、権威者、の意味とニュアンスがある。『日本語大辞典』の定義だが、これを一つにまとめてみると、「人を納得させるだけの信頼性があって、そのことにより人は外的な暴力（権力も一種の暴力）によって強制され服従するのではなく、心の底から相手の主張に納得し、感じ入り、相手の偉大さや正しさを認め、自然と従うこと」ということになろう。正義感覚、存在の偉大さ、知的教養や歴史認識の深さ、人間的思いやり、洞察力、芸術的素養といったものを相手が持っていて、そういう人物あるいは存在から考えを示されて、心服し、相手の意見に従うことを、権威と呼ぶのではないか。

司法、特に裁判所に最も必要なものはこうした権威なのである。判決と判決理由は言うに及ばず、審理の全過程においてそうでなければならず、権威の持つ様々な要素を持たなければならない。しかしチャタレイ裁判の一例をとってみても、日本の裁判所にはおよそ権威というものがない。人をなるほどと納得させるだけの権威はなく、ただただ司法の独立性を隠れ蓑にして、官僚的に処理し、国民や海外からの批判や主張に耳を貸すことはない。耳を貸さないばかりか、「雑音」だの「独断的主張」などと言って、なぜそうなのかについては説明しない。いや説明できない。そこにあるのは傲慢な官僚根性だけである。権威などはおよそ感じることが出来ない。

だからいまや先進国であるならば考えることさえ不可能な、『チャタレイ夫人の恋人』の、出版は言うに及ばず翻訳することさえ有罪とするなどというナンセンスきわまる判決を出し、しかも最高裁判決が確定してから四〇年以上もたつ今日においてなお、有罪状態を継続させ、当の最高裁が未だになにに食わぬ顔をしているのは不可解であるとしか言いようがない。例えば次の事例など、未だに違法で、このような文章を書いたり、翻訳したり、出版したりすることはまかりならぬはずだが、その愚かしさにはよほどの人間以外には、あきれかえるに違いない。

◎事例10

〈彼女は黙って泣いていた。彼は炉辺の敷物の上で彼女のそばに横になって、彼女の中へ入って行った。そしてふたりはいくらかの安らかさを得た。それから急いで寝床へ入った。というのは寒くなってきたし、互いに疲れ果ててきたからだった。彼女は彼に身を寄せて、小さく身を縮め、一緒にすぐ、深い眠りにおちた。そして身動きもせずに、太陽が森に昇って朝になるまで寝ていた。〉

最高裁判決ではこのような表現をしてはならないことになっているのである。事例1の表現といい、この一文といい、こうした文章表現は検閲削除の対象で、下々は自粛・自己規制して、このような文章は発表してはならないと言うのだ。最高裁判決に従えば、このような文章が刑事責任に問われるとするると、そして表現・出版を禁じられるとすると、今日発表されているあらゆる文章は、すべて違法行為になる。しかし現実にはそうでないことは、誰でも知っている。つまりチャタレイ裁判判決はもはや現実世界では有効性を喪失しているのである。

◇江戸時代へのタイムスリップ

最高裁を頂点とする日本の裁判所にはもはや権威が存在しないことを、チャタレイ裁判判決と現実世界とのギャップは物語っている。権威のない司法が、権威を不可欠な要素としている司法権力としての資格がないことは当然であろう。自分に都合の悪いことには、傲慢に知らぬ顔の半兵衛を決め込む日本の司法は、既にチャタレイ裁判の判決を恣意的に無視する行動をとってきている。

伊藤礼氏によれば既に一九七三年に講談社から羽矢謙一氏訳の完全訳版が出版されたが、司法当局はどうしたことか見逃し、「この訳は静かに出版され静かにうけいれられたのである」。もし摘発し、裁判ざたになり、有罪になれば、おそらく日本の裁判所は世界中から物笑いになったことは必至といってよく、ここはむっつりスケベエの黙り込みが得策だとの判断が、司法関係者の間で働いたことはまず間違いなかろう。大島渚の『愛のコリーダ』裁判で、検察側が最高裁に上告することを断念したように。もしこの裁判で、検察側が最高裁に上告していれば、世界中から物笑いとなっていたことは必至である。既に映画化された『愛のコリーダ』はフランスを中心にヨーロッパで評判が高かったからである。

だとすれば、卑怯としか言いようがない。チャタレイ裁判有罪判決が今日なお有効であるとするならば、司法当局は少なくとも一九九六年発行の伊藤礼補訳版を猥褻罪として摘発し、刑事裁判で争うべきであることは当然ではないか。判決に権威があるならば、そうしなければなるまい。伊藤礼氏も補訳版のあとがきで、「今回の改訂版出版は、最高裁判所判例に対する正面からの挑戦ということになる」と言い切っているのだ。確かに「いたずらに事を好んでこの完全訳を出版しようとしているわけではない」と、腰は引けてはいるが、そのように言っているのである。

英国でも、米国でも『チャタレイ夫人の恋人』出版に際しては、国家権力の言論弾圧への市民の側からの挑戦として意図的に出版された。伊藤礼氏もそうした態度で臨まない限り、この世界の名作の翻訳者として自己否定せざるを得なかったに違いない。また罪人とされた父・伊藤整の無念を晴らしたかったに違いない。しかし補訳版刊行から四年になるというのに、息子は父の無念を晴らす機会を与えられない。イニシアチブを司法権力側が握っているからだ。

現在の訴訟制度によって、このように伊藤礼氏は父の無念を晴らすことが出来ず、また日本という国と民衆の文化的・文明的な名誉を救えないが、最高裁はそのことをいいことにして、自らの非文明的な責任に頬かむりしているのは不可解だし、不愉快である。最高裁は自らを被告として自らを裁くべきではないだろうか。そうしてこそ初めて裁判所は権威を具有する権力機構となるだろう。自らの誤りと過ちを省み、改めよ、とは昔からの言い伝えである。そこからしか権威は回復しないし、確立しない。

伊藤礼補訳の完訳版が出版されたこの機会に日本司法は、改めて刑事弾圧するのではなく、自らを被告として裁き、四二年昔の自分たちの判決こそが間違っていた、と自己批判し、判決を破棄し、伊藤整の名誉を回復し（無罪とする）、権力による検閲削除は違法である、との真っ当な新判決を出すべきではないか。現代の法律ではこういう措置が執れないのであろうか。執れるはずである。伊藤礼補訳版を形式的に起訴し、検察が無罪を求刑し、その際、伊藤整訳本刊行を有罪とした過去の最高裁判決を明白に否定し、謝罪し、訳者の伊藤整、発行人の小山久二郎両被告（上告人）の名誉を回復すればよいのである。

一般市民がもし、改めて司法権力に挑戦するとなると、これは大変なことである。外国人ジャーナリストも指摘しているように、日本の裁判所は、本来主人公である民衆の側にたたず、もっぱら権力支配・統治のためのシステムであり、市民が裁判で争おうとしたなら、テマ、ヒマ、カネのかかることは、想像に絶することだからである。市民が裁判で争うつもりでも、弁護団を編成しての弁護士費用、資料調査費、交通費等々の膨大な経費、一〇年、一五年もかかる年月、弁護士や学者たちとの相談や調査にかかる手間や雑事などが控えており、よほどの支援者がいない限り裁判で争うことを断念せざるを得ないのが、日本の現実である。憲法に書かれていても、日本人のほとんどは事実上、裁判を受ける権利がないのである。

そしてたとえ裁判で争っても、お上（裁判所はお上の中のお上）を相手に争ってもまず勝訴できない。もし勝訴できる場合があるとすると、それは涙ながらに訴えて、お上のお慈悲にすがりつき、権力者たる司法官僚としての裁判官の自尊心とナルシシズムを満足させてやるときぐらいだと思っていてよいだろう。日本の裁判所は、未だに江戸時代のおしらすと大して変わりないと思えばよいのだ。うっかり権利だの時代の流れなどを真っ向から主張して、自らの正当性を訴えて争えばまず勝ち目はないこと請け合いだ。刑事事件などで、身の潔白を主張し続けたりすると、反省していないなどと決めつけられて、おかしなことに、かえって刑が重くなることもある。日本の裁判は、刑事事件にせよ民事事件にせよ、行為とその理由よりもむしろ心を裁く傾向が強い。日本の裁判所というところはそういうものだと思っていればまず間違いない。過去の数々の冤罪事件もそうした土壌から生まれたのだし、チャタレイ裁判だってそうだったのである。権利の主張、文明次元の問題追求、国家や自治体を相手とする責任追及の訴訟で民衆が勝訴できる可能性は限りなくゼロに近いのである。

それをいいことに日本の裁判所は、恥知らずなことをしでかしていても、見ざる、聞かざる、言わざるを決め込んでいるのである。裁判官たちは、裸の王様でしかないのに、そのことに気づこうともしない。自らの過ちを認め、正そうとせず、傲慢な態度を取り続けるものに、権威は存在しない。見るも無惨な伊藤整訳の『チャタレイ夫人の恋人』を読んでみて、改めてそう思ったものである。

第三章　物が神となった時代

◇ポルノ病の病原菌

七〇年代から八〇年代にかけて私は、しばしば一ヵ月間の年次有給休暇を取って、ヨーロッパに取材旅行に出かけた。ベースをパリに置き、ワルシャワ、ベオグラード、マドリッド、ウイーン、ロンドン、アテネ、ミュンヘン、ベルファスト、ブリュッセルといった各地へ出向くのである。そうした折、少しでも暇を見つけて足を運ぶように心がけたのは、映画館と美術館だった。

そのような時パリでは、まずキオスクでガイドブックを買った。日本の『ぴあ』のような冊子で、あらゆる催し物やテレビ、ラジオのプログラムなども盛りだくさんに載っていた。当時まだ日本ではそのような案内書は出ていなかったか、あったとしても今日のようにポピュラーなものではなかった。私はそのガイドブックを片手に、パリの市街を歩いた。

ガイドブックの映画欄はジャンル別に区分けされていた。性を中心的なテーマとする映画は、シネマ・エロチークとシネマ・ポルノグラフィークの二つにジャンル分けされていた。日本ではそうした類の映画であれば、すべてポルノ映画とされて、なにかいかがわしいものとするのが一般的だったから、私は少々驚いた。フランスではこの二つのジャンルは区別されていたのである。

当然のことながら一切、検閲削除されたり、ニュアージュ（ぼかし）がかけられるということはなかったが、上映の仕方が大いに違った。

シネマ・ポルノグラフィークのほうは俗にX館と呼ばれるものが多く、そうした映画館では一切の広告・宣伝は禁じられていた。スチール写真どころか言葉もなし。人目に付かぬように入り口のあたりに掲げられた看板には大きくない字で、題名とスタッフ・俳優の名前が出ているだけ。だからフランス語が分からない人間にはそこがいわゆるポルノ映画上映館だと気がつくことはなかっただろうが、さすが業者のほうも知恵を働かせて全館真茶々に塗っていて、それと分かるようにしてある上映館もあった。これに対してシネマ・エロチークのほうは、シャンゼリゼの大通りの封切館で大きな看板を掲げ、堂々の上映で、たいていはカップルで見に来ていた。

日本では性を扱う映画をすべてポルノ作品として扱う傾向が強いが（これにはチャタレイ裁判最高裁判決の結果が影響している）、フランスではそうでないことが明白である。それどころかフランスはじめ欧米諸国ではエロスを扱う作品を哲学的な作品として見る傾向が強いと言える。その歴史的土壌の差違についてはさておくとして、英米両国と日本でほぼ同時期に出された裁判所のチャタレイ裁判判決の結果により、こうした違いが決定的になったように思える。

官僚化した日本の司法機関の関係者（裁判官、検察官、警察官）は、官僚の特性たる形式主義、前例踏襲主義、画一主義に骨の髄まで犯されて、作品の内容とは全く関係なく、性器が露出している場合や性の行為をリアルに描いている場合には無条件に猥褻だと決めつけ、そのことだけで検閲削除してしまう。精々ニュアージュをかけさせる。だから実にくだらないヘア騒動で大騒ぎする。陰毛をヘア（頭髪）と日本英語に言い替え、ヘアが写っているかどうかで猥褻図画（わいせつとが）かどうかを判断する基準としてきた。

最近では取締り当局側もチラリズム的なヘア露出程度には寛大な態度を見せることが多いので、週刊誌などはヘア露出などを宣伝文句として売り出すという愚行を演じているが、そのことの結果として総合週刊誌までが言葉本来の意味でポルノ雑誌化するというまことに日本的な現象が一般化しているのである。新聞社発行の週刊誌も例外ではないケースが多々見られる。スポーツ新聞しかり。性表現の自由の問題、バカンス権、自主管理意識の希薄さ、労働分配率の低さ（労働者組合運動の低調化と抑圧の酷さの反映でもある）における日本と欧米との文明格差こそ、実は今日の日本社会と日本人の置かれているマイナス状況に強く影響しているのだが、そのことに、日本人は気がつかなければならないのである。

◇切り子ガラス

同じ「性」をテーマ、素材、舞台としながら、エロチークとポルノグラフィークとは、どう違うのであろうか。

言葉の定義をまず押さえておく。伊吹武彦編『仏和大辞典』によれば、「エロチーク」とは「①恋愛の、恋愛に関する、②色っぽい、淫らな」の意味を持つ。語源が愛の形容詞であるギリシャ語エロチコスであり、そのエロチコスがギリシャ神話エロス（愛の神）から派生していることからでも明らかなように、①が基本的な意味概念で、②は①から派生あるいは展開した意味だと考えてよいだろう。一方、ポルノグラフィークは「猥褻な」の意味しか持たない。その語源は売春婦を意味するギリシャ語ポルネである。余談だが、古代ギリシャ語にはポルノクラシーなる言葉があって、遊女が政治に強く影響することを指し、遊女政治などと訳されている。

こうしてみると、この二つの言葉の間には明らかに差違がある。エロチークは、解放された人間的な愛に関する言葉であり、内面的な愛情から性の行為にわたる総体的な人間世界の状況について表現するときに用いる言葉である。当然、美や豊かさも内包する。つまり性は意味概念の一部にすぎない。それに対してポルノグラフィークは、女性の肉体と性に関わるサービスを商品として提供（売買）するに際して用いる言葉である。つまり肉体やサービスを商品である物として扱うに際しての用語であり、従ってそれは部分的、物質的な商業世界の物（サービスも物）や形について指し示すときに用いる言葉である。

結論から言ってポルノグラフィークなものはつまらない。単なる物でしかない人間の肉体や性の姿態を、ただそれだけを繰り返し描いたところで、退屈で、性的な興奮すらも減退させてしまう。人間にとっての性とは、そのような生物学的な欲望処理の機会でもなければ、場でもない。器官の目的充足といった部分的なものではない。〈人間〉総体に関わるものなのである。それは肉体的快楽を追求するところから精神的高揚に至る、壮大な状況なのである。言葉一つ、木の葉の微かなさざめきも愛の世界の重要な部分を構成し、それがなければ状況は成立せず、性も不確かなもので終わる。階級・身分意識といった愛を阻害する要素も状況にマイナスに働き、性は不確かなものとなる。

エロチークとは状況総体の結果として醸成されるものである。では状況とはなにか。

状況の元の言葉と言えるフランス語の「シチュアシオン」について、伊吹武彦編『仏和大辞典』は次のように定義している。①（地理的な）位置、方位、②（個人の置かれている）境遇、立場、状況、③（個人の社会的、職業的）地位、身分、その職分、④（国家や社会の政治的・経済的）情勢、局面、立場、⑤《古》精神状態、気分、⑥《劇》《文学》場面、シチュエーション、⑦《哲》《社会学》《心》状況（場面、情況、事態）。ほかにも財政学や数学での意味もあるが、以上の定義で〈状況〉という言葉の意味とニュアンスがおおよそ理解できる。

この定義を基にいま少し考えを推し進め、整理してみる。いささか突飛な着想かもしれないが、ここでは状況について視覚化してイメージ化する。マルクス主義の土台と上部構造論にみる直方体あるいは台形のイメージと比較しながら考えてみるためである。

まず物理的な空間について。空間は一般に三次元から成る直方体で構成される。各軸は九〇度で交わるのだが、状況を空間だとすると、九〇度ではなく、三角錐のような形をしているのかもしれない。この推論をさらに進めると、状況という空間は、切り子ガラスのような球状の形をしていると考えるほうが合理的なように思える。円状にスライス・カットした平面が球の外側に多数張り付き、それらのカット面で球状の空間が形成されているのである。それは多数のクレータで表面を覆われた月に似ていると言える。多面体の球状空間なのだ。球状といっても、円球というよりもむしろ長円球の球体で、それも長く、幾度も曲がり、ねじれ、至る所に凹凸がある、不均整な風船状の球体を思い浮かべるといい。

そうした物理的な各カット面に、人間社会の小世界が塗り込められている。それは職場、地域社会、家庭、学校、病院、あるいは組合運動、市民運動、公害反対運動の集まりや活動の場、また裁判所とか議会ということもあろうし、ボランティア活動や慈善活動の場とかＰＴＡの活動もあれば、就職活動の場もある。拷問や虐殺あるいはリンチやいじめといったマイナスの場もある。多様多彩な平面で、それらが数多く集合して球の外郭を形成し、その内部、深部も含めて球状の状況空間を構成していると考えてよいだろう。そしてこれらの三次元空間には、時間というい一つの物理的次元が加わり、こうして四次元の球状空間が形成される。

だが、これだけでは状況は形成されない。主体としての人間がその物理的空間の中に位置しなければ状況とは成らないのである。感じ、考え、判断し、行為・行動する、主体としての人間が、球状空間のどこかに位置していなければ、状況は成り立たないのである。球の表面のカット面のどこかに位置していてもよし、球の内部に位置していてもよし、いずれにせよ、状況空間のどこかに人間が位置していなければ、状況は形成されないのである。一般に人は、時間とともにカット面を次々に移り変わる。昼間は職場にいるが、夜はデートして映画館にいたりする。人によれば同時に幾つかのカット面に関係する。勤務時間中に組合のビラを配布するなどだ。

◇人間の意味と重み

切り子ガラスのような多面体球状空間と主体としての人間の存在。それが状況を形成する必要最低限の条件だが、これだけでは〈状況〉とは言えない。次の条件について考える前に、主体としての人間存在について、いま少し考えておく。

状況形成に人間がそのどこかに位置していることは不可欠の条件ではあるが、それは単に位置していることだけでは十分ではない。四囲の物理的空間条件の中で、その人間がどのように感じ、考え、判断し、行動・行為してきたのか、現時点においてしているのか、これからしようとしているのか、が不可欠な条件なのである。感覚と思惟・思弁の機能を所有し、本能を自覚し、感情、思想、判断力、意識を持つ主体的存在としての人間であってみれば、自分の置かれている状況、自分をとりまく状況に対してどのように感じ、考え、行動・行為するかは当然のことである。その根源には解放された人間的な世界への渇望があることはいうまでもない。愛と美のエロスへの限りない憧れと解放とは同質のものである。

例えば、職場の中に位置するとき、そこに非人間的な状況が存在しているのであれば、あるいは能力を十全に発揮して仕事することを妨げる要因があるとすれば、そうした状況に対して人間的誇りを持って抵抗する道を選択するのか、それとも目をつぶって大勢に順応して一身の保全を図る道を選ぶのか、その人間とその人間を取り巻く社会の状況はまるで違ったものとなるのである。状況とは主体との関係においてはじめて成り立ちうるものである。人間が存在しないとき、状況もまた存在しないのだ。このことはまた、状況が人間主体によって変革されうることを証明している。そして単なる物理的次元にすぎない時間が人間の営みと結合するとき、時間は歴史となる。

確かに変革には変革のための条件が必要だろうが、たとえ客観的にそうした条件が存在しなくても、いや正確に言えばそうした条件が存在することを見抜けなくとも、近未来を予見し、認識し、変革への意識を持ったごく少数のものが行動を起こすとき、状況は変革されるのである。あらゆる世界の歴史がそのことを証明している。状況の構成要素たる人間の存在意味はまさにそうした認識主体たる人間そのものにある、といってよいだろう。メラーズとチャタレイ夫人の場合もそうだったのである。

状況はまた環境が重要な構成要素となる。環境の中でとりわけ重要なのは経済と自然である。経済は人間の物質的生活を左右するのみならず、人間の意識や感情までも変化させることは誰しも感じていることだ。マルクス主義では土台と呼び、土台が上部構造に反映したり、影響する、と法則化しているほどだ。しかし間違ってならないことは、経済条件を主たる内容とする土台はあくまでも状況の一要素にすぎないことである。主体の働きによって客体たる物理的状況が変革されうる以上、逆に客体が主体によって変化させられ、そのことが主体に影響し返して主体自身を変化させる以上、そして主体も客体も常に変化し続け、両者が相対的な関係を保つ以上、土台の変化なくして状況を変革できないとする考えは非現実的である。

環境の中でいま一つ、極めて重要なものに自然がある。人間をとりまく自然環境は、人間にとって肉体的にも精神的にも、欠かすことの出来ない状況要素である。環境破壊はたいていの場合、人間によるものだが、それは人間の健康上、耐え難いものとなる。肉体的にはもとより、精神的にも健康は極度に損なわれる。環境が極度に悪化するとき、状況は存在そのものにまで危機に立ち至り、人間も生息できない。それは経済的貧困以上に状況を破壊する要因となる。ロレンスが近代産業のマイナス面と自然環境の重要性を『チャタレイ夫人の恋人』の中で対比的に描いていることに注意しなければならない。

以上のような形成要素の上に〈状況〉は出来上がっているのだが、こうして形成された状況は、それらの諸要因が重合しあい、相乗しあって、あらたなる質を持った格別の世界を醸成する。雰囲気、情緒、気分（ユムール）、気配である。それらは、人間が感じることによって初めて存在していることが確認され、証明されるものである。いわば状況のエッセンスとでも呼べるものだ。エロスの世界こそ、この状況超越的エッセンスを、現実世界で具現するものなのである。ロレンスが『チャタレイ夫人の恋人』で描いたのはまさにこの世界であった。ここにまで至って初めて状況は、人間にとって意味ある〈状況〉となるのである。状況はこうして心理的なものになる。

さてこのように、総体である状況は一点に凝縮し、逆に一点は状況総体を表現するのである。状況は切り子ガラスのような球状空間と時間という物理的な条件と、主体としての人間が存在することから始まり、環境との切実な、のっぴきならない関係に直面しつつ、感じ、考え、判断し、行動・行為し、四囲の状況を変革し、そのことによって自身も変化し、そうしたプロセスの中で、あるいはプロセスの結果として、雰囲気、情緒、気分といったエッセンスを獲得するに至る。状況とはそうしたことの総体なのである。

その総体が流れとなり、うねりとなり、大気となり、時代を包み込む。時代状況である。それは個人、個別社会を超えてしまう。質的な転換が起こり、人は完全に呑み込まれてしまう。時代状況を前に人間は自分たちの無力を感じることもあれば、そんな時代に生きていることを悦ぶ幸せを実感することもある。時代状況が上向いている時には、人は社会の変革を志し、身を投じる。歴史を自らの手でつかみ、動かしていることを実感する。反対に下向くとき、時代状況は人間を圧し潰し、人間崩壊が至る所で現象化する。その時、〈物〉と化した人間は物の本性に沿って行動する。社会全体が暗く、閉ざされたものとなる。

だから状況をデジタル的に説明したり、語ったり、描くことは絶対的に不可能で、まして経験や意識、目的を共有していない限り、状況について他者に語り伝えることは不可能である。しかし、ありがたいことに状況は、一点に凝縮しているために、その一点を見つけだし、それを語ることによって状況総体を表現することが可能なのである。象徴主義的手法もそうした手段の一つである。象徴的な小宇宙を設定して描写する手法もそうした手段の一つである。あるいはロレンスが使ったように、波、光、海、雨といった「うねり」や「脈動」の手法による描写も、その一つである。

◇状況の芸術

ロレンスの『チャタレイ夫人の恋人』におけるように、エロチークな作品は状況の芸術と呼ぶことが出来る。実際、エロチシズムの綾なす美的世界の中で、人に感動を与え、強烈なインパクトで圧倒し、哲学的な課題や思想的な問題を提起する。それは本来商品経済の要素が入り込む余地などないもので、純粋に芸術として存在する。芸術性が高ければ高いほど作品の生命は持続する。アポリネール、ピカソ、ゴヤ、クリムトたちのエロチークな作品の、時間とともに増す輝きがなによりもそのことを物語っていると言えよう。それに比してポルノグラフィークな作品はどうであろうか。

ポルノグラフィークな作品の特色は、なによりも部分性にある。性器と性交の姿態を決してうまくない技術で、繰り返し繰り返し映像化したり、文章化したりする〈物〉でしかない。空間も極めて狭いところに局限されているのが普通である。ベッド、布団、畳、車といったのが大道具で、ルームライトなど小道具が添えられて、空間が形成される。たとえ海、山、林といった自然を背景にしていてもそれは単なる付け足しで、作品における意味はない。しばらく見ているとうんざりしてきて、嫌悪感さえ催し、性的興奮も覚えなくなる。暴力、幼児虐待などの場面が入ってくると、人間性を辱めていて、耐え難い。およそエロチシズムとは対極のところにある。エロチシズムは、ロレンスもそう考えていたように、なによりも優しさなのだから。

これも当然であろう。ポルノグラフィークなものは、その語源からして芸術とは無縁の経済活動の一環にすぎないからだ。ギリシャ語の語源ポルネが売春（婦）を意味していることからも分かるように、ポルノグラフィークなものは売春婦の肉体とサービスを内容とする商業活動であり、それ以上でも以下でもない。代償として金銭を受け取る経済行為で、肉体もサービスも商品なのである。文字どおりの経済学用語で言う財貨サービスなのだ。財貨とは①金銭と品物、②人間の欲望を満足させる有用物（『日本語大辞典』）のことを言う。金銭と引き替えに人間の欲望を満足させるものなのであり、肉体もサービスも金銭でカウントされる。映像にしろ文字にしろ、ポルノグラフィークなものは金銭を目的とするものであることにはなんら変わりはない。マルクスが『資本論』で説いた物神崇拝そのものである。

このようにポルノグラフィークなものは、局限された空間の部分を扱った経済的行為の単なる映像や書き連ねでしかなく、芸術作品とは無縁な代物である。エロチシズム芸術という言葉はあってもポルノグラフィ芸術という言葉が存在しないのも当然である。

だがだからといってポルノグラフィークなものを権力で取り締まるということは根本的に間違っている。エロチークなものもポルノグラフィークなものも、性を扱っている点で共通している。性器も現れれば性の営みも描写される。形式的にも表面的にも特段の差違はない。そうしたジャンル区分けの不明確なところへ、権力が介入すると大変なことになる。官僚の何よりの特性は形式主義であり、前例踏襲主義であり、権威主義である。その内容に関係なく、権力行使の主体となる官僚たちは、すべて一律に「猥褻」の一言で片づけてしまう。「ヘア」が露出しているかどうかなどという形式だけで判断し、行政的に処分するのである。チャタレイ裁判がいい例である。

だからといって官僚が作品の内容に踏み込んで、これは芸術的だとか、これは芸術性が乏しい、などと判断するのは、さらに危険である。作品の内容に権力が立ち入ることとなり、文字どおりの検閲になるからだ。権力が作品の芸術性などに踏み込んで大変なことになったのは美術家気取りだったナチ総統ヒトラーの悪例を思い起こすだけで十分であろう。

◇ドン・キホーテ的妄想

中坊公平氏も言うとおり裁判官も官僚に違いなく、彼らが性を扱った作品について判断したりすることは根本的に間違っているのである。彼らの唯一の判断基準は「猥褻」であるかどうかということだが、そもそも「猥褻」とは「いたずらに性欲を刺激し、一般人の正常な性的羞恥心を傷つけ、社会の性意識を害するような行為。また、その物」(『日本語大辞典』)ということであり、性的羞恥心といった心理状態、それも各人によって差が大きい感情や心理を、法律によって裁くということ自体がそもそも不可能なことなのであり、不合理なことなのである。

つまりポルノグラフィークなものについても、一切の検閲行為はしてはならないのである。まして裁判で裁くなどということは愚の骨頂なのである。検閲を廃止しても決して保守的な人間たちが恐れるような「性の氾濫」などが起こらないことは先進国の事例で証明されている。

こういう経験がある。一九八二年のことだ。スペインでフランコ将軍によって共和制が圧殺されからおよそ半世紀、社会主義的なゴンサレス政権がまさに誕生しようとしていた直前の、自由な時代状況が戻ったスペインで、ポルノグラフィも解禁になった。フランコ時代は性風俗に対する取り締まりは結構厳しかったものとみえ、その反動もあってか、フランコ時代が終焉した直後はポルノ商品も売れたようだが、しばらく経つと人々は見向きもしなくなった。私がマドリッドの地下鉄に乗ろうとしたとき、入り口の石段でポルノ雑誌が所狭しと並べて売られていたが、もう誰も見ようともしていなかった。

くだらないのである。同じようなものを、それも下手な文章と写真あるいは挿し絵で飾っているようなものを、眼にするだけでも面倒だ、といった人々の気持ちが伝わってくるようだった。『チャタレイ夫人の恋人』のような素晴らしい芸術作品を読むと、ポルノ商品などなんともつまらなくなるに違いない、人々がそのようになったように思える。質的に優れた作品が愚劣な商品を駆逐、淘汰していっていたのである。経済の世界では悪貨が良貨を駆逐するが、文化・芸術の世界では良貨が悪貨を駆逐するのである。権力が、官僚主義的に、権威主義的に、取り締まったり、抑圧すること自体が誤っていることがこの一事でも明らかである。

日本の裁判所は現代のドン・キホーテなのだ。チャタレイ卿夫人コンスタンスを見て、彼女の顔が女性の性器に見え、その仕草がことごとく性行為の姿態に見えて、けしからぬ、チャタレイ夫人コニーなる者を滅ぼしてくれると喚いて、突撃したようなものだ。漫画にもならないのである。

裁判所にはもう幾度、通ったことであろうか。簡易裁判所から最高裁に至るまで、多くは傍聴するためであったが、本人訴訟の原告として出廷したこともあったし、和解調停の支援に出かけたこともある。一度だけだが、窃盗事件の被害者として出廷を命じられたこともあったが、加害者が貧乏で国選弁護士がついたものの、なんともお粗末な弁護ぶりで、腹が立った私は証言席から被告を弁護したこともある。そうした裁判への関わりの中で、およそ三〇数年にわたりかれこれ三〇〇回ぐらいは裁判所に通ったであろうか。いやそんな回数どころでないかもしれない。とにかく数え切れないほど通った。もし日本における労働裁判所とでも呼ぶべき地方労働委員会への足繁き通い回数を合わせればはたして何回通い詰めたことか、数え切れない。

だから日本の裁判とはどういうものか、裁判官とはどういう人種なのか、自らの体験からおおよそのことは分かっているつもりである。

そうした体験からいま抽き出しうる結論は、日本の裁判官の多くは、正義や人権に対する感覚が鈍磨していて、真実をしっかり見極めようという眼を持たず、歴史や世界の動向に不勉強で、当然知っているべき知識や常識を持つことが意外と少なく、芸術、文学、ジャーナリズムなどについての教養に欠けること多く、およそ人を裁ける資質を持ち合わせていない、ということである。

特に指摘したいのは、権力・権威としての最高裁に対して、敢然と自己主張し、時には抵抗し、反抗する気骨のある裁判官にまずお目にかかったことがない、ということである。精々、東京高裁で定年退官直前の裁判長が人権としてのバカンスの権利を認める判決を下した勇気ある姿だけしか、目にしたことはない。そうしたごく特別の例外を除き、ほとんどの裁判官は生殺与奪の権を握る最高裁事務総局にはめっぽう弱く、権力や権威に対して卑屈でさえある。冤罪判決や近代的法理念に反する判決を下しても、彼らは決して謝らない。傲慢でさえある。裁判官忌避に対して認めた事例は一つとしてないというから驚くしかない。官僚の属性の一つが自己責任に対する回避・恐怖本能であるとすれば、気骨ある裁判官を望むこと自体が、ないものねだりの空しいことなのであろうか。

日本の裁判所（裁判官）は一般に強きを助け、弱きを挫く。政府、企業経営といった強い立場にある者にはちょっとした言い分と証明なるものがあれば十分だが、社会的弱者に対しては一二〇パーセント神であることを要求する。裁判所は行政処理機関にすぎず、強いものが有利に機能できるように配慮の上にも配慮して、判決なるものを下す。まるで自分が神であるかのように、神の高みから判決文なるものを傲慢に読み下す。最初に強者を勝たせるとの結論があり、後は強者の言い分をそのまま理由として判決を下す。例外もあるが、概してそのようなものである。

日本の裁判所がそれでも弱者に勝たせることが間々あるが、それでも完全に弱者が勝訴することはほとんどない。特に権力に対する訴訟ではそうだ。たとえ部分的にも弱者が勝訴できることがあるとすると、それは弱者がお上のお情けにすがって、涙ながらに訴え、社会も同情する場合に限られていると言える。大岡裁きならぬ江戸時代のおしらすが未だに色濃く残っているのである。だから、弱者が真っ向から権力や強者を弾劾したり、人権を主張したり、芸術や文明・文化について意見表明することによって勝訴しようとするなら、裁判はまず勝ち目はない。チャタレイ裁判はその好例である。

そんな日本の裁判官は、中身がないだけにかえって虚勢をはる。デモクラシーの主人公たる民衆を数段上から見下ろし、黒い法服なる、まるで大化改新時代のような服装をして、立ち居振舞いする。法廷でうっかり吹き出し笑いしようものなら静粛にせよと言い、抗議するものには退廷を命じる。監置する場合もある。本当の権威が備わっていないためにそうした権威主義的、権力者的な態度をとるのだ。日本の裁判所はドン・キホーテなのである。羞恥心という法律では裁き得ないものを裁いておかしいとも思わない裁判官たち。彼らの誰一人として、そんな自分たちの様をバカバカしいと思わないのであろうか。日本の裁判官こそ時代と社会から取り残された裸の王様だ、いや裸の神様だ、と言えよう。

◇反ポルノ作家

ロレンスの生きていた時代に、今日巷に溢れている視覚化された商品としてのポルノグラフィがあったのかどうか知らないが、この偉大な作家がその本質においてポルノグラフィークなものを激しく否定していたことに注目する必要がある。ほかならぬ『チャタレイ夫人の恋人』の中に、そのことをうかがわせる個所がしばしば出てくる。

ロレンスが「この暖かい、生き生きとした接触によって感ずる美は、見て感ずる美よりもはるかに深いものなのだ」と言う言葉に、そのことが端的にうかがえる。現実の人間を前にして、「見て感ずる美」よりも「接触によって感ずる美」のほうが感動的で、素晴らしいものだというロレンスにとって、もし対象が生身の人間ではなく単なるグラフ（写真、絵画）や文章であり、それも商品でしかなければ、人間にとって全く無意味なもので、問題にならない、ということが彼の文章そのものから明確に伝わってくる。

なぜロレンスがポルノグラフィ的な描写手法を避けたのか、彼の思想と文学から作品自身を通してよく理解できるが、特にこの作家にとっては、性器について描写することはもとより、性交の態位あるいは性の姿態について描写することも、彼の美学に反することでもあった。そんな幾つかの事例を挙げてみる。

〈その尻の運動は確かに滑稽だった。もし女の身になって、平静な気持ちでいたとしたら、確かに男の尻の運動はこの上もなく滑稽なものであった。たしかに、こんな姿勢でこんな動作をするときの男は、強烈に滑稽なものである。〉

〈どんなに努めても、彼女の心は頭の上方から見下しているようであった。彼が腰で突いてくるのは滑稽に思われた。そして彼のペニスの、頂点に達して射精しようという強い願いは茶番のように見えた。そうだ、これが恋愛なのだ。この滑稽な尻の運動と貧弱な頼りない湿った小さなペニスの萎んでゆくのが。これが神の愛だとは！現代人がこの演技に軽侮を感じるというのは、結局当然なことだ。全くそれは演技なのだから。或る詩人が言ったように、人間を造った神は彼を理性的な存在にしながらも、この滑稽な姿勢をとらせ、この滑稽な演技に盲目的に執着するようにさせたことに、不気味なユーモアを感じたに違いない。モーパッサンですらそれを屈辱的な堕落だと思った。人間は交接の行為を軽蔑して来た。しかもそれを行ってきた。〉〈「いや、いや！交わりっていうのはする形のことさ。動物の交わりだ。だが名器というのはずっとそれ以上のことだ。それはおまえそのもののことなんだ。おまえは動物とは全く違ったものじゃないか？動物も交わりはするさ！名器というのはおまえの素晴らしさのことなんだ！」〉（注・ここでいう「名器」が単なる性器ではないことは分かるだろう）

〈行為自体は、女たちにとっては、少し下品なことという以外の何物でもない。たいていの男はそれで満足している。おれはそれではいやだ。だがこういう女でも少しずるいのになるとそうでないような顔をしている。感動して悦びを味わっているふりをする。だがそれは偽りだ。そういうふりをしているだけだ。〉

◇通底する物神崇拝論

ロレンスが、エロチシズムを文学・芸術・思想の中心に位置づけ、逆にポルノグラフィークなものを排するとき、マルクスの思想に近接したものをそこに見いだすのは、私だけであろうか。ロレンスの『チャタレイ夫人の恋人』におけるエロスの思想とマルクスの『経済学哲学草稿』における自己疎外論と『資本論』における物神崇拝論の思想との共通性を感じるのである。もちろん両者の間には厳然たる差違があり、ロレンスはボルシェヴィズムを批判しているが、にもかかわらず人間性の、〈物〉の世界による呪術的束縛からの解放という点において共通するところがあると思える。

『チャタレイ夫人の恋人』はロレンスの自伝的な小説で、遺言のような作品だが、それだけに自分の文学と思想のすべてをこの作品に凝結させている。そこで展開されたロレンスの文学的、思想的世界はコンスタンス・チャタレイ夫人（コニー）を中心とする状況総体であった。当然描かれる世界はエロチシズムとなる。決して部分的で、物質的な商品の世界ではない。ポルノグラフィとは正反対の世界である。ロレンスは人間の解放されてゆくプロセスの世界を描いているのである。商品世界による自己疎外から人間性を回復し、自由な存在として人間的に生きられる主人公たちの世界の実現を求めたマルクスと思想的に近接するのも当然であろう。

マルクスの物神崇拝論は、『資本論』のほぼ最初に説かれている。マルクスの物神崇拝論で言う「物神崇拝」は、一般的に言う「呪物崇拝」（フェティシズム）つまり「宗教形態の一つ。ある物体に超自然的な力があると信じ、崇拝すること。またその儀礼」（『日本語大辞典』）より限定された意味で展開されているので少し説明が必要かもしれない。即ちマルクスの物神崇拝論で言う「物神」の「物」は資本主義システム下における商品を指し、資本主義社会では商品が神として人間を支配し、人間はまたそんな商品と商品の世界を、自分たちを支配し、運命を左右する絶対的存在として受け容れ、神として崇拝することを言うのである。当然そうしたものの考え方は社会関係に浸透し、それが逆に人間を縛りつけてしまう。単純化して言えばこのようになると思うが、いま少し『資本論』に基づいて、私流の解説を行っておく。引用したり詳述したりするとかえって分かりにくくなるだろうから、ここではポイントだけを指摘し、私なりの解釈を施しておく。

ポイントは二つ。一つは、「生産者たちには、自分たちの私的労働の関係が、あるがままのものとして、すなわち、自分たちの労働そのものにおける人と人との直接的な社会関係ではなくむしろ物と物との社会的関係として、現れることになる」。いま一つは、「物質的生産とそれに含まれている諸関係とにもとづく社会生活は、自由に協力し意識的に行動し自分自身の社会的運動の主人公となった人間の仕事が、そこに現れる日にはじめて、その姿を蔽い隠す神秘的な雲から解放されるであろう」（いずれも『フランス語版資本論』江夏美千穂・上杉聰彦訳）。

さて私の解釈だ。資本主義世界においては一般に人間は商品を作る生産者である。売買して利益を上げることを目的として、投資し、労働者に働かせて商品を生産する。それが通常の社会関係になってしまったことから、人間は商品と商品との関係を、人間と人間との関係だと錯覚してしまい、相手の人間を人間そのものとして見たりつき合うことが出来なくなり、相手をこの商品を提供してくれる人間、儲けさせてくれる存在などと見ることが一般的になってしまう。肩書きや収入、社会的な地位などで見て、相手の人間を判断する。自分にとっての利害得失の大小あるいはプラスとマイナスが、相手の人間を判断する基準となり、人間の価値を決める尺度となる。その人間の持つ温かさ、正義感、人間性などは、二の次になる。日頃はもっともらしいことを口にしていても、いざ自分が何かの極限的な状況に置かれたりすると、あるいは厳しい社会状況に直面したりすると、本性となってしまった物神崇拝的なものの見方あるいは判断がたちどころに現れ、態度に出る。モーパッサンの『脂肪の塊』などの作品にそうした人間の本性が見事に描かれている。人間は資本主義によって、〈物〉になってしまったのである。〈物〉はその世界にあってはほぼすべて商品である。そんな商品の最高形態は貨幣である。カネである。

　こうして人間と人間との関係を、商品と商品との関係、さらにカネとカネとの関係に置き換えてしまう。人は商品、社会関係、カネというフィルターを通してしかものを見ることができなくなってしまった。人は人間の形をした物でしかないのである。それが資本主義の世界なのである。だから資本主義は、自由主義などと言い換えても、どうしても非人間的な世界とならざるを得ないのだ。コニーが夫と夫の友人の世界ではどうしても人間的な解放感を得られず、エロスの世界に入り込めないのも、その原因と環境と背景はそうしたところにあるとも言える。

　ポルノグラフィがこうした物神崇拝化した世界の典型的なものであることは論を待たない。そこにあるのは、性器、性交の姿態、安っぽい小道具類といった〈物〉であり、しかも金銭取引をすべてとする商品である。カネに見合った商品提供を行い、利益を上げることだけを目的とする。語源が売春婦を意味する「ポルネ」であるのもよく分かる。肉体やサービスの一つ一つが、客の出すカネに見合っているのである。自分の肉体とサービスを商品とする娼婦と客との関係はまさにカネとカネとの関係である。ポルノグラフィがロレンスの思想と対極にあることは当然である。

　さて、こうした物神崇拝の現象はわれわれの周りで、どうであろうか。ほとんどすべての人間関係、社会関係が、〈物〉と〈物〉との関係に置き換わっていやしないだろうか。本来人間的な関係、人間が主人公になるための社会関係を築くべき、例えば労働組合などでも物神崇拝状況に浸食されて、職場で主人公になるべく努力すべき組織であるにもかかわらず、ほかならぬ組合員自身が運動の目的と性格を賃上げ中心の経済闘争に限定してしまい、現実には〈物〉中心の取引組織に堕さしめていやしないだろうか。労組といわず農協といわず組合運動の中で解放感を味わえている運動を人々はどれだけ展開しているだろうか。人権擁護や弱者救援で充実感を得ている労働組合員はどのくらいいるだろうか。自分たちの仕事の質を問い、自分たちが職場の主人公であるとの意識から、仕事の管理権を少しでも自分たちの手に握ろうと取り組んでいる組合がどのくらい存在するだろうか。

現実はそれどころではない。全く逆である。この世は物神崇拝があまりにも満ち満ちていて、救いのない状態に陥ってしまっているのだ。ポルノグラフィークなものの氾濫はさておき、殺人、解雇、レイプ等々物神崇拝現象はこの世に溢れている。メディアの社会部記事のほとんどはこの種のニュースで埋まっている。人を人間とは見ず、扱わず、〈物〉としてしか見ず、〈物〉として扱うから、平気で殺したり、首切ったり、犯したりするのである。

こうした物神崇拝状況は、個人レベルから社会レベルへ、さらに政治レベルへと無限に拡大し続ける。組織化された少女売春、児童ポルノ、いじめなどから始まり、冤罪を着せての人間抹殺、別件逮捕や自白強要のための代用監獄制度や長時間取り調べ、マスメディアのセンセーショナリズム至上主義的報道と人権侵害、さらに国家レベル、国際レベルでの戦争、大量虐殺、無差別テロ、国家テロリズム、原爆・毒ガス・地雷・無差別爆撃といったジェノサイド等々、数え切れない冷酷な権力の所業。相手を〈物〉としてしか見ず、扱っているからこそこういうことができるのである。そこには私の状況論で言うカット面の二次元空間すらも存在していない。〈物〉という絶対的な一次元世界しか存在していないとさえ言える。エロスは人間だけにしか許されていない世界。エロスの世界と〈物〉の世界とは、絶対に共存できないのである。

◇〈物〉について

ロレンスがその魔性をはぎ取ることによって、本来の自然な人間性を取り戻そうとした〈物〉とは何か。エロスを徹底的に追求し、エロチシズムで世界を浸すことによって人間性を取り戻させ、人間を解放しようとしたロレンスの思想の対極にある、人間にとりつき、人間を歪め、遂に人間を支配するに至った〈物〉とは何か。人間を幸せにするために、彼の従属物として存在し、利用されてきたはずの物が、いつの間にか神として人間世界に君臨し、人間をしてその前に膝まずかせるに至った〈物〉とは何か。

物が今日のように〈物〉として存在するようになったのは、産業革命以降だと言ってよいだろう。確かに中世末期から近世初期にかけて、商業資本主義が勃興、隆盛になりつつあった時代にも、物は〈物〉として、つまり利益をもたらし、富を形成するという性格を持つものとして、存在していたことは事実である。人間を奴隷として売買し、奴隷貿易まで盛んであったことは歴史的事実である。しかし、だからといって物が今日のように、人間の本来的性格までも変え、神として君臨していたということはできない。中世ギルド社会、それ以前の職人の世界においては、まだ物は人間の生活を豊かにするために存在し、職人や使い手たちは物に愛着を持ち、接していたのである。

ところが産業革命が起こり、機械化による大量生産が可能となり、物と人間の手との関係がそれまでと異なり希薄になって、商品となるや、物は人間から独立して自律的な存在となり、固有の動きを始めるようになった。それまでは、存在していたり、人間の手で愛着を持って少量、作られていた物が、今度は利益を極限まで追求する商品として、生産され、販売されるようになった。資本主義の誕生である。単純に存在していたり、生産されている物を、欲しがる人間や国に一定の利鞘を上乗せして売り、その結果として利益を得るというのではなしに、最初から利益を得ることを目的に、資本を株式という形で大量に集めて投下し、生産を組織し、販売方法を整備し、物を生産するようになった。目的と順序が逆転したのである。資本主義世界においては、物はなによりも商品なのであり、商品はなによりも利益を追求するために生産される物なのである。このことは、現代資本主義世界に生きる者として、肝に銘じておかなければならない。

資本主義が形成された当初は、マックス・ウェーバーも『プロテスタンティズムの倫理と資本主義の精神』において指摘しているように、利益追求は神の摂理に適うものだとの宗教的な倫理思想に裏付けられて、生産活動や商業活動が行われていた。利益追求はその枠内での、コントロールの効いたものだった。日本の資本主義も同様な状態で、戦国末期から江戸時代にかけて商業資本主義が発達しつつあったときには、禅宗の僧侶・鈴木正三（すずき・しょうさん）が『万民徳用』の中で商業活動の結果利益を手にすることは仏の道に適うと唱え、倫理的正当性を与えたが、その限りではまだ人間のコントロールが効く範囲内に留まっていたと言える。

しかし産業革命が起こり、産業資本主義が勃興するに至って様相が一転した。利益を得ることが全てに先行する絶対的な価値基準となった。経済はもとより、政治も、文化も、社会の仕組みも、全て利益優先絶対主義の目的と性格に適い、沿うものへと質的に変わった。社会のあらゆる仕組み、システムがそうした絶対的な価値基準を満たすためのものとして再編された。資本主義がさらに金融資本主義へと変貌すると、利益追求至上主義の考え方は一層、徹底した。物を売り買いしたり、作ったりして利益を得なくても、カネをかき集め、貸し付けたり、運用して、居ながらにしてというより寝ているときでさえ利益が転がり込むようになり、まどろっこしい物づくりや商売に勤しむより、カネをかねや金に変えて運用して儲けるようになった。さらに何千億、何兆円もの金を瞬時に売り買いして、巨額の利益をたちどころにして手にするようになった。

こうして〈物〉は壮大な状況総体となり、人間を取り込み、人間を完全に支配するようになった。〈物〉は人間の神となった。「人間にとって、人間が神である」とのフォイエルバッハの有名なテーゼは、「人間にとって、物が神である」となった。見事なまでの資本による人間の自己疎外である。こうして物神崇拝は全般的状況となった。一般的で、ありふれた日常世界の常識となり、規範となった。

自己疎外は人間社会のあらゆる面へ浸透した。物は全て商品となった。生活用品は当然のこととして、空気や水までも商品となった。自然環境保護活動さえも格好の利益追求の事業機会となった。人類存亡に関わる二酸化炭素の抑制も資本（企業）の利益を損なわない範囲内での、計算ずくめの談合事業でしかない。二酸化炭素の排出量を規制した国際条約で補足的に認められた地球温暖化ガス排出権も条約発効前から利益追求のための取引や売買の対象となり、世界の大企業はそうした新しい事業機会に乗り遅れまいと血道を上げているありさまだ。排出規制量をたとえ上回っていても、上回っていない国からカネで買えばすむこととなり、それが企業に莫大な利益をもたらすというわけだ。公害もカネ、かね、金に換算されて、最後には単純な数字と記号で表され、簿記の操作で処理される、そうした時代にわれわれは住んでいるのである。

同じようなことが、例えば薬害問題でも生じていて、エイズ予防のために早急な回収が必要とされていた非加熱輸血薬剤も、扱っていた製薬会社の利益を損なわないようにと、厚生省官僚と製薬会社と学者が一体となって意図的に回収を遅らせ、犠牲者を多数増やした。人間の命よりも企業の利益が大事だとする資本主義社会の一例である。資本主義社会では、人間の命や生存に必要な環境を護ることと企業の利益を確保し、ぎりぎりのところまで利益を追求することとを常に天秤に掛け、いずれが簿記操作で経営上好ましい数字を出せるかに腐心し、そうしたバランス・シートをテーブルの上に置いて、利益のほうを重視し、一円たりとも損を出さないようにするのが企業経営の常識なのである。

患者や家族の苦しみなど考慮に値するものではない。せいぜい、万一薬害事件となって社会的に騒がれ、損害賠償を請求されるときにどの程度カネを持ち出さなければならないかを一応想定して、計算し、その予想額が不良薬品廃棄処分の経費よりも下回るのであれば、患者の生命がどうなろうと、不良品の出荷を強行するのである。被害者たちが押し掛けてきた場合に備えて企業は防衛要員を常雇いし、顧問弁護士を雇い、学者や厚生省官僚さらには新聞記者たちを手なずける工作を常日頃から行っている。そうした「企業防衛」に辣腕を振るった社員は高く評定され、出世街道を驀進する。水俣の水銀公害中毒や血友病患者に対するエイズ感染輸血薬剤などで苦しむ患者や家族に対して、企業、厚生省官僚、学者があぁも冷血な態度をとった原因はこうした簿記上のバランス感覚にあるのである。

人間を物と化する物神崇拝の帝国では、時には一人の少女の苦しみをも経済的利益を得るための取引の材料にしてしまうという残酷な非情性を発揮することもある。沖縄での二〇世紀もほぼ終わりの頃に発生した、駐留米軍兵士たちの少女暴行事件の時がそうだった。沖縄の地元経済界は、この事件を利用して本土政府からの財政資金を少しでも多く引き出すための取引材料にしたのである。この事件に多数の沖縄民衆は怒り、大集会が開かれるなど怒りは沸点に達した。大田昌秀知事も怒った。この怒りを、したたかと言おうか、地元経済界が、本土政府からの財政資金援助の増額運動に利用した。そうでなくとも沖縄の米軍基地に対する民衆の反感は極点に達しており、一つ誤れば大変な事態に発展する可能性があった。そんな状況を逆手にとって〈物〉の世界の官僚たちは財政資金引き出しに利用したのである。

だからといって、こうした地元経済界のあさましさを非難したり、非人間的な貪欲さの責任を追及したりすることだけでは、問題がまったく解決しないどころか、問題の本質を見誤るという恐ろしい罠が待ちかまえていたところに、なんともいえないやりきれなさがあった。多層化した抑圧構造の複雑性という点で、モーパッサンの『脂肪の塊』の時代ではなくなっていたのである。『脂肪の塊』的状況が複雑化して陰微になり、より深化してしまったのである。

〈物〉の帝国は、「米国」と「日本」の二重支配の下で、地元の経済界を中心とする支配的階層と、抑圧支配されてはいるがその抑圧構造に依存しなければ生存できない一般民衆という多重の構造から形成され、「基地経済」という身動きならない経済社会的な状況に呑み込まれてしまってどうすることもできないでいるのだ。民衆もまたそうした経済から自由ではない。地元経済界もまた、卑怯、卑劣であることにはちがいないが、だからといって彼らに本質的な責任があるわけではない。こうしてレイプされた少女の悲劇は民衆の記憶の中に留められつつも結局、〈物〉の世界に引き戻され、何事もなかったかのように沖縄社会は鎮まったのである。『脂肪の塊』が刊行されてから既に一世紀以上たつというのに、〈物〉の世界は全く変わることなく、こうして沖縄の少女の悲劇もモーパッサンの世界から一歩も踏み出すことができないのである。

資本主義社会ではあらゆるものを商品としてしまう。暴力は武器製造業やプロレスで、性は売買春やポルノで、好奇心は週刊誌やテレビで、自律神経失調症は宗教稼業や薬物で、というようにあらゆる事象は全て利益追求を目的とする産業となった。公共企業とて例外ではない。官僚たちは口先では公共の利益などというが、実体は自分たちの収入を増やし、企業に口を差し挟むことによって賄賂や接待供応を求めたり、様々な職務上の利益を享受し、天下ってはその先で高給をはみ、企業経費で飲み食いし、会社の乗用車を乗り回し、ゴルフや温泉や海外旅行を楽しみ、多額の退職金を手にする。「公共の利益優先」などというのは欺瞞的方便の言葉にすぎない。

銀行や証券会社などの金融機関はさらに悪質であるといえ、自分たちの不始末で経営が破綻しても、厚顔無恥とはまさにこうした態度をいうのであろうか、公共性、社会的影響の大きさを口実に、政府を動かして、銀行救済とかで巨額の税金を投入させ、金利政策を歪めて民衆からカネを巻き上げて金融機関に資金をシフトさせて大儲けしたり、まあやりたい放題のことをやってのけ、責任はというと実質的に一切取らない。たまたま刑事事件として立件される高級官僚や銀行・証券会社の役員がいても、裁判ではまず実刑判決は下りない。執行猶予付きの温情溢れる判決を、司法官僚たる裁判官たちは宣うのである。被告の肩書きや社会的地位といった〈物〉が、こうした場合、彼らには有利に働くのである。官僚や役員が〈物〉であるからこその現象例だ。

あるいはまた一村一品運動などといって国を挙げて地場産品の商品化と企業化に血道を上げることが盛んな現象にも物神崇拝現象は顕著と言える。この運動が国内のみならず、海外でも大いにもてはやされていることはマスコミでもしばしば報じられている。村の特産品農業や伝統産業も、当初は農民たちの素朴な思いから取り組み、育成し、現金収入の道を拓いたものだったが、いったん成功し、行政が目を付けて大衆受けのための政策として取り上げられれば、もう村興しという観点だけから考えられ、商品化作物の育成や地場産業の全国展開に目を奪われて、伝統文化でさえそれがいかに金儲けに結びつくかという点でのみ判断されるようになる。

そうなってしまえば今度は位相が逆転し、知事や町長が選挙民から評価されるのも、そうした金儲けの才覚、腕前によってとなる。中央政府からカネをふんだくってくる実力と顔の力によってとなる。選挙民自身が〈物〉になり果ててしまっている以上、それも当然のことと言えよう。当然モラルも低下する。秋田県の第三セクターである住宅建設会社が千葉県で欠陥住宅を多数建設しながら、その責任をまともにとらなかったのも、そんな一例であり、行政もまた商品化されている現実を露呈していると言うべきであろう。当然そのような個々の商品化現象は、複合し、社会全般へと波及し、浸透していった。

恐るべきことに子供の世界をも呑み込んだ。本来経済社会から自由であるはずの子供たちの精神の内奥にまで物神崇拝が蚕食し、深く根ざしてしまった。学校内に弱者を作り上げ、小遣い銭稼ぎのため、ピラニアのごとく貪り食らう。公園などに呼び出してリンチにかけ、恐怖心に苦しめられている被害者に対してたえず脅迫して金員を巻き上げる。それも半端な額ではない。夜間帰宅途中の中高年サラリーマンや板前を集団で襲って金品を暴力的に巻き上げる。買い物帰りの老婦人たちをターゲットに自転車やバイクでひったくり、負傷させたりする……。

こうした子供たちの犯罪行為は別に奇異なことではない。世界中至る所で日常的に見られるもので、よほどのものでない限り事件とさえならない。子供たちが人間を、特に社会的弱者を人間として見ていないからこその行為であることは歴然としている。やがてこうした行為は深化し、欲求のはけ口を見出すためには手段を選ぶだけの思考を巡らせることもなく、衝動的、情緒的、短絡的な発想の虜となり、遂には級友や遊び仲間であったはずの人間を、まるで人形を壊すように簡単に殺害したりする。刃物で首を切断したり、鉄パイプで殴り殺す。銃規制が緩やかな国では校内で乱射し、大量虐殺に及ぶ。

物神崇拝に歪められてしまった子供たちは、人間を含めてすべてを物としてしか見られなくなってしまうようになり、それが意識下に定着し、他の様々な状況要素と重合しあって、一種の状況圧が形成される。状況圧は人間の内面に重くのしかかり、意識しないうちに内面を変化させ、人間性そのものを変質させていく。それは、いじめという陰湿な形で現象化していく。概して弱者や個性的存在がターゲットにされ、周りの子供たちはまるで催眠術にかかったように隠微に襲いかかる。いつの間にか子供たちは自己を見失い、人間性を喪失してきていることにさえ気がつかなくなってしまっている。日本の企業社会の特質となっている円環型組織のコンセンサス形成のシステム状況が、子供たちのいじめ集団にも投影してくる。リーダーが指図しなくても、なにかのきっかけで、ターゲットはいじめられることになる。

被害者は怖れと諦めからなされるままになり、加害者はまるで麻薬中毒患者のようにいじめを増幅させ続けないかぎり、サヂスチックな欲求を満足させることができない。欲求はさらにエスカレートする。こうしてニヒリズムが蔓延する。被害者はいつの間にか加害者となる。加害集団の秩序体制の中に入り、共同加害行為に加わらないかぎり、危害を加えるぞ、と脅迫される。脅迫に屈しないでいると実際にリンチのターゲットにされ、最悪の場合には死に至る。集団ヒステリーの相互テロの状況が形成される。そうしたことが分かっているから、被害者は加害者となる。弱者ほど攻撃的に危害を加える。うっかり教師や警察に相談したり、助けを求めようものなら「密告した」とされて、徹底的に報復リンチを加えられるから、被害が酷くても決して被害者は本当のことを語らない。子供はまた大人と大人の社会を信じていないから、本音を洩らすことはない。

こうして子供たちは自己破壊していく。全人格が崩壊するまで自己破壊は続く。もはや子供たちは完全に孤独であり、誰も信用しない。犯行は単独の場合もあるが、概してグループを成して及ぶことが多い。加害者といえどももともと弱者であり、孤独だから、彼らは群を成していくのである。群は膨張し、階層化し、やがて分裂して複数化していく。群どうしの暴力的抗争も珍しいことではない。子供たちはますますニヒルな感覚の持ち主となり、もはや目的のために手段の是非を考える余裕もない。彼らは刹那的な満足を求め、時間を費消し、居場所のための空間を探してナンセンス（無意味）の行為を漁る。

そのためにはカネが要る。満ち溢れた物の時代、飽食の時代、カネが簡単に手に入る時代と言われてはいるが、実際に子供たちの自由にできるカネはない。こうして子供たちはカネの亡者となる。労働の能力も意欲もないニヒルなカネ亡者たちは、暴力的にカネを奪い取るしかない。買い物帰りの老婦人を狙ってひったくりをすることから始まって、学校友だちの弱そうな人間を狙って集団的に恐喝をくり返す。そうした過程で、暴力的行為自体に嗜虐的な喜びをおぼえていく。もはや彼らの攻撃性に対して誰も、何も立ち向かえない。状況圧が状況暴力へとこうして転化してしまうのである。

子供たちは当初は苛立ち、孤独感、愛情飢餓等の心理的不安定状態を紛らわすために、やがてそうした感情さえ失って、かつてのナチスの突撃隊員のように、相手もまた自分と同じ人間だという単純なことに思いが及ぶことがなくなり、そうした非人間的行為に及ぶのである。それは精神神経的な病気でさえない。普通の精神神経病患者は、思いやりの心深く、優しく人に接し、心配りも一般人以上である。人の痛みや苦しみをよく知っている存在である。錯乱した重症の精神神経病患者しか他者に危害を加えることはまずないのである。

物神崇拝化状況によって、歪められるどころか人間崩壊させられてしまった極端な場合には、子供たちはストレス性のトラウマ（心理的外傷）によって脳そのものを細胞次元から破壊され、冷然と人殺しをしたりする。人間の顔かたちは保ちながら、もはや人間とは全く別物でしかない、群生した小ジキルとなり果てさせられてしまった結果である。

当然のことながらと言うべきか、自然の成り行きと言うべきか、こうした物神崇拝状況の普き浸透は、経済的な事象だけに留まらず、政治や社会のシステムをも決定づけた。一定期間、自分たちの主人を選ばせていただくという独裁専制の統治システムでしかない議会制民主主義もそんな一つである。〈物〉の神が王として君臨し、その王のご機嫌をいかに損なわないかに腐心する臣であり、信徒にすぎない「議員」に一定期間、好きなように振る舞わせる全権を付与するのが代議制民主主義の本質である。このことはジャン・ジャック・ルソーも『社会契約論』の中で鋭く指摘しているところだ。

〈物〉である資本や、資本の忠実な行政官僚たる官僚・資本家・経営者といった、体制に寄生し、おこぼれの利益を恵んでもらい、大多数の人間を抑圧支配する支配階級とその体制を護るための法や司法制度もまたそんな一つである。資本主義体制から利益を得ている人間の階級と、そうではない人間の階級といったように、人間世界が分裂し、階級社会が形成されているのもそんな一つである。階級はすぐれて〈物〉なのである。

人間存在はそうした〈物〉に支配され、拝跪する。それも強制されてそうしているのではなく、それが正しい、絶対的だ、と心の底から思いこみ、服従しているのである。習い性ともなっているのである。物神教信徒なのである。だから少々のことでは、〈物〉の呪縛から人間は解放されない。官僚や経営者や政治家や労組官僚などから騙されるぐらいでは、目が覚めない。何度騙されてもそうだ。精々、彼らのあくどさやへまを口にし、そうした甘い汁を吸うことのできる境遇から縁遠い自分たちの不運を嘆くくらいである。〈物〉の神やそんな神に仕える人間どもに、逆らったり、楯突くなど、考えてみ、思ってみるだけで彼らは身震いする。それどころか、神に反逆することに目覚めた人間を、許すことができない。反逆者は自分たちの敵だと圧倒的多数の人間たちは思いこんでいる。悪魔や魔女として、縛り首にし、火あぶりにすることに民衆の大多数は喝采を送る。

〈物〉の神は、自らのそうした残虐性を隠し、人々の目をくらませるために、状況に応じて姿を変え、装いを変える。呼称も変える。自由主義、民主主義、社会主義、共産主義、時にはヒューマニズムなどというように。自分の残虐性を棚に上げて、人権擁護、民族解放、福祉社会建設などと大きな顔をして、声高に叫ぶことすらある。〈物〉の神は魔神の中の魔神である。ロレンスが『チャタレイ夫人の恋人』を書きながら、絶望の呻き声を幾度もあげたとしても、不思議でもなんでもない。そのことは同時に、なぜ死を前にしたロレンスが最後の力を振り絞って、今日なお日本では非合法とされるこの偉大な作品を書かなければならない、と思ったことの動機であり、理由でもあろう。ロレンスはこの作品を書き上げるや、本国では出版せずに、英語の分からないイタリア人職工に活字を拾わせ、少部数の自家出版本として密かにイタリアで、上梓したのである。ロレンスは慧眼であった。

◇数字という専制君主

一九世紀から二〇世紀にかけて、資本主義が際限なく発展し、人を〈物〉の世界に吸引していく過程で、経済の世界は絶えることなく抽象化を繰り返し、究極にまでたどり着いたと言える。その結果、かつては経済とは「経世済民」つまり「世を治め民を救う」ための思想であり、政策であり、システムだったものが、いまではそんな本来の意味とはまったく関係ないどころか、人間を抑圧する装置にさえなり果て、メカニズムに化してしまったのである。それは「経国済民」ですらなくなってしまった。

「物」がカネ・かね・金となり、あらゆるものはすべて貨幣に抽象化されて、貨幣の多い、少ないがすべての価値を決定し、表現するようになった。貨幣に抽象化されるまでの内実、過程、意味は問われることがなくなった。どれだけ苦労して仕事し、誰がどのような思いをこめて生産したり、サービスに努めたのか、問われることもない。時にはそのために生命まで犠牲にしたり、発展途上国における子供の奴隷労働の上に商品として取引されたりするのだが、そうしたことは一切無意味なこととなった。美術品、作曲、著作物もすべて貨幣に交換されてこそ、あるいは貨幣に換算されて初めて、価値を持つようになった。

物にこめられた、人間にとっての意味は問われることがなくなってしまったのである。価値と価格との奇妙な混同が一般的となった。農民が暴威をふるう自然と闘いようやく収穫に至った農産物も、芸術家が苦しみ抜いてようやく制作した作品も、ジャーナリストが自らの生命と引き替えに取材したルポルタージュ記事も、あるいは偶然転がり込んだ遺産も、官僚が汚職で手に入れた賄賂も、投機家がたまたまついていて得た儲けも、貨幣で計算される金額が同じであれば、それは同等の価値として評価されるのが、資本主義社会の常となった。

そうした資本主義社会も、さらに発展し、発展が加速化するにつれ、価値は一層抽象化されるようになった。それはもはや貨幣ですらなく、0から9までの数字と＋（プラス）および－（マイナス）の二種類の記号だけがすべてを支配する絶対的価値規準となってしまった。乗除の記号（×、÷）も価値規準としてほとんど使われることがない。せいぜい％（パーセント）の記号が重宝がられる程度であろうか。

現代の国際経済社会では、生産するごとに、取引するごとに、現物の貨幣が移動することはない。例外を除いてすべてコンピューターを通して数字をやりとりするだけである。それも瞬時にしての作業だ。為替相場の世界では三秒が勝負だといわれる。数字の動き、新しい情報が入れば、それに伴うアクションを三秒以内に起こさなければ、儲けのチャンスは逸し、大きな損失を被るのが当たり前の世界だという。それも小さな額ではない。想像もできない巨額の数字が動くのである。時には英国のポンド相場をめぐって投機王・ジョージ・ソロスと英国中央銀行（実体的には英国政府）が熾烈な戦いを展開し、遂にソロスが勝利し、英国側が巨額の損失を出したこともある。こうした事例は珍しいことではない。

数字は人間生活のあらゆる部面へ浸透し、表現し、支配する。素朴な形では、物（サービスも含む）が価格を付けられ、売買される。それは単なる人間の経済活動の始まりにすぎないのだが、資本主義社会ではこの段階で既に資本主義世界総体の影響を受け、生産者も取引業者も自由でない。投入した労働量、生産物への愛情、必要とした諸経費だけでその価格は決定できない。需給関係という市場メカニズムに支配されて決定される。価値と価格はこうして分裂するのだが、人間はどうすることもできない。そんな市場は複合して世界市場に結びつき、ささやかな物やサービスといえども、世界市場から自由ではない。物やサービスがいったん商品として市場に姿を現す限り、この鉄則に厳しく制約される。その世界で通用する唯一の規準が数字なのである。こうした現実から資本主義社会に生息する人間は、最終的には数字に凝縮されるトレンドの先を見て、交換価値の高い物を生産し、商う。商品世界である。

抽象化され、数字と記号に凝縮された高度資本主義の世界は、情報資本主義と名付けてよいと思うが、そうした「数字」の世界はまことに絶妙な清浄化のメカニズムを内包し、すべてを清らかなもの、聖なるものに変えてしまう装置をビルトインしている。役人の賄賂であれ、暴力団の麻薬売買収入であれ、低開発国の子供たちの奴隷労働による搾取所得であれ、札ビラとなった瞬間、抽象的な価値に変貌し、そこに至るまでの一切の事情は捨象されてしまう。

だがそれでも麻薬取引人や売春宿の経営者が札ビラを銀行の窓口に持っていくその場までは、ある程度その人間について知っている人間（銀行員とか警察官など）は持ち込んだ貨幣が「汚れたもの」であることを見抜け、少しは貨幣から数字に変える行為をチェックすることができる。「マネー・ロンダリング」（資金洗浄）の防止というやつだ。

ところが支配的な立場にいる人間たちは、もっと巧妙な手口を使う。ドイツ・キリスト教民主同盟のコール元首相たち幹部のように外国銀行に秘密口座を開設し、そこへ武器商人からの賄賂を振り込ませ、そうしていったん数字化して「きれいになったカネ」を自由に使うという手だ。数字化してしまえば、すべて聖なるものになり、なんら臆することなく使える。数字化された資本主義メカニズムはこうして巨大な悪を隠してしまう。「マネー・ロンダリング」を文字っていえば「ニューメラル・ロンダリング」（数字洗浄）とでも呼べようか。

数字の世界の基本操作モデルは簿記にある。伝票を基に、借方、貸方に仕分けし、バランスを取っていく。バランスが失われることは絶対に許されない。そこではあらゆる物が数字によってのみ表現され、評価される。玉葱一キロが六八〇円だとすると、それはタクシーを基本料金で乗った経費とまったく同じである。もしその金を誰かから借りて支払ったとしたら、それも借入金として同等である。ただそれだけのことである。渋滞したり、たまたま赤信号が長くてタクシー料金が跳ね上がり、支出増になっても、そのことに伴う支出経費はタクシーが実際に走行して支払った経費となんら変わることはない。

簿記の世界では、人間は物と同等である。パート労働者が、少しは人間的な生活を営みたいと願って、子供を託児所に預けるなど苦労して一日働いて稼いだ給料四〇〇〇円と、企業が業務に使う自動車のガソリン代四〇〇〇円とは、簿記の世界では同じ価値と意味しか持つことはない。だからもし経営上の必要から四〇〇〇円の経費を削減しなければならなくなったとき、経営者はガソリンの方が重要だと判断すれば、パート労働者一人分の経費を削減する、つまり一人辞めさせ、こうして人件費を削減してコストを軽減し、簿記の上で数字を整合させる。そこに情けや人間的なものが介在することはほとんどない。いったん数字で表現された世界は数字によって自動的に処理される。「合理化」と呼ばれる人員整理もそうした一現象である。簿記には簿記の内在律があるのである。

資本主義体制とはそうした非情な簿記の世界を権力的、法的に保障するシステムである。それ以上でも以下でもない。ただそうしたシステムに抵抗する人間性豊かな人間には、非情な簿記の世界の論理を妨げる許しがたい反逆者として、従順な従業員よりも激しく弾圧され、抑圧される。不当労働行為という人権侵害行為である。こうして簿記の世界は人間から人間性を奪い、本質的に人間を奴隷化する世界でもある。やがてこうした数字で構成され、表現された価値の世界は決算として確定され、その決算に対して人間は抵抗することが許されない。

このようなミクロコスモスが、糾合され、巨大な単一市場に統合されていく。単一市場は最終的に整合された世界市場に集約されていく。ＷＴＯ（世界貿易機関）に代表される通商システムとＩＭＦ・世界銀行が支配する金融システム、ウォール街・シティ・兜町等に集中する証券取引機関がそうした統合された市場の頭頂部である。そこで通用し、表現でき、支配する唯一のものは数字である。それは資本主義世界の究極の姿である。

数字を前にすべては意味を失う。例えばＷＴＯにおける絶対的尺度は、完全なる自由競争原理の基での生産・通商活動の保障と価格の持つ絶対性である。それ以外の一切はそこでは意味と発言権を持たない。低開発国で子供の奴隷労働の下で生産した織物と、機械化が進み、生産性の高い先進国での同種の織物との唯一絶対的な評価基準と支配権はその商品が持つ価格だけである。鞭打たれながら日給二〇円で働かせられて生産され、売りに出される商品も、ほとんど人手をかけずに能率よく生産され、取引される商品も価格だけでしか評価されないのである。数字こそすべてなのだ。資本力での強者が勝利するのは誰の目にも明らかである。そして人間社会の不正義あるいは人権侵害行為といった悪がそうした市場原理、価格至上原則の闇に隠れて、のさばり、人を苦しめていることも紛れもない事実である。

数字がすべての世界といえば、金融・証券の世界ほど徹底したものはない。確かに数字に表れるまでの過程では、人間臭いもの、人間が経営することから当然でてくる誤謬や失敗、あるいは先見性のよさや技術開発力、営業力の優秀さ等から、その企業がそれなりに評価され、株価が決まるという一定の背景や理由、原因が存在することは事実である。しかし実際の株価はそうした一企業の合理性だけで決まることは稀である。景気の動向、海外市況の動き、国家財政の状況、自然条件、投資家の心理条件等々様々な要因によって強い影響を受ける。そうした複雑で多様な複合的な条件を少しでも分析して株価の予測をするため、高等数学などを駆使することも試みられている。こうして形成される株価であっても、いったん市場で形成された株価は今度は一人歩きさえする。株価はその企業の社会的評価を表す決定的な指標となる。そうした株価が総合された株価の全体指数・平均指数は株式市場全体の動向を表現する唯一絶対の規準となる。

国家といえども数字の支配からまったく自由ではない。ＧＤＰ（国内総生産）、国際収支バランス、財政状態、景気動向指数といった数字がすべてを表現し、評価の基準となる。単なる一私企業でしかない格付け会社がどこかの国の格付けをそうした数字を基に行うと、その数字が決定的な影響力を持ち、為替相場や金利動向にまで影響し、その国の経済状態を左右し、政府の経済政策をも揺るがせかねないことも十分あるのである。

◇ソロスの憂鬱

こうして資本主義世界においては、０から９までの数字と、＋および－のわずか一二の数字と記号だけで表現され、評価され、決定され、今度はそうして形成された数字と記号の抽象的世界が一人歩きし、人間世界を決定するようになったのである。確かにそうして表されるに至るまでには様々な吟味が行われるのであり、また抽象化の最終段階で加減乗除から微積分、ときには虚数を使ってまでの複雑な計算式を使うことはあっても、最後に表現されるのは、実績数値はいくらで、それは前期比あるいは前年同期比プラスあるいはマイナスいくら、でしか表現されないのである。その最終数値で様々に解釈し、評価し、表現し、政策化するのである。

もしどこかの国の財政赤字がかなり悪化していればＩＭＦは情け容赦なく支配介入する。失業者がどれだけでようが、物価がどうなろうが、農業が壊滅状態になろうが、そのようなことは数字を前にすれば考慮に値しないことなのである。

ＷＴＯの場合にもまったく同じことが言える。低賃金、奴隷労働、環境保全、食品の安全性確保、資源保護、農業基盤の確立などという人間生活に欠かすことのできない政策的要素も排除されるのが原則になってしまっている。自由で公正な競争を大義名分に、その条件整備ばかりが強調され、抽象化された数字がすべてを物語り、規定する世界がそこにあるのである。

こうしたＷＴＯの持つ非人間性に対して一九九九年末にちょっとした事件が持ち上がった。米国のシアトルで一一月三〇日から開催されたＷＴＯ閣僚会議の会場に世界中から集まったＮＧＯ（非政府系市民活動家組織）のデモ隊が押し掛け、市内中心街を大混乱に陥れ、そのせいもあって会議は不成功に終わってしまったのである。低開発国での劣悪な労働環境、家畜への成長ホルモンの投与、子供の奴隷労働放置、悪化する環境問題、先進国企業による農畜産業支配の進行等々の重大な問題が山積しているにもかかわらず市場原理の絶対的優位とＷＴＯ統制の強化を決定しようとしたこの会議に対して、市民活動家たちが強く反対の意思を表明しにシアトルに結集したのである。

このＷＴＯ新ラウンドの方向が決まれば、そうでなくとも巨大な資本力を有する多国籍企業が圧倒的に優位に立っている世界市場で、数字に物言わせてその支配力は完璧なものとなり、ＷＴＯ官僚を使って主人公であるはずの人間を抑圧し、絶対的に支配することを可能ならしめてしまう。結集した活動家たちはそうなる事態を恐れた。同時にそうした人間性不在の資本主義そのものに根底的な疑問を突きつけ、「ノー！」と叫ぶものもあった。デモ隊は警官隊と激しく衝突した。テレビのブラウン管に黒旗が少なくとも三本は翻っていたことでも分かるように、デモ隊は資本主義のありようそのものを問題にしているものも少なくなかったようである。ロンドンでも同じ頃、反ＷＴＯデモが一千人規模で激しく展開されたが、ここでは明確に反資本主義を唱えていたと外電は伝えていた。結局この閣僚会議は決裂という形で失敗に終わった。

ベルリンの壁崩壊で資本主義が勝利したかのようなことが、特に日本のマスコミで喧伝されたが、レーニン・スターリン主義型社会主義体制が崩壊したのと同時に、実は資本主義も期を一にしてその根底で崩れ始めたといってよいようである。〈物〉による支配は抽象化の極致にいたり、いまや神となった〈数字〉による人間に対する抑圧支配という最悪の状況に陥ったのである。

神となった数字と記号は人間崩壊という最悪の自己疎外・物神崇拝現象として人類全体を身動きできないものにしてしまった。普通の人間でも、人をまるで物のように殺す、レイプする、誘拐する、首切りする、金儲けのための道具にする、といったことを平然とする。支配的な存在だと錯覚している人間はというと、彼らは〈数字〉の前に平伏し、忠実な僕となる。ヨーロッパの中世社会においては、神が絶対的に人間を支配し、教会というシステムを作って神の支配を貫徹した。神父がそうした神の忠実な僕として、支配のお先棒をかついだ。

人間が絶対的理想の存在として創ったはずの「神」が、ほかならぬ創った人間を支配するようになった。フォイエルバッハはこの倒錯現象を自己疎外と呼んだ。「人間にとって、人間が神である」という有名なテーゼはこうして導き出され、神による自己疎外からの解放はヨーロッパ人にとって重要な課題となった。同じことが資本主義社会でも形を変えて現実化した。人間が経世済民のために創った経済システムであり、資本だったが、いまや経済システムと資本が主人公となり、人間を支配し、〈数字〉が神の座についた。完全なる自己疎外現象である。だが神による自己疎外が中世社会を崩壊に導いたと同じことが、当然資本によって自己疎外された資本主義社会でも現れることは避けられない、と考えるほうが自然であろう。このことの危機感は、ほかならぬ体制側の敏感な人間に強い。そして体制側の人間から自信を急速に奪っている。

例えばジョージ・ソロス。一九九〇年代に世界の金融市場に絶大な影響を及ぼし、巨額の富を掌中にした、抽象化された資本主義世界の王者とも言えるこのハンガリー生まれのユダヤ人は朝日新聞記者のインタビューに答えて次のように語っている。

「金融市場はそもそも不安定なシステムなのです。自由な競争に任せれば均衡するという誤った考えに立っている。金融市場は破局を迎えるおそれがあります」

「市場経済の行き過ぎにとても悲観的になっています。金は目的を達成する手段に過ぎないのに、それ自体が目的になってしまった。社会には、マーケットでは表現できないさまざまな価値があるのに」

これは朝日新聞一九九九年一月一〇日号「日曜版」に掲載された『一〇〇人の二〇世紀・ジョージ・ソロス』の記事からの引用である。インタビューを基に書かれたこの人物スケッチ記事の中で、担当した落合博実記者は「こうしたソロスの言動は、ここ数年とくに目立ってきたという」と書いている。資本主義のまっただなかで体制の最先端に位置し、活動している人間だからこその、冷静な観測と痛切な思いがそうした言動となって現れているのかもしれない。

あるいはこうも言えよう。ソロスは一九九二年九月、英国中央銀行のイングランド銀行を相手にポンド戦争を仕掛けた。資金運用を任された手持ち総資金二〇〇億ドルのうち七〇億ドルを投入し、ポンドの浴びせ売りを仕掛けたのである。イングランド銀行は必死に買い支えようとした。

だがソロスの挑戦に他の投機筋も同調し、遂にソロスは勝利した。英国はポンドの事実上の切り下げに追い込まれ、ソロスは九億五〇〇〇万ドルもの巨額の利益を掌中にした。かつて七つの海を征服したユニオンジャックも、一人の男の挑む寸秒を争う数字と記号の戦いに敗れたのである。巨大な帝国を撃ち破るのに必ずしも強大な軍事力を必要としない、一台のコンピューターと電話回線があれば十分戦え、勝利も可能な、そんな時代が到来した象徴的な事件だった。

そんなヒーローのソロスにしてこの懐疑である。この憂鬱である。物神崇拝に塗りこめられ、〈数字〉に支配されるままになってしまった、現代資本主義社会と人間世界に対するソロスの根元的な懐疑が思わず口をついて出てしまったのである。資本主義の何かを知り尽くしたソロスだからこそ、かえって資本主義への根元的な懐疑を抱くこととなり、そんな懐疑から逃れられないといえようか。

ロレンスの時代の資本主義はまだソロスをこれほどまでに憂鬱にさせるほど〈数字〉が人間世界を絶対的に支配する帝国にまでは至っていなかった。まだ人間が蠢け喘ぎながらも息つく余地が残されていた。時代のおかしさに異議を唱え、反抗し、別の世界を目指す自由も残っていた。主人公の一人であるクリフォード・チャタレイでさえ自己疎外されたブルジョワジーの一員として確かに物神崇拝の呪縛に縛られてはいたが、それでも人間臭さが存在した。コニーも最初はそうだった。ある種の諦めを抱きながらも、人間的な感覚を心の奥底にそっとしまい込んでいた。

だからこそメラーズによって人間性を取り戻すことができた。性の宴というエロスの世界がそうした人間性回復の最も強力な舞台装置であったことはいうまでもない。その性と優しさが一体的なものであり、自由と美と自然が渾然一体となってコニーに人間性を取り戻させたのである。つまりカネから始まり、かね、金となり、究極において〈数字〉に凝縮された物神崇拝の世界に押し込められていたコニーは、「優しさ」によってその呪縛から解放されていったのである。物神崇拝世界における非人間性は、性と優しさ、そして自由、美、自然という人間性の対極にあるのだということをロレンスは既に産業資本主義隆盛期のこの時点で示していたのである。物神崇拝状況下の世界が人間の持つ傲慢で尊大な虚構にすぎず、それをはぎ取った世界こそが、本来人間が持っている満たされた実体であることを改めて指摘したのである。

「自分のためにでも、ほかのだれかのためにでも、金を作ろうと考えるのはやめよう」という主人公メラーズの一見なんでもない主張は、こうして今日の資本主義の非人間的状況を予見して、いまこの時期に生き方を変えなければ、人間は破滅的な深淵へ向かわざるを得ないのだというロレンスの叫びであり、予言だったと言える。芸術家の直感が時代の先を見通させたのである。

◇マルクスとロレンス

学生時代、まだ教養課程だったが、英文学系の講読授業で、ロレンスの『虹』がテキストとなっていたので、まだこの偉大な作家についてはほとんど知識のなかった私は、興味をそそられて、聴講させてもらったことがある。ところが授業の冒頭、講師がいきなり「ロレンスの思想は、マルクスのようなちゃちなものではなく、ヘーゲルの壮大な世界のものである」とぶったので私は激しい反感を覚えてしまった。なにもマルクスを信奉していたわけではなく、ヘーゲルについてもほとんど知識のなかった私だったが、いきなりそのように決めつけて言われてみれば、何を、と感情的に反撥してしまったのである。

それだけではなく、講師のそうしたロレンス観、マルクス観、ヘーゲル観が、まだロレンスに対する見方あるいは評価が全く固まっていない段階の私に、先入観として定着し、ロレンスの実像を歪めてしまうことを非常に恐れたこともある。授業には二、三回出席しただけで止めてしまった。その判断が正しかったことが、今度『チャタレイ夫人の恋人』をじっくり読んでみて、確認できた。

このロレンスの遺書あるいは黙示録とも言いうる作品を読んでいて痛感したことは、ロレンスもまたマルクスと同じ物神崇拝排撃の思想的地平から出発し、思想を深めたということである。ただロレンスは、ロシアのボルシェヴィキ革命の自己疎外に直面して、当時の公認マルクス主義が結局は資本主義の別の形に過ぎず、人間を解放するものではないどころか、逆に人間をインダストリアライゼーションの圧縮された状況の中で、より一層物神崇拝の奴隷におとしめていき、果ては国家テロリズムへと状況が濃縮されて、人は圧し潰され、〈物〉になり果て、無機物化するというように状況が一層深化する、といったことを鋭く見抜き、国家資本主義へと退行した革命の危険性をこの作品の中で自信にさえ満ちて鋭く指摘し、予言しているのである。

その意味で、ジョージ・オーウェルの『カタロニア賛歌』から『一九八四年』に至るスターリン主義批判を先取りした思想書でもあった、ということができるのではないだろうか。まだ混沌としていたレーニン・スターリン主義（ボルシェヴィズム）批判を、文学者の直感で表出した作品だった、ということもできるのだが、こうした精神状況はこの作品の時代状況であるロシア革命からスペイン内乱にかけての、イギリス知識人たちの共通した精神世界であったと言えよう。

ロシア革命がまだ混沌とした状況下にあって、確度の高い情報が極度に不足していたこの時代に、どうしてロレンスがボルシェヴィキ革命の国家資本主義化への変質を見抜けたのか、推測するだけの確たる根拠はないが、社会主義やマルクス主義について素朴に考え、革命の姿を見つめて、豊かな才能で考えをめぐらして、そうして得た確信を直感的に抱いたのではなかろうか。『チャタレイ夫人の恋人』の中でロレンスは、主人公のメラーズが書棚にロシア革命関係の書物を何冊か置いておくという形で、当時ヨーロッパの知識人の多くが強い関心を持っていた社会主義とロシア革命についての興味を、彼もまた持って勉強していたことをほのめかしており、彼が進行し、混乱し、国家資本主義へと退行しつつあったロシア革命になにか強く感じるものがあったことは不思議ではない。

ボルシェヴィキが権力を奪取して、レーニン・スターリン主義が社会主義革命への唯一の正しい科学的理論だとされて、ソヴィエト国家が革命の祖国であり、世界の労働者がその祖国を守ることが絶対的に正しいとされ、異論を差し挟むものは革命の敵、人民の敵として排除され、粛清されるようになって、社会主義はマルクス・レーニン主義だけに許された特許権者となり、こうしてプリミチブな社会主義の姿をほとんどの人間は見失ってしまったが、パリ・コミューンの歴史やマルクスの主張あるいはバクーニン、プルードン、ブランキー、クロポトキンといった思想家たちの言説に素直に耳傾ける心さえあれば、社会主義の本来の姿や革命の在りようを視ることができたのである。ロレンスもそうした一人であったに違いない。

ヨーロッパの社会主義は、確かに一八四八年革命やパリ・コミューンの敗北で、国家権力の問題について、意見が大きく分かれ、対立していったが、もともとは共通するものが多かったと言え、このことはマルクスもバクーニンも同じ第一インターナショナルに結集していたことでも言えよう。マルクスの『資本論』を最初にロシア語に翻訳したのはほかでもないバクーニンその人であった。バクーニンがマルクスの最大の政敵となったことはよく知られていることである。

さてそのような社会主義のプリミチブな思想を粗っぽく抽出してみれば、次のように描くことができるのではないだろうか。人間を資本の自己疎外と物神崇拝状況から解放し、人間を物としてしか扱わない抑圧的階級社会を廃絶して全ての人間に自由を解き放ち、能力に応じて働き、必要に応じて必要な物を手にすることができる社会を下から組織し、人間を抑圧し階級支配の道具と化した国家を廃絶し、搾取と抑圧のための暴力装置としての権力機構を解体し、官僚の特権は取り上げ、直接民主制の自律的な自主管理社会を構築していく、といった人類共通の理想に向かって世界のプロレタリア（生産手段を持たない民衆）が団結し、理想を実現していく、というプロセス像である。

まだパリ・コミューン敗北から半世紀しかたっていなかったこの時期、そして資本主義システムの矛盾が吹き出して第一次世界大戦を引き起こし、ヨーロッパ各国では反戦運動が高まり、各地で社会主義革命の火の手が上がったこの時代、ロレンスの頭にはこうした素朴な社会主義像があったのではないだろうか。そのような社会主義のイメージが強かったとすれば、それを間尺としてロシア革命の現実と情勢の推移を凝視したとき、自ずとボルシェヴィキ革命のイメージと批判点が浮き彫りになってきたのではなかろうか。もしもっと正確な情報が入ってきていれば、ロレンスはこの作品の中でさらに紙数を費やしてボルシェヴィキ批判を展開したに違いない。そう考えない限り、なぜエロスの追求を主題とする『チャタレイ夫人の恋人』の中に、ロレンスが異質なテーマのボルシェヴィキ批判を何カ所かで展開したのか、説明がつかないのである。

◇オートジェスチョン

ロレンスが人間性の解放を求めて創作活動に打ち込んだのも、マルクスが人間性の解放を求めて哲学と経済学の研究に没頭したのも、同じ土壌と地平からであった。産業革命と資本主義制度および近代的階級社会の成立という土壌と地平である。本来人間が人間のために創り上げ、発達させてきたはずの社会が、逆に人間を支配し、隷属させるに至った、いわゆる自己疎外によって、利益を得て支配しているはずのブルジョワジーたちまで、実はそうした社会によって支配され、隷属化され、人間性を徹底的に失ってしまったのが、他ならぬ資本主義社会である。そこではあらゆる人間は〈物〉になり果て、人間と人間との関係はすべて物と物との関係に移しかえられるという物神崇拝化現象が一般化してしまった。この非人間的状況を変革し、人間に人間性を取り戻させなければならない、と産業革命以降の多数の人間は考えた。

ロレンスとマルクスはそうした知識人の代表的な存在だったと言える。しかし二人にあっては、解放へのアプローチが違った。マルクスはヘーゲルの弁証法哲学を唯物論に取り入れて、自己疎外の原因を資本主義社会の体質と構造と仕組みそのものにあり、それの変革以外に解放はあり得ず、物神崇拝現象のくびきからは解放されない、と考えた。これに対してロレンスは、自己疎外状況と物神崇拝現象の原因を、まず中世キリスト教神学とストイシズムに毒された人間の観念そのものに見た。古代ギリシャへの回帰と性意識の全面的解放があって初めて人間は解放され、人間社会は人間的なものに還元されると考えた。マックス・ウェーバーの指摘を待つまでもなく、キリスト教（プロテスタント）精神が近代資本主義を生み出す思想的支えになったことも歴史的事実であり、キリスト教ストイシズムを批判し、破砕することは、ロレンスにとって避けて通れない道であった。

マルクスの思想が結論的に政治革命を指向し、ロレンスの思想が社会革命を目指すことになったのも、論理的な帰結だった。そして両者のこの違いは、レーニン・スターリン主義の全体主義的な国家テロリズム化に伴う破産を経由して、現代革命の在り方に、決定的な影響を及ぼしたのである。

政治権力奪取を先行させるべし、とするマルクスと彼のエピゴーネンたちの考え方は現実社会においては人間社会の自己疎外状況をより深化させ、物神崇拝化現象を深刻なものとしてしまった。ボルシェヴィズムに具体化された典型的な「社会主義」は、資本主義となんら変わらないどころか、むしろ資本主義的自己疎外状況をより苛烈なものとした、という苦汁しか残さなかったのである。政治革命先行を掲げる変革の思想は結局人間の意識を変えられなかったばかりか、よりいびつなものにしてしまったのである。

今日、ロシアも中国も、多大の犠牲を払ってせっかく資本主義破砕の事業を達成しながら、ベルリンの壁崩壊後は、いや壁崩壊のずっと以前から民衆は口を開ければ「カネ、カネ」であった。東欧変革の主軸となったポーランド「連帯」の運動も政治権力を手にしてからは、それまでのスローガン「自主管理」を打ち棄てて、結局は「カネ、カネ」の世界に舞い戻り、かつての特権階級の党官僚の代わりに新しい特権階級としての「連帯」活動家が社会の支配的ポストに就き私的利益追求に血眼になり、民衆はこれまで同様、いやこれまで以上に「カネ、カネ」とあくせくした日常生活をおくらざるを得ない状況だという。革命は人間の意識をなんら変革させなかったのである。

海の彼方の浅はかさだけではない。この日本でも、学生運動や労働組合活動に指導者として加わっていた人間でも、いったん運動から離れ、体制内に入るや、それまでの友人を裏切り、理想を投げ捨て、正反対の言葉を吐き、官僚に成り下がり、人権を抑圧し、鉄面皮な人間になって、恥じることなく平然とするようになるのが通常の彼らの態様だった。意識的にも無意識的にも彼らがメタモルフォーゼするのに時間はかからない。彼らが体制の反対側に位置していたときに語った言葉などケロッとしてまるで誰の言葉かという風に身をこなし、立ち回る。要するに権力、権威の側に付いていていたいのである。それが権力にすりよることによってなんとか支配序列の中に位置したいと願う官僚や、権力主義的な体質を持つ者の本質である。資本主義が全盛である社会では資本主義政党に入り、スターリン主義が絶対的な支配権を握っていれば共産党に加入する。ただそれだけである。思想や理念など、単なるお飾りにすぎないのである。そうすることによって彼らは自ら進んで〈物〉になる。

『チャタレイ夫人の恋人』の中でロレンスは、こうした矛盾を鋭く見抜き、黙示している。ロレンスの死後、彼の思想は静かに浸透し、やがて一九六八年のフランス五月革命やそれに前後するベトナム反戦運動、カリフォルニア性革命などを媒介に、マルクスからスターリンに至った革命論とはまた違った二一世紀型の革命のデッサンが民衆の中から生まれ、描き上げられていったのである。歌となり歌われていったのである。

民衆の運動に共通するキーワードはエロスであり、エロスと一体化したオートジェスチョンだった。物神崇拝の呪縛から解き放たれ、火の肉体と燃え上がる精神を持った人間が、なによりも自分自身の主人公であり、だからこそ主人公同士の男と女が解放された性を営め、その営みが世界を形作り、さらにそうした主人公としての人間が疎外されない自分たちの社会を構築する、そんなオートジェスチョンが一九六八年に先進的世界の至る所で若者を中心とする民衆の合い言葉になってこだましあったのである。ただし日本を除いて。

オートジェスチョンは自主管理あるいは自治と訳されているが、正確には民衆の直接民主制的な自律の思想であり、システムだと訳すべきであろう。自らの運命は自らが決定し、自らの生産は自らで企画・管理し、自らの生活は自らの意志と手で営む、そうした自律を基調とする考え方とスタイルである。当然、ヒエラルキー的社会秩序は消滅し、自分たちの英知を搾って計画し、管理し、生産し、生活を楽しむ。仕事は遊びと同質のものとなる。社会は共同体的なものに再組織されていく。抑圧し、支配するための国家や社会機構・組織は解体される。国境は消滅していき、人々の移動は自由となる。

既にヨーロッパではそうした世界へと踏み出し始めた。ほとんどの国家では社会主義政党が多数派となり、連邦的な国家共同体へと再編され、通貨も共通なものとなり、経済は活性化されだした。ロシアでは社会主義なる国家資本主義が崩壊したが、皮肉にもまさにその時点の直前からヨーロッパは社会主義化したのである。英国のサッチャー政権が最晩年の頃、この骨の髄まで保守主義者の宰相が「大陸は社会主義者どもに占領されようとしている」と苦々しく語っていたことが思い出される。まだ線は細く、色は薄いが、オートジェスチョンこそがそんなヨーロッパの新しいイメージとなり、デザインとなった。

だからオートジェスチョンは、レーニン・スターリン主義者たちの手垢にまみれた社会主義的労働者自主管理でも、ボスたちが牛耳る似非デモクラシーの地方自治あるいは地方分権でもなく、そうした詐術的概念とは全く異なる新しい社会革命論である。一九六八年のフランス五月革命やチェコ「プラハの春」革命で民衆が求め、叫び、闘った解放のための思想だった。そんな思想がマルクーゼやダニエル・ゲランたちによって性革命と結合してもてはやされたりもした。性を社会革命の中心に据えたフロイト左派のイデオロギーが復活したのも当然であり、自然であった。ロレンスはそんな革命思想の先駆者だったのであり、彼の作品はそうした意味でも、高く評価されてしかるべきものであろう。

◇無機物質的世界

ロレンスは『チャタレイ夫人の恋人』の至る所で人間の物神崇拝化状況について指摘し、描き、批判している。批判しているというより、激しい憤りを込めて弾劾している。彼にとって性はそうした物神崇拝状況に毒された無機物質的世界を破砕する武器であり、エロスは、人間にとりついた業病のごとき物神崇拝性を否定し、打ち砕いた彼方に存在する人間的な世界そのものである。ブルジョワジー、プロレタリアいずれの階級に属する人間であっても、あらゆる人間は物神崇拝の呪縛から自由でないことを、ロレンスは指摘してやまない。そんな幾つかの文例を、抜き出してみよう。

〈醜悪さの化身！だがそれは生きている。彼らはみなどうなっていくのだろう！多分石炭が尽きるとともに、彼らもまた地球上から姿を消すのだろう。石炭が彼らに呼びかけたとき、何千何万という彼らがどこからともなく現れてきたのだ。彼らはただ炭層とともに現れ、それとともに消えてゆく薄気味悪い生物相なのだろう。別次元の生物で、ちょうど製鉄労働者たちが鉄の元素に仕える霊であるように、彼らは石炭の元素に働きかける霊なのだろう。人間にして人間でなく、石炭、鉄、土の動物なのだ。炭素、鉄、珪素などの元素に寄生する一時期だけの生物相、霊なのだ。たぶん彼らは、石炭の光沢だとか、鉄の重量や青さや抵抗力だとか、ガラスの透明性などという、何か鉱物の非人間的な不気味な長所を持っているのだろう。鉱物界の不気味な歪んだ霊的動物！魚が海に棲み、虫が朽ち木に棲んでいるように、彼らは石炭と鉄と泥との中に棲んでいる。鉱石の分解過程の一時的生物なのだ。〉

〈「おれはあいつらに言おう。見ろ！おまえのからだを見ろ！肩は傾いていて、脚はねじれ、足はむくんでいる！そんなひどい仕事をして、いったいおまえ自身を台無しにしてまでそんなに働く必要はないんだ。服を脱いで、おまえのからだを見てみろ。本来、生き生きとして美しくなければならないおまえが、醜く、死人も同然じゃないか。

（略）

だがおれは説教したくはない。ただ、彼らを裸にして言うだけだ。おまえの身体を見ろ！金のためにだけ働いているからだ！おまえ自身の心の声をきいてみろ！金のために働いているからだ！いままで金のみのために働いてきたからだ。テヴァーシャル村を見ろ！恐ろしいありさまだ。おまえたちが金のために働いているあいだに建てられたからだ。村の娘らを見ろ！やつらはおまえらのことなど眼中にない。おまえたちもやつらをかまわぬ。それはおまえらが働いてばかりいて、金に心をとられているからだ。おまえは話すことも、動くことも、生きることもできない。おまえらは女と楽しく暮らすこともできないのだ。おまえは生きてはいない。自分をよく見てみろ！」〉

〈人間！人間！ああ、彼らはある意味では忍耐強い善良な人間なのだ。別の意味では存在していない人間なのだ。人間が持っているべき何ものかが彼らから搾りとられて殺されてしまった。しかもなお彼らは人間であった。〉

〈「この三百年というもの、人間にどんなことがされてきたか。全く恥ずべきことだ。人間は働き蟻になってしまった。人間らしさはなくなり、ほんとの生活さえもなくなった。」〉

◇セルロイド製の魂

産業革命で生産手段を失い、自分の労働力を商品として売って、生計の資を得るしかなくなったプロレタリアは、〈物〉でしかなくなり、人間性を見失い、物の究極の形態としてのカネの奴隷となってしまい、彼らの間の人間関係や彼らと異なる階級の人間との間の人間関係は、すべて〈物〉と〈物〉との関係、〈カネ〉と〈カネ〉との関係に転移してしまっている。人間の物神崇拝化現象なのだが、この関係は資本主義社会の主人公のはずのブルジョワジーにもそのまま投影している。資本主義社会ではあらゆる人間が物神崇拝のくびきから自由でないのである。それはいわば毒のようなものなのだ。毒は相手を選ばない。相手次第で手加減することもない。相手構わず殺す——それが毒なのだ。貴族であるとともに炭鉱の所有者であり、経営者でもあるコニーの亭主・クリフォードについての次のような描写を通してロレンスは、ブルジョワジーの自己疎外と物神崇拝化を指摘している。

〈クリフォードは、彼らに接するときには、ひどく傲慢に侮蔑的な態度をとった。彼は、親しみなどを見せる気になれなかったのである。まったく、自分以外の階級の者にたいしては横柄で侮蔑的だった。彼は別に彼らに愛されも憎まれもしなかった。彼の存在はただボタ山やラグビー邸

のような一個の物にほかならなかったのである。〉

〈社会は狂った怖ろしいものだった。文明社会というものは狂っていた。金銭と、いわゆる愛とが、社会の二大狂気であった。なかでも金銭のほうがはなはだしかった。個人はそのばらばらに狂った精神で、この二つのものに熱中しているのだった。たとえばマイクリスがそれだ！彼の生活と行動はまさに狂気である。彼の恋愛も一種の狂気なのだ。〉

〈「彼らはなんでもお金で買おうとしている！だが私を買ったわけではない。だからもうあの人といっしょにいる必要はない。紳士などと言っても、セルロイド製の魂を持った死んだ魚みたいなものだ！それでいて礼儀だとか、偽の智恵だとか、優雅さなどで、ほんとうに人を欺いている。感受性と言ったらセルロイド人形と同じなのに」〉

〈コニーははるか遠くのヴェニスをながめた。それは低く、薔薇色に水の上に立っていた。金で建てられ、金で花咲き、金で死んでいる。まさに金で死にかけている！金、金、金、淫売、そして死！〉

　このように自分自身も〈物〉となりながら、しかもそのことを認識できていない物神崇拝状況の中に在るブルジョワジーは、階級の違う人間をも〈物〉としてしか見られなくなり、そのことをあからさまに口に出す。

〈坑夫というのはある意味では部下のようなものだった。だが彼は、彼らを人間としてよりも物として、生命あるものとしてよりも炭坑の一部分として、彼と同様な人間としてよりも粗雑な自然の現象として見ていたのである。〉

〈「考え違いをしてはいけないよ。あなたの言い方をすれば、彼らは人間ではないのだ。彼らはあなたには理解できない動物なのだ。永遠に理解できない。ほかの人間にあなたの幻想をおしつけてはいけない。大衆というものはいつだって同じものだったし、これからも変わりっこないのだ。皇帝ネロの奴隷と、今の炭坑夫やフォードの工場の職工とはほとんど差がないのだ」〉

〈「下層民も、――労働者も？」

「全部だ。彼らは元気がなくなった。自動車、映画、飛行機が彼らの最後の生気を吸い尽くしてしまった。まったく一時代ごとに、もっと兎みたいになった次の時代を産んでゆく。ゴム管みたいになった腸や、ブリキの足にブリキの顔をした、ブリキ人間だ！人間を機械で殺して拝むボルシェヴィズムとまるで同じだ。金、金、金！現代の連中の勇気というのは、人間としての昔からの感情を、人間の中で殺戮することからしか出てこないんだ。アダムとイヴをこまぎれ肉にしてしまうのが彼らの勇気だ。彼らはみな同じだ。世界もみな同じようなものだ。人間の本体を殺してしまい、一つの包皮一枚について一ポンド、睾丸一対について二ポンドずつ払うというわけだ。おまんこだってはまる道具にすぎない。みな同じだ。やつらに金を払って世界の男根を切りとらせるのだ。金、金、金を払って、人類の生気を奪い去り、人間を皆ちっちゃな、こせこせした機械にしてしまう」〉

◇物としての階級

資本主義社会における人間の物神崇拝化状況は、単に人間個々の間の物神崇拝現象を生み出しただけでなく、質的に転移して、支配する階級と支配される階級との非人間的な物神崇拝関係として形成される。階級はそれ自身が〈物〉である以上、階級と階級との間に意思疎通が可能なはずがなく、抜きがたい対立と蔑視と敵意と詐術が存在し、支配することとなる。

〈ラグビー邸とテヴァーシャル村とのあいだには少しも気持ちの交流がなかった。帽子に手をかける者もなく、腰をかがめる者もいなかった。坑夫らはただじろじろと見つめていた。商人だけは知り合いででもあるかのようにコニーに帽子をとり、クリフォードには不器用に頭を下げた。それだけだった。そこには越えることのできない溝があった。そして両方とも、一種の怨恨のようなものをいだいていた。はじめコニーは、村の方からじりじりとせまってくる怨恨の感じが苦になった。だが彼女はそれにたいして自分の方からしっかりと立ち向かってゆくようにした。するとそれは一種の刺激剤になり、生きがいのようなものになってきた。だが、彼女とクリフォードに人気がなかったというのではない。彼らはただ、坑夫らとまったく異なる人種に属していただけのことだった。この越えがたい溝、言いがたい分裂というものは、たぶんトレント川の南方には存在しなかった。だが中部地方と北方の工業地帯においては、この越えがたい溝を越えての意思疎通ということはありえなかった。おまえはおまえの側にいろ、自分は自分の側にいる！そ

れは人間共通の脈搏の奇妙な否定だった。〉
〈だがクリフォードは別だった。彼の一家はみなそうだったが、内面的には頑なで、孤独癖があり、暖かさなどは悪趣味だと思っていた。人間はそのようなものなしに生きてゆき、がんばってゆかなければならない。彼らと同じ階級、人種だったならばそれも可能だろう。自己を冷然と高く保ち、自分を見失わず、それらをみずから享楽することもできる。だがべつな階級の人間、べつな家族の人間にとっては、それは通用しないことだった。〉
〈クリフォードが下層階級についての自分のほんとうの感情を露骨に語るのを聞くと、コニーは恐怖を感じた。彼の言うことは、ひとを打ちのめすようであったが、そのとおりでもあった。しかし真理であったが人を殺すものでもあった。

（略）

「そして僕らがいま手にする必要のあるものは」と彼は言った、「剣でなくて鞭なのだ。大衆というものは歴史が始まって以来、統治されてきたものだし、また世の終わりまで統治されてゆかなければならぬものだ。彼らに自治ができるなどというのは、まったくの偽善で道化芝居だね」

（略）

「では私たち全体に通じる一般の人間性というものはないのですね」
「好きなように考えるさ。われわれはみな胃袋を満たすことが必要なのだ。しかし表面的な、あなたは実践的な機能に関することになれば、支配階級と勤労階級とのあいだにはへだたりが、絶対的なへだたりが、あると信ずるね。二つの機能は相対しているものだ。そしてその機能が個人

を決定するものなんだ」〉
支配する階級としてのブルジョワジーと支配される階級としてのプロレタリア。ロレンスが『チャタレイ夫人の恋人』の時代に設定した一九二〇年代にはまだそうした生々しい人間の、自己疎外され、物神崇拝状況の呪縛にがんじがらめにされ、〈物〉と化した集団としての二つの階級があった。まだ産業資本主義の段階にあり、フランス革命やパリ・コミューンの余韻と残像が漂っていた当時だったから、この二つの階級には人間臭さが残り、人間的に敵対しあっていたと言える。今日のように資本主義が抽象化され、無機質の官僚主義が浸潤して、冷ややかなメカニズムに埋設された階級の姿ではなかった。
しかし、やがて世界大恐慌と第二次世界大戦をくぐり抜け、深刻な体制危機を味わった資本主義は、一層物神崇拝化した資本主義と、社会主義という名の国家資本主義とに変貌することとなった。資本主義は法人資本主義となり、法人がそれまでのブルジョワジーの位置を占め、支配者となり、それまでのブルジョワたちは単なる株主となり、利益のおこぼれを頂戴するか、経営者という名の資本の司祭あるいは官僚となるか、いずれかになり下がった。
一方社会主義という名の国家資本主義体制下の国では、国家が唯一の支配階級となり、新興権力者たちはそうした支配者たる国家に額ずき、集団的に公の名の下に公然と搾取する階級としての官僚として存在・機能し、権威主義に寄り掛かり権力を背景に社会を支配し、私腹を肥やす存在となった。とはいえ、まだ一九二〇年の頃にはそこまでは至っていない。ただ自己疎外と物神崇拝化状況の本質は、その頃と現在となんら変わっていないどころか、比べようもないくらいに深刻になっているのである。

◇死に至る病

物神崇拝の状況は人間個々、階級間だけに留まらず、資本主義社会全体を包み込んでいき、個人は死に体となり、階級は死後硬直のような状態になり、社会は死に至る病にとりつかれることになった。既に『チャタレイ夫人の恋人』において、この病状は明白に診断されている。

死に至る病は、個人や階級を越えて、社会全体を呑み尽くしてしまった。例えばブルジョワの家庭。

〈ここはただ機械的な無秩序にまかされているように見えた。あらゆることはかなりみごとな秩序、まちがいのない清潔さで、時間も正確に進行していた。正直さもかなり厳正に守られていた。だがコニーから見れば、それは組織的な無秩序であった。それを有機的に結合する暖かい感じがなかった。家の中は人の通らなくなった街のようにわびしかった。〉

そして地域全体。現代資本主義のゴーストタウンは、人が住まなくなった物理的な廃墟ではなく、多数の人間が住みながら、その人間たちが実は生きながら死んでいる、そんな人間の骸の集合体なのである。

〈テヴァーシャル村!これがテヴァーシャル村だ!美わしのイングランド地方、シェイクスピアの描いたイングランド地方なのだ!否、これは、コニーがここに住むことになってはじめて知った現代のイングランドの姿だった。そこに生まれてくる人間は金銭問題、社会政治問題についてでは神経過敏であっても、自然な直感的な側面では死んでいた――死人にすぎなかった。ここの人間はことごとく半ば屍体なのだ。それでいて他の半面では怖ろしい我執を持っている。こういうことすべてに何か気味の悪い、地獄のようなところがあった。まさに地獄であった。そしてまったく予測もできないものであった。半ば屍体の人間の反応をどうして理解できようか？シェフィールドからマトロックに遠足に行くために大きな貨物自動車何台かに群がって乗っている製鉄工を見たときは、その疲れ歪んだ、人間に似た小さな生物の姿に、コニーは心の底から気が遠くなるように感じて、考えこんだ。神よ、なんということを人間は人間にたいしてしてしまったのでしょう？人間の首領らは、その部下に何をしたのでしょう？彼らを人間以下のものに引き下げてしまった今となっては、もう仲間意識は死滅していた。まさに悪夢だった。〉

〈物〉と化した物神崇拝状況はイングランドの工業地帯だけに留まらない。イタリアのヴェニスでもそうだった。芸術の中心地でもあるパリでさえ死に至る病は蔓延していた。

〈彼女はパリには、ともかくもまだ少しばかりの官能性がある、と思った。だが、なんと物憂い、疲れ切った擦り切れた官能性だろうか。情愛の欠乏のために擦り切れている。ああ！パリは悲しいところだ。最も悲しい町の一つであった。現代の機械的な官能に倦み、金、金、金のための興奮に疲れ、鬱憤と欺瞞にも疲れている。まさに死の疲れである。

（略）

人間の世界はまさに擦り切れてしまいそうだ。たぶんやがて急激に崩壊してしまうだろう。一種の無政府状態である！クリフォード式の保守的無政府状態である！たぶんこれ以上保守的状態は続くまい。たぶん急激な無秩序の状態に進んでゆくだろう。〉

ロレンスは物神崇拝状況の急激な進行の先に、資本主義社会の崩壊と支配階級の統治支配力の喪失を見ていた。その現象は既に現実化していることを、鋭く観察していた。

〈自分を失わず、自分が支配階級に属しているのだ、という考えには、なんの意味もなかった。貴族が堂々たる風采をしていても、自分のものとして積極的に把握するものが何もなく、彼らの支配力というものは、ほんとうは支配力どころか一種の喜劇にすぎなくなっているとしたら、そんなことになんの意味があろう？おもしろくもないナンセンスにすぎない。〉

〈「それがあなたの『支配』なんですね！」と彼女が言った。「あなたは支配しているなどとうぬぼれてはいけませんわ。ただあなたは当然の分け前以上にお金を持っているだけで、それでもって、週二ポンドで自分のために働くか、それとも飢えるかと脅迫しているのですわ。支配ですって！そしてその支配からなにを生みだそうというの？あなたはカサカサに乾いているのよ！あなたはユダヤ人か戦争成金のようにただお金で弱い者いじめをしているだけよ」〉

◇カネ、かね、金

死に至る病はあらゆる階級、すべての世界に蔓延し、蚕食し、ブルジョワジーといわずプロレタリアといわず、人間の内面までも破壊しつくし、虚ろなものにしてしまう。人間が人間でなく、単なる〈物〉となり果て、人間関係は〈物〉と〈物〉との関係に置き換えられ、そうした〈物〉を神とする状況が全世界を呑み込み、支配するとき、弱い存在でしかない人間個々の内面は実にもろく崩壊し、〈物〉に占領され、虚無と化すのである。

〈「不幸な日はおれたちすべてのうえにやってくる」と彼は暗く予言者的に繰り返した。

「そんなことはないわ!そんなことを言ってはいけない!」

彼は沈黙した。だが彼の心の中の絶望の真っ黒な虚ろが彼女にわかった。そこではあらゆる欲望、あらゆる恋が死滅してしまう。それは男の内部にある暗い洞窟で、男の精神はすべてそこで失われてしまうのだ。〉

〈「その人が死んだときとても辛かった?」

「自分が死んだようだった。気がついたとき、おれの一部分は実際死んでいた。おれはこれは死で終わるだろうとずっと思っていた。死はすべてを終わらせるからね」〉

人間のすべてを蚕食した死に至る病の病原菌は〈物〉であり、〈物〉の究極の姿はカネ、かね、そして金である。〈物〉が物であるだけで留まっているならば、そしてカネが単なる商品流通の手段に留まっているならば、人間が創造した価値の具体的な表現でもある物の温もりを残しているカネはまだ単なる社会生活を営む上での道具である。人間の生活に役立つ有用な酵母菌のような役割を果たすこともある。この段階では人間と人間の関係はカネとカネとの関係に置き換わってしまっているとは必ずしも言えない。

しかしカネがかねとなる頃から状況が変化してゆく。カネが人間の経済生活を円滑化し、豊かにしていく手段に留まっている限り、カネは便利なもので、人間を幸福にする大切な存在だと言うことができよう。だが、カネがかねに変わると、性格が変わり始める。かねに変わるのは、預貯金の形をとる段階からである。万一の場合に備えたり、講のようになにかの目的を持って積み立てようとして預貯金したりする瞬間、かねとなったカネは、人間の生活に寄与するカネの特性を一方で持ちつつ、企業への融資資金や企業経営に潤滑油的な役割を果たす資本金となり、カネとは別の性格を持つようになる。預貯金した本人の意思や思いとは無関係に動き出す。

そしてかねは金へとさらに変貌する。もはや資本金でさえなく、それは資本と呼ばれる。企業社会を支配し、人間に対して君臨する帝王としての資本に変質するのである。資本となった金は変質していくに応じて人間を絶対的に支配する存在へと変わっていく。やがて行き着くところまで行き着き、人間の社会のみならず個人の内面まで完全に支配するようになる。金となった〈物〉はもはや帝王でさえなく、神となる。皮肉なことにその神は、カネやかねの配分にあたり、かなり気まぐれである。カネ、かねこそがいまや人間にとってすべてであるのに、そのカネ、かねを少しは豊かに手に入れることのできる人間はごく一部の資本の司祭あるいは資本の官僚だけである。

〈「若い者は小遣い銭もないのでいらいらしている。彼らの全生活は、金を使うことにあるのに、その金が一銭もないのです。これがわれわれの文明であり、教育なのです。」〉

カネ、かね、金、それは〈物〉の究極の姿である。資本主義社会では、物はすべて商品である。

商品を抽象化したものこそ、カネ、かね、金である。そしてそれは資本となる。いったん資本となった金は、神となり、君臨する。神となった金は、変幻自在に姿を変える。ある時は企業、ある時は数字や記号、ある時は情報といった形で現れる。そんな神を前にして人間はただただひれ伏すばかりだ。その様は今日の資本市場と実体経済の果てしなき混乱によく現れている。カネの段階で既に人は人間性を見失い、人間関係はカネとカネとの関係に移り変わり、今度は感覚や意識がかねに支配されるカネの関係に移行し、そのかねも、性質も性格も形相もすっかり変わった資本としての金に思うがままに支配され、こうして体調を崩したり機嫌を損じたりしたとき神は怒り、荒れ狂う暴威となる。その姿は生まれて間もない頃のカネとはすっかり違っている。カネは紙切れとなり、カネとカネとの関係になってしまっている人間関係は当然破壊し尽くされ、社会は崩壊する。個々の人間自身も破壊され尽くすのである。

ロレンスは次のように作品の主人公に言わせている。

〈「時代は悪くなるんだ。もし今のような形で世の中が進んでいったら、化かされた大衆の未来には、ただ死と滅亡があるのみです」〉

◇仮面舞踏会

自己疎外され、物神崇拝の死に至る病に内面の底の底まで侵された現代人にとっては、日常の生活で取りうべき道は二つしかない。自分が死に至る病に冒されている現実を識らないか、識ることから逃げているか、識ることを拒絶しているか、識ろうとはしないか、と識ることから逃亡し続ける道が一つ。そうした人間はリアリティを喪失しているために、本質的に、絶えず演技してその場その場、その時その時をごまかして過ごすしかない。決して自分のすべてを相手に、社会にぶつけて、迫ることはない。人間関係が〈物〉と〈物〉との関係に置き換えられている以上、人間が人間に対するとき、〈物〉の表現スタイルでしかない。自己を押し隠し、本性を見せず、自分自身さえも欺瞞する仮面舞踏会のパフォーマンスしか、そうした人間は取り得ないのである。

〈彼は代弁者の中でも最も現代的な人物とみなされていた。身体が不自由な者の神秘的な本能によって、四、五年のあいだに、若い知識階級を代表する最も著名な人物になった。知性というものがどこからくるものであるか、コニーにはよくわからなかった。あらゆるものをばらばらにしてしまう、あの少しユーモラスな、動機とか人間とかの分析ということでは、クリフォードは実によく頭が働いた。だがそれは、小犬がソファのクッションを引き裂いてしまうようなものであった。若々しく戯れる趣がなく、妙に年寄りじみた、かなり頑なな、欺瞞に満ちたところがあった。不気味なものではあったが、何物でもないのである。これが幾度となくコニーの魂の奥底に響いた印象であった。ことごとく無なのである。無についてのすばらしい演技である！しかもそれは確かな演技である。演技！演技！演技なのだ！〉

演技の習性は性の世界にまで常態化させている。本来最も人間的で、美と快楽の宴の世界であるはずのエロスの世界にまで、演技で死に装束している。

〈「ただおれの経験では女の多くはそういうものらしい。女はたいてい男を欲しがっているが、性はのぞんでいない。ただやむをえないこととして我慢しているだけなんだ。終わったあとも平気な顔をしている。それでいて、女たちはあんたが好きだ、などと言う。行為自体は、女たちにとっては、少し下品なことという以外の何物でもない。たいていの男はそれで満足している。おれはそれではいやだ。だがこういう女でも少しずるいのになるとそうでないような顔をしている。感動して悦びを味わっているふりをする。だがそれは偽りだ。そういうふりをしているだけだ。」〉

コニーもメラーズとの性的な出会いの初めの頃はそうだった。

〈彼女は自分の手を彼の激しく動くからだの上に力なく置いていた。どんなに努めても、彼女の心は頭の上方から見下ろしているようであった。彼が腰で突いてくるのは滑稽に思われた。そして彼のペニスの、頂点に達して射精しようという強い願いは茶番のように見えた。そうだ、これが恋愛なのだ。この滑稽な尻の運動と貧弱な頼りない湿った小さなペニスの萎んでゆくのが。これが神の愛だとは！現代人がこの演技に軽侮を感じるというのは、結局当然なことだ。全くそれは演技なのだから。〉

メラーズの営みをコニーは演技と見たのだが、実は彼女のほうが演技していたのである。コニーがまだコンスタンスであったときには、彼女もまた性の宴の席で、演技していたのだ。だからこの段階では、レディ・コンスタンス・チャタレイは満たされることはなかったのである。〈物〉の世界から完全に抜け出ることができずに、演技することによって行為し、営為してすますことが習い性となっている限り、確かに一定の安全性、安定性は得られるものの、その代償として決して心の底から満たされることはないのであった。〈物〉の世界とエロスに満ちた自由の世界といずれの世界を選ぶか、人間には一つしか選択肢は許されていないのである。チャタレイ夫人がこのとき直面していたのはそうした極限の状況であった。演技だけですますことが限界に来ていたのである。

◇不条理な人間存在

物神崇拝の現実とその非人間的本質を識ってしまい、人間の真実に真っ向から立ち向かうことを始めた者、エロスの世界の素晴らしさを求めようと決意した者には、仮面舞踏会の欺瞞が許されない。演技ではなく、自己そのものの姿を投影し、その軌跡を描こうとする。それは自分たち人間が自己疎外され、物神崇拝の呪縛にがんじがらめにされ、欺瞞と虚無に占領されていることを意識すること、そしてその意識を対自化するために、〈演技〉や〈ふり〉を拒否して、まやかしの神が支配する対象に抵抗することへと発展していく。死に至る病に犯された現代人が日常生活で選択しうる第二の道である。

抵抗は甚だしく不条理である。不条理とは、この訳語を生み出した矢内原伊作氏のいささかの不適切さもあって、日本では条理だたないもの、即ち論理的でないもの、あるいは合理的でないもの、といったように解釈されがちだが、本来の意味はと言うと、ばからしい、非常識な、という意味のフランス語「アプシュルド」が名詞化したものであることでもわかるように、永久に徒労な作業を繰り返すシジフォスのごとく、自己（人間）に対立したり、自己を抑圧したり、自己とは断絶し、あるいは自己から離れた対象となってしまった、敵対的で、疎遠で、非人間的な事象・状況（〈物〉）に対して、結果は空しいものになるであろうにもかかわらず、挑戦する孤独な人間存在の行為であり、営みを表現する状況形容詞なのである。その形容詞は状況を表現する名詞としても使われ、それを「不条理」と訳したところから、この訳語は一人歩きしだしたのである。

普通の人間なら、そうした徒労な行為はばかばかしいことが最初からわかっているから、無視するか、回避するか、いずれにしても取り組もうとはしない。しかし、人間が人間であり、人間的な生を追求して、自らの実存を確かめ、意識し、充足感を得たいと考える者にとっては、そうでない。空しく、孤独だと思ってもなお、挑戦するのである。

ノーマン・ブラウン『エロスとタナトス』によれば、「死の本能という一般的標題の下に、フロイトは三種類の明白な現象をまとめている」として、次の三つを挙げている。第一は、「あらゆる有機体と人間の心理活動は、緊張の放棄と非活動的状態（現代の生物学では『恒常性（ホメオスタシス）』と呼ばれている）の獲得を指向している」。第二は、「エロスと快楽原則の関係を想定しながら、多くの場合に過去の外傷（トラウマ）体験や、自身に苦痛をもたらす悪魔的強迫症への固着を生ずる反復の強迫を快楽原則と対照させる」。第三は、「まず最初に、自己に向かう被虐性（マゾヒズム）があり、加虐性（サディズム）はこの最初の被虐性の外向的現象であり、これは死の本能と同じものである」。ブラウンは、これらを「《死》の三様式」と呼んでいる。その上でブラウンは「これらの《死》の三様式は、おそらく実際に一つの死の三つの局面であるかもしれない」

と言う。

いうまでもなく死は生と一体的なものである。死のない生はありえないし、生のないところに死は存在しない。したがって、死を追求することは生を追求することでもある。ロレンスが物神崇拝状況により、人間が生きながら実は死んでいることを執拗に訴えたことは、生への希求願望がいかに強かったことかを表している。

ロレンスが、その追求にあたって、ブラウンの言う第二の様式を、問題意識として持っていたことは作品の中から自然と浮かび上がってくる。しかしロレンスが作品のテーマとして問題にしなければならなかったのは、人間的な第二の様式の「死」ではなく、第一の様式の「死」であった。資本による人間の自己疎外と物神崇拝の呪縛は、あらゆる人間を「緊張の放棄と非活動的状態」に押し止め、そのことを意識することを妨げている。「外傷」や「苦痛」を本能的に避ける自己防衛本能が働き、疎外され、物神崇拝の網にがんじがらめになっている現実の自分を直視することを避けさせている。現実を直視しなければならない状況に置かれても、意識を断絶する。こうしてほとんどの人間は、生きながらにして自然死している。それも老衰死だ。

自然死の状態は、性の宴の世界まで蚕食し、エロスの快楽を享受することもできない。性の営みが欺瞞に満ち、演技でごまかしている日常であれば、第二の種類の「エロスと快楽原則」のステージにまで、とてもたどり着けるものではない。『チャタレイ夫人の恋人』の最大のテーマはほかならぬこの人間の生きながらの自然死なのであり、その自然死から回復して、人間らしい「死の本能」を取り戻すことにある。「死の本能」が「生の本能」と同一であることはいうまでもなく、だからロレンスは「エロスと快楽原則」を呼び戻す性を作品の真正面に据えたのである。性による人間的意識の覚醒、その下における人間個々と人間社会の再生を訴えたのである。当然のこととしてそれは、権力支配を目的とする政治革命のプロセスではなく、人間の意識の変革と生き様の革命という社会革命のプロセスでなければならなかった。

第四章　ロレンスのロシア革命観

◇死せる階級への訣別宣言

死に至る病の現実を知り、そこから自己を解放しようと決意した人間にとって、〈物〉と化した人間の世界で、新たなる生を追求することは容易なことではない。それは識った瞬間から、自然死した世界との闘いとなり、抵抗となる。コンスタンス・チャタレイ夫人の場合もそうだった。彼女は恋人のメラーズと知り合う以前に、クリフォードや彼の階級の人間たちとの付き合いの中で、虚無を見、意識が徐々に変わっていかざるを得なかった。

コニーがそうした意識の変化を抱くに至るには、ちょっとした前段階があった。自由な雰囲気の中で育ち、「世界主義者であると同時に地方主義者でもあった」思想の持ち主であったこと、そして一七歳の時、ドイツの青年と恋愛していたことである。特にドイツの青年との悲劇的恋愛の過去が、素晴らしくエロス的であったことが、ブルジョワジーたちの自然死の世界を拒否する心理的な土壌になっていた。

〈彼が死んでから十年近くになる。時は過ぎ去る。十年たって彼女はまだ二十七だ。生き生きとした、不器用な、欲望をもっていたあの健康な青年。その欲望を彼女はひどくきらったものだが、今はどこにそれを見つけることができるだろう。それは男たちから失われてしまった。彼らは、マイクリスのような憐れむべき二秒間の悦びをもっているだけだ。血液を暖め、全存在を新鮮にする健康な人間らしい欲望を持っていないのだ。〉

コニーは夫のクリフォードのようなブルジョワジーとの付き合いの中で、彼らの驚くべき物神崇拝に囚われた考えに驚き、その非人間的な現実に直面していく。

〈「あの女は役に立つ非実在といったようなものだね」と彼が言った。コニーはびっくりして眼を見はった。〉

というようにである。そのように人間を〈物〉としか見ない夫は、妻のコニーに対してもそうだった。性関係においてもそうした態度と見方から夫は自由でなかった。もちろん性的不能者となってしまった夫・クリフォードだから性生活が肉体的に営めないという現実もあったが、エロスが決して肉体的、物理的な性の営みだけのものではないことからしても、クリフォードの性生活に対する考え方、見方は非人間的なものだった。

〈二人のあいだには何もなかったのだ。彼女はこのごろは彼にさわりもせず、また彼の方でも彼女に決してさわらなかった。彼女の手をとってそれをやさしく握るだけのことすら彼はしなかった。そして二人がこのように全く触れあわずにいるときに、彼がこんな偶像崇拝の宣言をしたということが、彼女を悩ませた。それは不能から来る残忍さだった。彼女は気が違うか死ぬかのどちらかになるような気がした。〉

コニーとクリフォードとの夫婦関係はやがて、対立しあう人種か階級のように、敵意と憎悪の感情に塗り込められていく。人間の形をしている〈物〉と、〈物〉であることを拒否し、人間であることに目覚めた人間との間には、コミュニケーションが成り立つはずがなく、時間の経過とともに越えがたい溝ができ、深まるばかりであることは、自然な成り行きでもある。

〈丘の頂にきて彼らは休んだ。そしてコニーは自由になってほっとした。彼女はこの二人の男のあいだのはかない友情というものを夢想したことがあった。一人は彼女の夫であり、もう一人は彼女の子供の父である。だが今彼女は、それは叫びだしたいほど不合理なことだったと理解した。二人は火と水のように敵対していた。彼らはおたがいに抹殺しあっていた。そして彼女は憎悪というものが、どんなに微妙なものであるかをはじめて理解した。また彼女ははじめて、抹殺したくなるほどの意識的な動かしがたい憎悪を、はっきりとクリフォードにたいしていだいた。彼を憎悪し、またそのことを自分でじゅうぶん認識するということが、どんなに自由な生命を彼女にいだかせるに至ったかは、ふしぎなほどであった。〉

コニーはクリフォードに公然と挑戦する。彼が「人物と人格のこういう混同は悪い趣味だよ」と言えば「でもあなたの、いやらしい、腐りきった、同情心の欠けた精神のほうが悪趣味ですわ。貴族の義務ですって!あなたがた支配階級というのは!」と言い返し、「あなたは支配しているなどとうぬぼれてはいけませんわ」と指摘する。コニーはクリフォード個人だけではなく、彼の階級からの離脱を宣言し、弾劾する。割り切ったつもりで聞き流したり、上流階級夫人として演技したりしてきたそれまでの自分と訣別する。

コニーは、自由なものの考えの持ち主でもあり、ロレンス自身をモデルにした下層階級のメラーズの子供を妊娠し、クリフォードと訣別する道を選ぶ。妊娠という意味のコンセプションは、心に抱くこと、概念、考え、観念、着想、案、計画といった意味も合わせ持っている。コニーが階級の違うメラーズの子供を妊娠したということは、生理的な現象に留まらず、コニーのものの考え自体が変わったことを意味する。作者ロレンスは、コニーがメラーズの子供を懐妊したことを、象徴的に描いているのである。

◇優しさの革命

『チャタレイ夫人の恋人』は性愛文学だとジャンルを仕分けされるのが日本の出版業界の通例であるようだ。伊藤礼補訳の新潮文庫もそのように宣伝している。また作者ロレンスは単なる性思想の変革者などと観られがちで、言われがちだが、丹念に読んでみると、決してそのように狭量なものでないことが分かる。人間を〈物〉として観たり扱ったりする、産業革命以降の現代文明と現代人の一般的思考に対して、その現実を鋭く指摘し、批判し、弾劾する壮大な文学の世界であり、思想の宇宙であることは歴然としている。性はその核質であり、武器である。性そのものよりも、性を核とするエロスの世界を描写することによって、現実の欺瞞に満ちた非人間的な文明社会を対比的に抉りだし、告発しているのである。

だからロレンスにとって性は、人間の意識を覚醒させるための本質的な核なのである。性が単に生物学的な性である限り、ロレンスにとっては意味を持たない。意識となり、人間的営為に転じ、エロスの世界を現実のものとしてはじめて意味を持つ。ロレンスがポルノグラフィ的なものを排するのはそのためでもある。エロス感覚と意識性、そこに意味があるのだ。ロレンスはこの作品のほぼ終わりの部分で次のように、主人公のメラーズに言わせている。

「教えてあげましょうか」彼女は彼の顔を見つめながら言った。「他の人が持っていなくて、未来をつくるもので、あなただけが持っているものを教えてあげましょうか？」

「じゃ、教えて」と彼が答えた。

「それは、あなた自身の、優しさという勇気よ。それなのよ。私のお尻にさわって、おめえのけつはかわいいな、と言うときの優しさがそれなのよ」

彼の顔にほのかな苦笑がうかんだ。

「そうか！」と彼は言った。

そうして彼は考えていた。

「そうだ」と彼は言った。「あなたの言うとおりだ。本当にそれなんだ。ずっといつでもそうだった。兵隊もそのとおりだった。兵隊とは日常、接触せざるをえなかった――そして、きびしく鍛えるときでも――すこしは優しさをもたなければならなかった。これは仏陀が言うように意識の問題だ。だが釈迦も、肉体の意識の問題については及び腰だった。自然な肉体的優しさというのは最上のもので、これは男どうしについても言えることなんだ。適切な男らしいかたちでね。男は本当に男らしくなければならない。猿のようであってはならない。そうだ、優しさなんだ。まさにおまんこの意識なんだ。セックスというのは、じつは単なる接触にすぎない。しかし、あらゆる接触のなかでもっとも密接な接触なんだ。そしてわれわれはその接触を怖れている。われわれは半分意識し半分生きているだけだ。われわれは生き生きと、そしてはっきりと意識しなくてはならない」〉

「メラーズはこのロレンス自身の境地をそのままに作品の人物に取り入れたもの」（小川和夫）と言うだけあって、しかもこの作品がロレンスの事実上の最晩年の作品ということだけあって、『チャタレイ夫人の恋人』はロレンスの宣言であり遺書だと言ってよいだろう。特に作品の最後の部分で作者が性急なまでに書き急いだメラーズのコニーに宛てた手紙は、小説の枠を超えた論文である。おそらく余命幾ばくもないことを悟ったロレンスが、本来ならドラマの形で展開するはずだったここの主題も、箇条書き的にスケッチ風に書き記すのが精一杯だったと思われる。

もちろんそこにいくまでにロレンスは作品のなかで、革命綱領を書き、そうした革命者の宿命について書き添える。

〈「なにかほかのことを求めて生きよう。自分のためにでも、ほかのだれかのためにでも、金を作ろうと考えるのはやめよう。いまはおれたちは強いられている。おれたち自身のためにだ。こんな生活はすこしずつやめにしよう！大声で怒鳴ったりする必要はない。少しずつ、工業的な生活をやめて後戻りしよう。金はほんのちょっとで足りるんだ。みんなそうなのだ。おれもおまえも、親方も主人もそうだ。ほんのちょっとの金で実際の用は足りる。ただ決心すればいいんだ。そうすれば混乱なんかなくなるんだ」彼はちょっと休んで、また続けた。

「で、おれはあいつらに言ってやろう。見ろ、ジョーを見ろ！あいつは生き生きと働いている！

あいつがどんなに元気で気持ちよく働いているかを見ろ。あいつは美しい！」〉

おそらく権力奪取先行の政治革命主義者や経済闘争至上の労働組合官僚たちから言わせれば、何を世迷いごとを、そんなことで世の中を変えることなどできるものか、運動を組織することなどできるものか、と一笑に付されること請け合いである。しかしこのロレンスの発想と思想は、とりわけフランス五月革命、チェコ「プラハの春」、ベトナム反戦運動、カリフォルニア性革命、ユーゴスラヴィア自主管理革命等が一挙に噴出した一九六八年から、やがてエコロジー運動、反公害運動、ジョン・レノンとオノ・ヨーコの愛の革命行動などを経て、南アフリカや東ヨーロッパの非暴力抵抗運動に発展し、広く深く民衆を包み込み、破産したレーニン・スターリン主義的な政治革命運動とは対照的な盛り上がりを見せ、歴史を変えていったのである。

一九六八年は「エロスと自主管理」革命元年と位置づけてよく、それはベルリンの壁崩壊という国家資本主義体制の崩壊を導き、その後、金融秩序の果てしなき混乱という形で法人資本主義体制を瓦解の深淵へと引きずり込みつつあるのである。ソフトなものがハードなものを崩壊させる、そんな新たな時代に入ったのである。

世界的な社会革命の流れである。抑圧されながらも目覚め、抵抗する者たちは、権力至上主義者や官僚主義者には侮蔑と無視で対抗する。叫びと、時には武装して抵抗する。民衆にとっての武装抵抗は非暴力抵抗運動の脈絡に位置づけてよいことは歴史的にも言いうる。しかし抵抗者の最大の武器は権力者に対する侮蔑である。中国の天安門事件の折に、縦列を組み民衆を武力で抑圧しようとした戦車隊の前に鞄を手に立ちふさがった一人の市民の姿こそ、そうした新しい時代を象徴する社会革命のイメージである。二一世紀はそうした流れの向こうにある。

そんな新しい革命思想を作品化したロレンスがプロレタリア出身であることは、彼の主張を説得力あるものにし、一層迫力あるものにする。ロレンスはこの作品の題名を当初、『チャタレイ夫人の恋人』ではなく『優しさ』(テンダネス)にしたいと考えていたという。優しさとは、エロスを意識化した行為であるとともに、その自然な姿でもある。それは当然、非人間的な資本主義文明と対立する。〈物〉と、物の究極の形である〈金〉に煎じ詰められる資本主義を人間的に変革するのにロレンスは、「優しさの革命」を対置したのである。

小川和夫は「現代の機械文明に『やさしさ』『あたたかい共鳴』を対比させたところで、蟷螂の斧であることはわかりきっている」と書いているが、小川がそう書いたのは一九七一年のこと。政治革命主義が絶対的に優勢だった当時では、小川がそのように思ったのも無理からぬが、それから四分の一世紀経った現在、状況はがらりと変わり、ベルリンの壁は崩壊し、資本主義世界はソフト・パニックに右往左往して、支配者たちは解決策を見出すことができないが、それに反して「優しさの革命」が歴史を動かすまでになった。

◇火刑台上のロレンス

とはいえ、ロレンスが『チャタレイ夫人の恋人』を世に問うたのは、一九二〇年代。ロシア革命がまだ進行中で、ヨーロッパは激動の渦中にあり、世界恐慌が待ちかまえ、ナチスやファシズムが台頭するという、激動の時代でもあった。政治的な革命的ロマンチシズムの幻想も現実味を帯びているように、ほとんどの人間には思えた。荒々しい時代であった。ロレンスの「優しさの革命」など夢想者の空想でしかないと思われても致し方ない時代状況だったと言えよう。実際ロレンスの主張は革命論の分野では無視されるか黙殺されたし、支配権力が本能的に危険性を察知したときには、日本の司法当局・最高裁のように猥褻の名の下に検閲し、作品をズッタズッタに切り裂いて、作者が伝えようとしたものが伝わらぬように弾圧したのである。しかしロレンスはひるまなかった。一種の楽観主義さえ抱いていた。

〈人間の世界はまさに擦り切れてしまいそうだ。たぶんやがて急激に崩壊してしまうだろう。一種の無政府状態である！クリフォード式の保守的無政府状態である！たぶんこれ以上保守的状態は続くまい。たぶん急激な無秩序の状態に進んでゆくだろう。〉

〈「しかし心配はいりません。過去のどんな悪い時代も、クロッカスを死滅させませんでした。女性の愛を滅ぼすこともできませんでした。だからどんな時代が来ようとも、あなたを求める僕の気持ちを消すことはできず、あなたと僕のあいだにある小さな焔を消し去ることもできないでしょう」〉

当初はメラーズとコニーとの、そしてこの二人の周辺だけのミクロコスモスの中での「優しさの革命」だったが、全世界の壮大な社会革命へと発酵していく。

〈「ではあなたの存在の核心ってなんですの？」

「目には見えないものなんだ。僕は世の中を信じない。金銭も、進歩も、文明の将来も信じない。

もし人類に未来があるものなら、今あるものとはまったく別個のものでなければならないと思う」〉

ロレンス自身であるメラーズは挑戦する。それまでは孤独な生活で、自分流に生きて、ささやかながらミクロコスモスの中で自分の思う生活を思いのまま営むことで満足しているのが精一杯だった。コニーと知り合い、性の営みを共有した当初ですらそうだった。

〈ああ、向こうで火花を発している電気じかけの外界の物質を退け、生活の優しさ、女性の優しさ、欲望の自然な豊かさを護るために、共に戦う人間さえいたのだったら！共に戦う人間さえいたならば！〉

やがてコニーはそんなメラーズの同志ともなった。メラーズという名のロレンスは、自ら信じる「優しさの革命」に向かって突き進む。

〈「僕は恐怖は感じていますが、僕とともに在るあなたを信じています。最善なるものを求めて力を尽くし、あとは、人間を超えたなにかを信じるほかありません。自己の最善のものをほんとうに信じ、あとはそれを超えた力を信じる以外、未来に確信を抱く道はありません。だから僕は、あなたと僕とのあいだにある小さな焔を信じるのです。僕にとっては今のところ、それが世界中でただ一つのものなのですから。僕には友人、内面的な友人というものがありません。あなただけです。そして今では、ただその小さな焔だけが、僕の人生の大事なのです」〉

一九二〇年代の当時にあっては、こうしたコニーだけが唯一の同志だったメラーズの革命は、確かに蟷螂の斧であり、ドン・キホーテの風車小屋への突撃だと見られても致し方なかったし、ロレンス自身も魔女裁判にかけられ、火刑に処せられることまで覚悟していたほどである。少数者が世界を変革する行動は常にそうであったからだ。

〈彼は自分自身は怖れてはいなかった。しかし実にはっきりと社会というものを怖れていた。社会が、悪意のある半ば狂気の獣であることを本能的に知っていた。〉

登場人物の一人のダンカン・フォーブスに次のように言わせることによって、メラーズ即ちロレンスのような人間は、歴史的、社会的に迫害されるものだと語り、これからも石持て追われるであろうことを、指摘している。

〈「彼らはその男を引きずり倒して、破滅させるまでは決してやめはしませんね。もし彼が、機会があっても中流階級に出世するのを拒んだり、彼が自分自身のセックスを守ろうと立ち上がろうとするくらいの男だったら、世間はきっと彼をやっつけてしまいますよ。セックスを真っ直ぐに考え、率直であろうとすると、世間は許さないものなのです。セックスについてどんなに汚いことをやっても、それは許されます。事実、人がセックスについて汚いことをやれば、なおさら、世間はそれを面白がるのです。しかし、おのれのセックスを信じて、汚すまいとする人間があれば、彼らはその人間を打ちのめしてしまうでしょう。セックスは自然な重要なものであると考えることだけは、過去から残された、たった一つの気違いじみた禁忌です。世間はそうは考えようとしません。そんなことを考えはじめただけでも、たちまち彼らに殺されてしまいます。いいですか。彼らはその男を追いかけて殺します」〉

メラーズ自身も言う。

〈「最後の本物の人間が殺されて、全人間が骨なしになったときだ――白、黒、黄、すべての人種が屈服したときだ。その時こそ彼らはすべて狂気になるだろう。というのは正気の根本は睾丸なんだから――それで彼らがみな気ちがいになり、大々的にアウトダフェをはじめるだろう。アウトダフェって知っているだろう。異端者の火あぶりだ――そう、彼らはみな信仰によってけちな行動を大々的にはじめるのだ。お互いを神に捧げる」〉

今日日本では、ロレンスは司法権力によって、今なお「追いかけて殺」され、「アウトダフェ」にかけられているのである。権力は本能的に、ロレンスの思想的革命性に恐れをなしているのである。欧米では、戦後になってからとはいえ、まだ人権意識も発達し、市民社会が成熟し、社会の懐が深いのだが、日本では、裁判所までもが人権意識がほぼ完全に欠落し、法が体制支配の手段にしかなっておらず、社会が新しい時代に向かって変化しつつあるのを裁判官という名の司法官僚が恐れ、大久保利通を中心に作り上げた権力支配システムを護ることしか念頭にないから、未だにロレンスは非合法化され、火刑台上で火あぶりにされているのである。戦後のデモクラシーがようやく民衆の中で自分の肉体の一部だと意識され、それが民衆を社会の変革に向かわせようとしたまさにその時に、つまり一九五〇年に『チャタレイ夫人の恋人』の翻訳・出版活動が弾圧されたのも、故なきことではない。

蛇足ながら付記しておくと、一九五〇年という年は、米占領軍（総司令官マッカーサーは一九二九年大恐慌の際、デモの群衆を武力弾圧する指揮を執った人物である）と吉田茂自由党政権が共同して、日本を再軍備に追い立て、レッドパージの名の下に組合活動家やジャーナリストあるいは学者を弾圧し、その一方で戦争犯罪者・加担責任者たちの追放を解除し、松川事件などの権力犯罪を多発させ、デモ指導者には米軍の軍事裁判で重労働刑に処すなど抑圧し、共産党を非合法化し、といった人権抑圧・民衆抑圧が激しくなり、そうした中で朝鮮戦争が勃発していった年である。こうした時代状況を知っていないと、性表現の猥褻性なる名目で行われた『チャタレイ夫人の恋人』の発禁処分と弾圧は一見、そうした社会状況と関係ないように見えるが、この作品に秘められた思想をつぶさに読みとると、決してそうでないことが浮かび出てくる。

◇ボルシェヴィズム批判

ロレンスが『チャタレイ夫人の恋人』の中で物神崇拝に骨の髄まで毒され、犯された資本主義文明を鋭く批判したことは、さすが才能に恵まれた芸術家ならではの素晴らしさだったが、それ以上にこの不世出の作家の偉大さは、ロシア革命を一応成功裏に成し遂げたレーニンの業績に対する知識人たちのコンプレックスが強い時代状況の中で、既に一九二〇年代にボルシェヴィズム批判という名のレーニン・スターリン主義批判をロレンス独自の物神崇拝論の視座から展開したことにある。

文学の世界でレーニン・スターリン主義批判が本格的に展開されたのは、一九三六年のスペイン革命におけるスターリン派のセクト主義と裏切りを欧米の知識人や左翼が味あわされてから で、ようやく第二次世界大戦直前の一九三八年にオーウェルが『カタロニア賛歌』を出し、一九四五年に『動物農場』を、死の直前の四九年に『一九八四年』を書いて、やっとのことでレーニン・スターリン主義批判は市民権を得たといってよいだろう。

フランスにおいても、自己疎外論（組織による疎外も含めて）や実存主義的視点からアルベール・カミュたち実存主義作家を中心にレーニン・スターリン主義批判が展開されたが、やはり第二次大戦後だった。カミュの『反抗的人間』が刊行されたのは一九五一年のことである。それまでにもゴリキーやマヤコフスキーの死がスターリン批判と絡めて語られたことはあったが、彼らがレーニンやスターリンを真正面から批判したというわけではない。それどころか、レジスタンス運動で力を持っていたフランス共産党に惹きつけられた作家や知識人たちも多く、例えばシュールレアリズム詩人だったルイ・アラゴンなどスターリン主義者となって『レ・コミュニスト』などという面白くもない社会主義リアリズム作品などを発表し、うかれていたほどである。

そうした中で第二次大戦のほぼ直前、イタリアの元トロツキー主義者のブルーノ・リッツィが唱えた「官僚的集団主義論」は、政治社会学の世界で大変貴重な業績を上げたことに注目しておく必要がある。それまでの社会主義者はマルクス派もプルードン派もバクーニン派も、資本主義の次に来るのは社会主義であることを信じていた。資本主義に反対するものにとっては、社会主義が到来し、「解放された人間の自由なアソシエーション」で形成される理想社会が生まれでることを信じて疑わなかったと言える。ところがロシア革命の変質と反革命化により、そうした革命観に変化が現れた。資本主義の次に来るのは社会主義ではなく、搾取階級としての官僚が集団的に支配し、人間を抑圧し続ける「官僚的集団主義」の時代であり、その時代が破局して初めて解放された人類の時代が到来する、との説をリッツィが唱え、ロシア革命は労働者主体の社会主義革命の本質は変わっておらず、スターリン派官僚ブロックによって革命本来の姿を取り戻すことを妨げられているに過ぎないとの観念にとりつかれていたトロツキーと激しい論争になったのである。

「ソヴィエト社会では、搾取者は、資本家が彼の企業の利益配当をポケットに入れるときにやるように、直接剰余価値を着服しないで、国家を通して、間接にそうするだけである。国家は、国家全体の剰余価値の統計を現金に換えて、それを自己の役人の間で分配するのである」（山西英一訳）とリッツィは主張した。この主張はその後、現実世界で立証されていき、一九八九年のベルリンの壁崩壊に至りつくのである。素晴らしいリッツィの業績だった。

映画の世界でレーニン・スターリン主義批判が作品化されるのは結構遅れていたといえる。ハリウッド映画が盛んに作品化してもおかしくないのに、真っ向から批判する作品を創り出してはいないのである。純粋ハリウッド映画でまともに「共産主義思想」批判を作品化したものは皆無といってよい。ようやくポーランドの映画作家アンジェイ・ワイダが『灰とダイアモンド』を制作したのが一九五八年のことである。抑圧機構としてのソ連型社会体制を根源から撃ったといえる『カッコーの巣の上で』を制作したのもチェコの映画作家だった。それもかなり遅く制作された。

西ヨーロッパ世界では一九九五年の『大地と自由』を待たなければならなかった。それまでは、確かに『ドクトル・ジバゴ』など制作されたものの、真っ向からこの問題をテーマとして取り上げたのは、英国の映画作家ケン・ローチがスペイン内乱を舞台に描いたこの英国・スペイン・ドイツ合作映画が最初だったといってよいだろう。唯一の例外として『明日なき夜』を挙げることができるものの、視点そのものは、「私は政治家ではない。革命家である」と語り、地球市民を名乗ったアンダルシアの詩人・フェデリーコ・ガルシア・ロルカの詩を最後に持ってくるところなど、レーニン・スターリン主義批判を内包するものと言えるが、革命を裏切り、変質させた存在としてレーニン・スターリン主義を真っ向から弾劾する勇気を持てず、アナーキストを悪者とする筋書きにしたのは、時代のせいだったかもしれないが、やはり物事の本質を抉りだしたとは言えない。

このように振り返ってみると、一九二〇年代にロレンスがボルシェヴィズム批判を、問題提起という形であるにせよ、展開したのは実に凄いことだった、と言える。彼が『チャタレイ夫人の恋人』を書き始めたのは一九二六年に入ってからのこと。病状の進む中を必死の思いで書き進め、三度書き直し、一九二八年にイタリアの出版社から限定私家版として上梓した。彼が死んだのは一九三〇年三月二日だったから、この作品はまさにロレンスの最後の作品であり、思想のすべてを表出した遺書だった。そのような自らが置かれた状況下で、優れた芸術家ならではの直感と洞察力でボルシェヴィズム批判を書き記したことは、このテーマが彼の文学と思想の中で、必要不可欠なものであったことを物語る。

◇先駆的なスターリン主義批判

人間の物神崇拝の呪縛地獄からの解放を切に願っていたロレンスにとって、ボルシェヴィズム批判は必然的なものであった。彼はボルシェヴィキ革命の結果としての「社会主義ソヴィエト」を、その本質において、資本主義となんら変わらなかったし、変わることもないだろうと見ていたことは確かである。ソヴィエト社会が物神崇拝に汚染されているばかりか、資本主義社会よりももっと深刻な物神崇拝状況に陥っていることを、鋭く見抜いていた。おそらくロレンスにとっては、社会主義ソヴィエト・ロシアは、国家資本主義と同じどころか、さらに〈物〉による人間蚕食の状況が深刻であることを見て取っていた。

そのことを『チャタレイ夫人の恋人』の中でもかなりのスペースを費やして書いている。もちろん一九二六年当時においては、革命ソヴィエトについての情報が欠乏し、乱れ飛んでいたであろうから、最終的な判断を下せないロレンスは主人公二人の口から語らせることはほとんどしていないが、知識人の友人たちの会話という形で、ボルシェヴィズム批判を鋭く展開しているのである。

〈「ですが、ボルシェヴィズムについてどう思われますか?」と、何事をもそこへもってゆかねばならないというふうに、色の黒いベリーが言った。

「こいつはすてきだ!」とチャーりーがうなった。「さて諸君、ボルシェヴィズムについてはどう思うかね？」

「さあ、ひとつボルシェヴィズムを料理しようじゃないか？」とデュークスが言った。

「そいつは問題が大きすぎる」とハモンドがまじめに頭をふりながら言った。

「僕の考えるところではボルシェヴィズムとは」とチャーリーが言った。「彼らのいわゆるブルジョワへの限りない憎悪だけだね。ところがブルジョワとは何かということは、はっきり定義されてないいんだ。それはまず第一に資本主義だね。感情とか熱情とかいうものもまた決定的にブルジョワのものだから、そういうものをもっていない新しい人間を造り出さなければならないのだ」

「それから個人、とくに個人的人格というのはブルジョワのものだ。そういうものは抑圧しなければいかん。ソヴィエト社会という偉大なものの中に、自分を埋めてしまわなければいけないんだ。有機体というものもブルジョワのものだ。だから理想は機械的なものでなければならん。一単位にして非有機体であり、等しく欠くべからざるさまざまの部分から成っているもの、といえば機械のほかにない。各人はその機械の部分品さ。そしてその機械の動力は憎悪……ブルジョワへの憎悪だ。僕はボルシェヴィズムとはそういうものだと思う」

「まったくそのとおりだ！」とトミーが言った。「だが僕から見れば、それは工業の理想の全体を完全に説明したことになるね。それは簡潔に言い表された工場主の理想だ。ただ工場主は動力が憎悪だということは否定するだろうよ。だがやっぱりそれは憎悪、生命そのものへの憎悪だね。この中部地方をよく見たまえ……もしもそれがはっきりと描き出されていなかったら……だがそれは精神生活の一部分にすぎない。その理論的な発展だ」

「僕はボルシェヴィズムが理論的なものだということには反対だね。それは大前提を拒否する言い方だ」とハモンドが言った。

「だが君、それは物質的な前提を許容する。純粋な精神も同じだけれどね……、絶対的に」

「少なくともボルシェヴィズムは底の岩まで到達したね」とチャーリーが言った。

「底の岩だって！底なしの岩だよ！ボルシェヴィキは近い将来に世界第一の科学的装備をした世界第一の軍隊をもつことになるね」

「だがこいつは続かないよ……この憎悪というやつは。きっと反動がやってくるね……」とハモンドが言った。

「だがわれわれはもう久しいあいだそれを待っていた……まだ待っている。憎悪というやつはほかのものと同じに成長するんだよ。それは生活に、ある考え、つまり人間の最も深い本能を押しつけることから、必ず生まれてくるものなんだ。われわれは最も深い感情をある思いつきに従って押しつける。われわれは機械のように、一定の方式に従って自分を押し進める。理論的精神が百般のものを支配しているように見えはするが、やがてその百般のものが、純粋の憎悪に変わってしまう。その点でわれわれもみなボルシェヴィストなのだが、ただわれわれの方が偽善者であるだけだ。ロシア人はボルシェヴィストだがその偽善はもっていない」

「だがソヴィエトのやりかたでなくても、まだほかにもいろいろなやりかたはあるよ」とハモンドが言った。「ボルシェヴィストはほんとうの知識人でない」

「もちろんそうじゃないさ。しかしときには間抜けであることが知的だということもある、君の筆法でゆけば。僕の考えではボルシェヴィストは間が抜けているね。だがわれわれ西欧の社会生活も間が抜けていると思う。そして、われわれのおなじみの精神生活なるものも間の抜けたものだと思う。われわれはみなクレチン病患者のように冷血漢で、情熱を欠いているところは白痴みたいだ。われわれはみなボルシェヴィストだ。ただ別の呼び名で呼んでいるだけだ。自分を神……神のような人間だと思っている！これはボルシェヴィストも同じことさ。神やボルシェヴィストになりたくないならば、人間らしく心臓とペニスをもっていなければいけないよ。神とかボルシェヴィストというのは同じものなんで、そんなに結構なものが本当に存在するとは思えないね」〉

このサロンでの議論の場面は重要である。もし『チャタレイ夫人の恋人』が、性愛文学だの単なるエロチシズム文学であるならば、こうした、まだ革命が進行中で、しかも「優しさ」とは逆の暴力革命とスターリンたちによる血の粛清が進行中のロシア・ボルシェヴィキ革命の話題を、ストーリーが進みはじめたほとんど頭と言える部分に挿入することは、極めて場違いであるばかりでなく、全体の流れというか作品のバランスを崩してしまい、極めて不適切で、文学作品としては失敗に終わっていることになる。ブルジョワ知識人たちのアパシー（無気力性）や知的頽廃ぶりを表現するプロット設定のためにこうした情景描写を入れたとしたら、未消化のうえ生硬にすぎ、素材としても異質すぎるというか場違いというか、小説作法としては不適当であり、やはり失敗だと言ってよいだろう。

にもかかわらずロレンスが全体の八分の一ほど進行したところで敢えてボルシェヴィズムとボルシェヴィキに関する非文学的な論争を、かなり長く繰り広げたことは、ロレンスにとってこの批判論争がいかに重要であったのかを物語っていると言えよう。この作品が単なる性愛文学とか性思想変革の書ではなく、ロレンスの思想総体を書き残すことに眼目があったことがこの一事で分かるのである。

このことは、ロレンスがこの作品の題名を当初、『優しさ』にしようと考えていたことでも裏付けられる。「優しさ」とは「暴力」の対極に位置するものだからである。暴力による革命ではなく、優しさによる革命でなければ、決して人間そのものと人間の状況は変革できないということをロレンスが訴えようとしたことは確かである。同時に、ロシアでの革命が急速に全体主義に向かって冷却し、人間性や個人を否定し、巨大な「鉄の檻」（マックス・ウェーバー）と化しつつある状況を鋭く、直感的に感じとり、見抜いていたことも確かである。実際一九二一年のクロンシュタット反乱弾圧でロシア革命は絞殺され、社会主義革命としての性格を失ってしまったのである。

人間を物神崇拝のくびきから解放するには、暴力を手段とする政治革命では不可能だとの確信をロレンスが抱いていたことは間違いない。ボルシェヴィズム批判は、だから、この作品にどうしても入れ、展開しなければならないものだったのである。それは単なるエピソードとしての一場面などではなく、『チャタレイ夫人の恋人』の中心テーマなのである。ボルシェヴィズム批判は、死を前にしたこの偉大な作家が、この作品をなにがなんでも書き残したい、と考えた最大の動機の一つであったかもしれないのだ。

引用した、かなり長いイギリス知識人のボルシェヴィキ批判論争は、作者ロレンスのボルシェヴィキ革命に対する問題提起であり、感覚的な、しかし哲学的な仮説であった、と断言することができる。それは、ロシアの暴力革命がロレンスの「優しさの革命」と対極にあるもので、大杉栄ではないが、いかにいかなる革命をしてはならないか、というロレンスの叫びであり、遺書なのである。だから一見場違いなボルシェヴィキ批判をこの作品の中で展開しなくてはならなかったのである。

◇退行するロシア革命

このサロン論争の形を取ったロレンスのボルシェヴィキ批判について分析する前に、作者ロレンスが『チャタレイ夫人の恋人』を執筆した頃の時代をぜひ振り返っておかなければならない。

ロレンスが『チャタレイ夫人の恋人』の執筆にとりかかったのは一九二六年頃と考えてよいと思うが、その頃までのロシア革命の状況を、年表風に書き出してみる。一九一七年に革命勃発。二度目の蜂起でボルシェヴィキが権力を奪取した。しかし選挙では社会革命党が勝利。だがボルシェヴィキは権力を決して手放さなかった。翌一九一八年、反ボルシェヴィキ軍事反乱が勃発、内乱状態に。皇帝ニコライ二世一家処刑。一九一九年コミンテルン創立。ボルシェヴィキの軍事的優位がようやく確立。しかしドイツのスパルタクス・ブンドの蜂起が失敗し、ロシア革命は次第に国際的に孤立。一九二〇年にはイギリス共産党創立、イタリアで工場占拠闘争激化。一九二一年、クロンシュタット反乱をボルシェヴィキが弾圧。英国の炭坑ストが大ゼネストへ発展。一九二二年に入るとロシア革命の国家資本主義化への退行が始まる。同年スターリンが党書記長に就任。ソヴィエト社会主義共和国連邦成立を宣言。スターリン主義者テールマン指導のドイツ共産党ハンブルグ蜂起失敗。ドイツのナチス、イタリアのファシズムの運動が活発化。一九二四年、英国がソ連を承認。レーニン死去。一九二五年、ソヴィエト最高人民委員トロツキー解任。共産党大会でスターリンの一国社会主義理論を採択。党名も社会民主党多数派（ボルシェヴィキ）から全ソ連邦共産党と改称。一九二六年、英国で炭坑ストおよび同スト支援で二七五万人参加のゼネスト決行そして敗北。ソ連共産党中央委員会がトロッキー、ジノヴィエフを政治局から追放。

極めて粗っぽくクロニクル風に書けば以上のとおりである。激動と混乱の中で、ボルシェヴィキ自身も、その建て前と名称とは逆に、反革命へと変質していったのがこの時期であった。ロシア革命は激しい混乱と反動の時代に入っていた。当然、革命をめぐる情報は錯綜、混乱している。それどころかまだ通信メディアがあまり発達していなかった当時としては、正確な情報は、ほとんどどこにも届いていなかったと見るべきだろう。当のボルシェヴィキ内部でも、激しい分裂と抗争で情報が乱れ飛び、唯一組織的に情報を入手できる党書記局はスターリンに牛耳られ、そのスターリンは党を私物化し、目的のためには手段を選ばない人物で、セクト主義者だったから、デマゴギー戦術を多用し、本当の情報を決して流さなかった。そのため事実がどうであり、何が真実なのか、スターリンと彼の取り巻きのごく一部の人間しか分からなかったのである。

そうした状況下でロレンスは実に鋭く、ロシア革命の本質を見抜いていたと言える。ロレンス自身の芸術家としての感性とものの見方、および彼が生まれ育ち、成人してからも身から離れなかった知的なプロレタリアの環境がそのような慧眼を彼に与えたものと見てよいだろう。

◇革命批判の原点

描写を自己の芸術作品の特色とする芸術家の芸術家たる所以は、まず対象となる事実をしっかりと確認し、押さえ、正確に表現すること、次いでそのオブジェの本質が何であるのかを直感的に見抜き、最もふさわしい形で表現すること、その場合、自己もその一員である人間にとってそれがどういう意味を持っているのか、オブジェと人間との関係や距離、あるいは取り巻く状況がどうなのかを正確に捉え、意味を与え、表現することにある、とまず言え、そうしたことが作品を創作（演奏、演技等も全て創作活動である）するにあたり前提となり、創作者はそれにふさわしい豊かな才能を持っていなければならない、と大雑把に言うことができるのではないだろうか。特に、自分にとってどのような意味を持ち、逆にどのような意味を対象に与えるのかが、最も重要になってくるにちがいない。この作業には、鋭い感覚、豊かな想像力、膨張し続ける構想力が不可欠なことはいうまでもないことである。

このことは、芸術家にとって最も重要で、大切な資質が、人間を人間として見ることができ、決して物神崇拝の虜になったり、既成の観念に囚われることがない特性を備えていることである。具体的に例示すれば、人を財産、社会的地位、収入、外観、肩書き等で判断したり、宗教や旧来のモラル等を判断基準として人や物事や社会を評価したり、扱ってはならないということで、いやしくも芸術家であればそうしたことから自由でなければならないのである。多くの優れた芸術家はそうした欺瞞に満ちた物神崇拝に蚕食された思想や既成の通念と闘い、作品として表出させてきたのである。ロレンスもそうだった。とりわけこの面で、彼は素晴らしい天性を持ち、作品化した。中でも『チャタレイ夫人の恋人』はその傑作であった。

ロシア革命自体が混乱し、正確な情報が極度に不足していた状況下で、ほとんどの作家、芸術家は批判を控えた。批判できなかった。精々、スターリンとオールド・ボルシェヴィキたちとの党内抗争と血の粛清の情報が漏れだし、そのことの真実がトロツキー迫害とスペイン内乱の折のスターリン派コミンテルンのバルセロナ・クーデタ等に見られるような裏切りを体験させられて、そのことをオーウェルたちが告発して、はじめてボルシェヴィズム批判が作家や芸術家たちからも公然と行われるようになったのである。ところがロレンスは、これら「失われた知識人」たちのボルシェヴィズム批判より少なくとも一〇年以上も前に既にボルシェヴィズム批判を作品の中に組み入れていたのである。

それを可能ならしめたのが、彼の芸術家としての物神崇拝状況に対する根底的な批判的視点であったことは間違いない。『チャタレイ夫人の恋人』の中でロレンスがくどいほど病巣摘出し、疎外された社会と人間関係を描き、批判し、弾劾したのは、まさにそうした彼の優れた芸術的資質によるものであった。性が武器であり、エロスが到達し、実現すべき世界の目標だった。人間を〈物〉として見てはならない、扱ってはならない、経済力や社会的地位や階級などで判断したり、支配・

管理してはならない、という思想が作品の中の至る所で出てくる。

　人間は〈物〉としてではなく、一個の人間として存在し、扱われなければならない。決して〈物〉（商品）ではない。一人の男、一人の女なのである。愛を与え、愛を受けとめ、愛を共有し、ともにエロスの世界を構築する、男と女なのである。〈物〉にはそうする能力がない。そういう、考えてみれば実に当たり前のことを、ロレンスは自分の哲学の中心に据えていた。だからその視点、視座でロシア革命と革命の中心たるボルシェヴィキを視た。そして判断した。だから、情報量が少ないなどの事情から、問題提起、感想という形を取り、主要登場人物ではなく、その他大勢の台詞というスタイルをとりながらも、鋭くボルシェヴィキと彼らの革命の本質を、この時点で見抜くことができたと言えよう。

　ロレンスはボルシェヴィキ革命を、決して人間を自己疎外と物神崇拝状況から解放し、真に人間的な存在へと再生させるものではなく、逆に資本主義以上に資本主義的な工業化社会をもたらすものだと観ていた。生産手段を所有する国家（党官僚）によって賃金労働者化された生産者たちが生産手段を奪われて、単なる奴隷労働力供給プールあるいは社会構成部品として社会的に固定されているにすぎず、本質的に資本主義システムとなんら変わりのない、物神崇拝状況が充満し、階級が分裂した社会であり、国家である、と直感的に見抜いていたことは、『チャタレイ夫人の恋人』の中で随所に見受けられる。

　ロレンスの死後、彼の予見が正しいことが、時の経過とともに証明されていき、やがて消滅するはずの国家がますます強大化して、遂に国家テロリズムによって民衆を抑圧する『一九八四年』

的国家装置にまで至るのである。ロレンスがそのことを予見していたことはサロン談義の中でも見受けられるのではないだろうか。「社会主義連邦国家」と呼び名は変えたが、その実体はブルジョワジーの代わりに党官僚が座っただけの硬質の国家資本主義国ソヴィエトにすぎなかった。そこでは人間は資本主義社会以上に、党官僚によって管理された賃金労働者の身分に固定され、物神崇拝の虜に堕さしめられるようになったのだが、そうなりつつあることを、革命から一〇年もたっていないこの時期にロレンスは感じとっていたのである。

このことは、サロン談義での引用個所中の「各人はその機械の部分品さ。そしてその機械の動力は憎悪……ブルジョワへの憎悪だ。僕はボルシェヴィズムとはそういうものだと思う」とか「それは工業の理想の全体を完全に説明したことになるね。それは簡潔に言い現された工場主の理想だ」といった会話の言葉にも出ている。それどころか「(個人的人格というものは)抑圧しなければいかん」といった台詞など、全体主義ソヴィエトを後に告発したジョージ・オーウェルの『一九八四年』の状況を予言していると言えることにも見受けられるのである。

ロレンスは、執筆を始めた当初においては、ボルシェヴィズムについていまひとつ固い確信の下に批判を展開していなかったことは、その他大勢に語らせるという形で推測されるが、書き進むにつれて明確な確信となっていったことは確かである。このことは作品のほぼ三分の二ほど進んだ段階で主人公のメラーズに、「まったく一時代ごとに、もっと兎みたいになった次の時代を産んでゆく。ゴム管みたいになった腸や、ブリキの足にブリキの顔をした、ブリキ人間だ!人間を殺して機械を拝むボルシェヴィズムとまるで同じだ。金、金、金!現代の人間の勇気というのは、人間としての昔からの感情を、人間の中で殺戮することからしか出てこないんだ」と言わせている言葉でも明らかである。ボルシェヴィキによるロシア革命を、人間性を取り戻す革命とは観ずに、自己疎外と物神崇拝の呪縛から逃れられない資本主義と同質か、それ以上に酷いものだとロレンスが観ていたことは確かと言えよう。

今日、ベルリンの壁が崩壊して以降、いやそれよりずっと以前から、われわれは「社会主義体制」になったとかいうロシアや中国あるいはベトナムの現実を知っている。ボルシェヴィズムの革命戦略で、多大の犠牲を払って実現したはずのそれらの国家の社会では、党官僚も民衆も口を開けば「金、金、金！」であり、自由な市民など存在せず、人々は所有しているドルや党官僚における地位、肩書き、コネクション等で人間が評価されてきたし、その状況は日を追うにつれて酷くなったし、未だに社会主義の看板を下ろしていないほとんどの国ではますますそうなってきている。それは資本主義社会以上の物神崇拝状況だったし、いまなおそうである。

およそマルクスが『資本論』で資本主義社会の根元的悪であり、それを取り除いて人間性を取り戻すことが革命であり、社会を人間的に変革するものだとした、この著者の主張と全くかけ離れたというか正反対の社会をこれらのボルシェヴィズム国家は形成したのである。ロレンスの指摘が正しかったことが、二一世紀を目前にして、『チャタレイ夫人の恋人』が書かれてから七〇年たって、ようやく証明されたと言える。

◇プロレタリアの知性

ロレンスがボルシェヴィキを批判し、彼らの革命が決して人間を物神崇拝の呪縛から解放するものでないことを鋭く見抜き、予言したいまひとつの理由として、彼の生まれ育ち、結婚した環境の問題がある。それは彼が決してプロレタリアとしての階級から離脱しなかったし、その意思もなかったことに見受けられる。

ブルジョワジーとプロレタリアとの違いは、生産手段を所有し、自分の思いのままに仕事し、管理・経営することができる者たちの層と、生産手段を持てず自分の労働力を商品として売って、命じられるままに働かざるをえない賃金労働者との違いである。産業革命がまだ起こらず、資本主義システムが成立していなかった時代には、まだこの二つの階級は未分化だった。社会を支配していたのは一部の貴族、司祭・僧、武士たちだった。彼らは、荘園・領地を所有し、その経済力を土台にして、支配していた。

ところが商業資本主義が発達し、市民階級（ブルジョワジー、町人）が形成されていき、富裕な市民たちと一部の特権的な貴族が、資本家となり、工場、商社、農場といった生産手段を所有し、賃金労働者を雇って生産活動を活発化し、利益を追求した。産業革命がそれを革命的に加速化した。それに対して特に資産といったものを持たない多数の市民と食えなくなって都市に流入した農民は、自分の労働力を賃金と引き換えに売って、生産に従事し、生計の資を得なければならなくなった。

当初、ブルジョワジーとプロレタリアとの間には生産活動に対する取り組み姿勢という点では特に隔たりはなく、プロレタリアも誠実に労働に従事した。このことはマックス・ウェーバーが述べていることで、だから資本主義は急速に発展できたのである。一九二九年の世界大恐慌まではこのような社会関係であった、といってよいだろう。ロレンスが『チャタレイ夫人の恋人』を執筆した当時もそうだった。クリフォード卿も典型的な生産手段の所有者だった。ロレンスはまさにこうした時代に生まれ、仕事し、四五年の生涯を閉じた。

ロレンスは一八八五年に生まれた。英国が植民地支配に全力を挙げていた時代である。イギリス中部の炭鉱地帯イーストウッドでの生まれである。父は炭坑夫で、母は技師の娘だったが理知的で教養のある女性だったという。この家庭環境からして既に『チャタレイ夫人の恋人』の舞台になるものだったが、ロレンス自身も後にドイツ・バイエルンの貴族の娘でもあるフリーダと恋に落ち、結婚したことによりコンスタンス・チャタレイのイメージを明確なものとすることができた。ロレンスは一六歳から工場で事務員として働いたが、健康を損ない、ノッチンガム大学に学び、教員試験に合格し、教師になり、やがて作家になっていく。その留学中のアヴァンチュールがコニーのモデルとの出会いだった。フリーダはロレンスより六歳年上で一男二女の母でもあり、ノッチンガム大学教授アーネスト・ウィークリーの夫人だったから、こうしたロレンス自身の生き様もそのまま『チャタレイ夫人の恋人』のそれだった。

それだけに、ロレンスは作品の主人公メラーズを自分に重ね合わせることができたのだし、むしろこの作品を自分の遺書として書く上で、ありのままに書けば自動的に自分の言いたいことが表出できたのである。ではそうした階級環境についてロレンスはどのように考えていたのか。小川和夫が次のように書いている。

「ロレンスは労働階級の出身者として、中流階級の人々といっしょにいるときには、自分の生命の振動の一部が切り捨てられるように感ずる。したがって中流階級に移動することができぬのだが、それかといって労働階級に帰ることもできない。労働階級は視野も狭く、知能も低く、これもひとつの牢獄をつくっているからである。自分は結局どの階級に属することもできないが、下層階級にたいする親和感を捨て去ることは不可能だ、とロレンスは（『自伝的スケッチ』の中で）告白している。メラーズはこのロレンス自身の境地をそのままに作品の人物にとりいれたものなのであって、したがってまたメラーズがコニイに語る人間の生き方とか文明論というようなものは、作者ロレンス自身のものと見てよい」

ロレンスがこのように、生産手段を持たないプロレタリアとして育ち、生涯その階級に「親和感」を抱き続けたことが、人間を人間それ自身として見ることができる素地を形成していたし、物神崇拝の呪縛から覚醒するのに役だった、と言えよう。しかも単なるプロレタリアに留まるだけではなく、知識人として成長し、知的なプロレタリアに成長したことが、資本主義自体の自己疎外や物神崇拝状況の矛盾を自覚させただけにとどまらず、人間の解放を目指したはずのボルシェヴィキ革命の反革命性を時代に先駆けて鋭く見抜く思想的土壌を醸成させ得た、と言える。

しかも、ロレンスが単に意識することなきプロレタリアではなく、意識するプロレタリアであると同時に知識人として、中流階級に足を踏み入れていたことが、ボルシェヴィキ革命の本質を見抜く上で、そして批判する上で非常に有効であった、と言えよう。というのも、資本主義は一九二九年世界大恐慌を境に、第二次大戦を分水嶺として、大衆社会化するという大変貌を遂げ、それまでの階級の構造と関係が変質したからである。

つまりブルジョワジーは自然人ではなく、法人がその位置を占め、それまでブルジョワジーが担っていた個人的な資本のオーナーあるいは経営者としては存在できなくなり、生産手段を真に所有し、支配命令するものは巨大な資本のメカニズムであり、そのメカニズムは管理のための壮大なシステムとなり、企業を経営するものといえどもそうした真の新しい利益追求者たる生産手段のサイボーグ的な所有者の忠実な官僚でしかなくなったからである。経営者顔をしている人間といえども、一般労働者よりはおこぼれが多いだけの従業員でしかなくなったのである。

その意味で大衆社会化した資本主義は、ほとんどすべての人間をプロレタリア化したと言えるが、その時代が二〇世紀後半だった。だからロレンスが早々に見かけの上で脱階級化したのは、人間と社会を観察する上で、非常に有益であったばかりでなく、時代に先んじて考えることに資したのである。非常に自由な感覚で観察し、考えを深められたと言えよう。ロシア革命についても、ほとんどの中流階級の知識人の作家や芸術家たちがボルシェヴィキ革命の変質を見抜くことができず、レーニンたちへの一種のコンプレックスから、革命が裸の王様になっていますよと指摘することも批判することもできなかったのに対して、プロレタリアへの郷愁を心秘めて、決定的に階級離脱できず、人間存在を資本と人間とのぎりぎりの関係で見つめていたロレンスの方が的確にこの革命の実体と本質を、早い段階で見抜けたと言える。

◇確かなる眼

ロレンスがロシア革命に強い関心を持っていたことは疑いない。当時のヨーロッパ知識人の多くがそうであったように、スペイン内乱に至るまでヨーロッパ社会主義は、資本主義の矛盾から人間が解放される希望だったのであり、そんな希望を実現したと思われていたロシア革命は有無を言わさぬ迫力で知識人たちに迫ったのである。少々の矛盾やひずみは是認されるべきものとして受けとめられ、批判するものは革命の厳しい現実を認識しようとしないプチブルジョワジーの戯言として、退けられたのである。社会主義は資本主義の後に到来するというマルクスの史的唯物論も、冷静なはずのアントニオ・グラムシやローザ・ルクセンブルグでさえ、批判はしつつもレーニンたちの偉業の前にボルシェヴィキ革命を是認する方向へ修正を受け入れる始末であった。

そうした雰囲気の中でロレンスもまたロシア革命に強い関心を抱いていたとしても、不思議でもなんでもない。『チャタレイ夫人の恋人』の中で、次のようなシーンが出てくる。

〈飾りもない小さな部屋！小さな箪笥と小さな寝台だけの部屋。だが床板はきれいに磨かれてある。そして部屋の隅の窓ぎわの棚には数冊の本があり、その何冊かは巡回図書館のものだった。彼女はそれをしらべた。ソヴィエト・ロシアに関する本、旅行記、原子と電子に関する本、地殻の構成と地震の原因についてのもの、それから何冊かの小説。インドに関する本が三冊。要する

に彼は読書家らしかった。〉

ロレンス自身がモデルである主人公メラーズの居住する室内風景である。およそ下層階級でインテリジェンスから遠い距離におかれていた当時のプロレタリアの蔵書としては、珍しい本ばかりが並んでいる。主人公が工場労働者あるいは労働組合活動家ならこうした本が並んでいたとしても、そう奇異ではないかも知れない。しかしメラーズは森番である。孤独の中に世を捨てたはずの森番が、なぜ新しい世界の状況に強い関心を抱くのか。つまりこの状況描写はロレンス自身の知的関心度の表白でもあるのだ。

確かにそうしたロシア革命について、ロレンスは批判しているが、決して偏見を持ったり、ブルジョワジーたちが意図的に行った革命に対する誹謗と中傷に惑わされて、そうした批判的言辞をもてあそんでいるのではなく、この革命が極めて高い知性で考えられなければならないと思っていることは、次の登場人物ボルトン夫人に語らせている言葉でも明らかであろう。ブルジョワジーのクリフォードが村の状況についてボルトン夫人にいろいろ尋ねている折に「あの連中のなかに社会主義とかボルシェヴィズムとかいうものがはやっているかね?」と聞いたとき、こう語らせているのである。

〈「とてもあの連中には社会主義者になるほどの頭はありません。どんなことでも、まじめに受けとるだけの真剣さなんか今もありませんし、とてもそうなる見込みもございません」〉

社会主義に関心を持ったり、魅力を感じたりするにはそれなりの「頭」を持っていなければならず、しかも「まじめに受けとるだけの真剣さ」が必要なことを言っているのである。このことはロレンスがロシア革命に対して極めてまじめに、真剣に、高い知性で考え、可能な限りの情報を集めて研究していたことを証明しているのではないだろうか。当時のヨーロッパ知識人にとって、こうしたロシア革命への関心の持ち方は、知識人としての常識であり、そうでないものは知識人として扱われなかったと極論してもよいだろう。少なくともスペイン内乱におけるスターリン主義者たちの裏切りで知識人たちが「失われた知識人」になるまではそうだったし、英国の知識人たちは、その多数がスペイン内乱に際して、共和派の側について武器を持って戦ったのである。

ロレンスもそうしたヨーロッパ知識人の一人だった。当然、マルクスの著作も読んでいたに違いない。ただロレンスが他の知識人と違ったのは、彼が哲学的な芸術家として資本主義社会の特質である人間の物神崇拝化状況を徹底的に批判し、その視座から思索し、創作活動を追求したことである。物神崇拝批判の原点から視たのである。だから革命ロシアが社会主義ソヴィエトと名を変え、表面的にはいかにも資本主義的社会構造を変革したように見せても、社会を構成する人間自身の目線にたてば、資本主義時代となんら変わっていないばかりか、かえって国家資本主義化し、物神崇拝状況が酷くなったことが見えたのである。とりわけロレンスの芸術的視点である性を核とするエロチシズム論からロシア革命を視たとき、ボルシェヴィキ革命の反動性が明確に捉えられたと言えよう。

第五章　性と革命

◇労働者反対派と性革命

ロシア革命が変質し、急速に国家資本主義化しつつあったとき、実はソヴィエト・ロシア内部で性をめぐる社会的混乱が激化し、性革命が反動的な性道徳論者たちによって絞殺されつつあった。人間性の全面的解放を目指していたはずの革命がこうしてその内側から崩壊していったのである。それは単なる性思想面での反動化にとどまらなかった。性革命を模索していた革命家たちと、自主管理を追求し、急速に勢いを伸ばしていた労働者反対派に結集していた革命家たちとは、感覚と思想の面で通底していたから、性革命の圧殺は労働者反対派弾圧と一体化し、その結果、ロシア革命は社会主義の社会主義たる所以の社会革命的要素を一掃されてしまったのである。

あとは軍事力と警察力を伴った上からの官僚主義的社会統制がシステム化され、党官僚がヘゲモニーを握り、その土壌の上にスターリン主義という毒が全身に回ったのである。それは性思想の反動的道徳化によって掃き清められた社会的土壌の上にナチズムがヘゲモニーを握っていったドイツの状況と似ていた、というよりパラレルであったと言えよう。ロシア革命の正確な状況についていて極度に情報が不足していたロレンスにとって、こうしたロシア革命の現実は分かりえようはずがなかったが、彼の思想の確かさと芸術的感性が、ボルシェヴィキ革命のおかしさ、誤り、いびつさを認識させ、批判させたものと考えてよいだろう。

一九一七年に勃発したロシア革命は、国内外の苛酷な軍事的反革命に直面し、多大の犠牲を払いながらも勝利していったが、そうした苦境にもかかわらず、全国金属労組やクロンシュタット・ソヴィエトを中心とする革命の最良の部分が、「共産主義の創造は労働者大衆自身の仕事である」とするマルクスの言葉に忠実に、そしてパリ・コミューンの思想を実現すべく、「自主管理」を旗印に掲げ、活動を展開した。運動は労働者を中心に共鳴の輪を広げ、急速に拡大、進展していった。これに危機感をつのらせたレーニンやトロツキーがこうした労働者反対派の運動を弾圧することを決意、圧殺した。いわゆるクロンシュタット反乱事件と反乱に対する軍事弾圧がその頂点であり、これを境にロシア革命は変質した。革命の最良の部分は絞殺され、社会の実権は党官僚に握られ、労働者は資本主義時代同様、いやそれ以下の賃金労働者の身分に舞い戻らされてしまったのである。後は党官僚による支配であり、そのヒエラルキーの頂点にスターリンが乗っかったのである。

その労働者反対派の指導者の一人がアレクサンドラ・コロンタイ女史だった。彼女は論文『労働者反対派』の中で、「労働者反対派は、官僚制に対し断固として反対の叫びを挙げる」と主張し、「官僚主義体制の代わりに、労働者反対派は大衆の自主活動を提起する」と方針化した。これに対してレーニンやトロツキーたちは「アナルコ・サンジカリズム」だとレッテルを貼って、暴力的に弾圧したのである。この時の労働者反対派の主張が正しかったことは、後に一九五六年のハンガリー動乱、一九六八年のチェコ「プラハの春」、ユーゴ第二革命、フランス五月革命、さらに一九八〇年のポーランド自主管理労組「連帯」革命で証明されるのだが、この当時においては、とにかくロシア革命を成功させた権威を持ち、誰も対抗できなかったレーニンや赤軍総司令官で反革命を撃ち破ったトロツキーを敵に回しては勝算はなかった。後にレーニンもトロツキーもスターリンを中心とする党官僚システムによって悲惨な最期を送らざるをえなかったが、それも労働者反対派やクロンシュタット・ソヴィエトを圧殺した自業自得の結果だった。

さてその労働者反対派の指導者の一人のコロンタイ女史が、ボルシェヴィキの中で数少ない性革命の真っ当な理解者であったことが、労働者反対派の天敵とも言うべきスターリンたちによるロシア革命の反動化を加速させる一因となったことが容易に想像できる。社会革命は政治革命とは比べものにならないほど歴史的革命で重要な位置と役割と意義を持っているにもかかわらず、スターリン・ブロックはその社会革命のコアの一つである性革命を圧殺することによって、革命全体を絞殺してしまったのである。コロンタイ女史の性革命についての主張はウィルヘルム・ライヒの『セクシュアル・レボリューション』で紹介された断片しか知らないが、そこでは「性的問題に長く興味を持っていたアレクサンドラ・コロンタイ」と紹介されて、彼女の次の一文が載っている。

「性的危機が長びけば長びくほど、問題はますます難しくなっていく。民衆には解決への糸口がつかめないようにみえる。おびえた人々は一方の極から、他方の極へと落ち込んでいく。そして性問題は未解決のままである。性的危機は容赦なく農民階級を襲ってくる。それは、富も地位も選ばない伝染病のように、労働者・農民のむさくるしい住居だけでなく、王侯の城にもしのびよってくる。……経済的に安全な階級だけが、そのトリコになると解することは大きな誤りである。この性的危機は、洗練されたブルジョワジーに心的葛藤を起こさせるだけでなく、労働者の間でも、それに劣らず激しい、悲劇的な場面を展開する」(小野康博・藤沢敏雄訳)

コロンタイ女史は、革命直後の性的混乱と性革命の失敗が、単に労働者や農民だけにとどまらず、全民衆と革命の未来の方向と運命を決めるものだと、警告しているのである。にもかかわらずレーニンをはじめとするボルシェヴィキ指導部は、この問題についてどう考えてよいのか分からず、対応方針を提起できず、うろうろしているうちにソヴィエト社会に反動的な性道徳思想が復活したのである。

◇ボルシェヴィズムの破産

ロシア革命直後からスターリン主義体制の確立に至る、一九二〇年代を中心とする時代の性革命の失敗は、革命を国家資本主義へと変質させ、社会を退行させていったが、それはコミンテルンというスターリン主義のリンパ管を通じて全世界へと毒をまき散らし、最後にはナチス・ドイツのイデオロギーとなんら変わらない全体主義思想へと転移したのである。ライヒの著書『セクシュアル・レボリューション』(特に「第二部・ソ連における『新生活』への闘い」)および『ファシズムの大衆心理』を参考に、革命直後のソヴィエト社会の性革命の敗北過程を追ってみる。

革命ロシアにおける性革命は、一九二三年頃から激しい議論となり、一九二五年にピークに達し、一九三〇年代半ばに完全に息の根を止められた。一九二五年はロレンスが『チャタレイ夫人の恋人』の執筆をまさにはじめようとしていた時季で、イタリアへ渡って、構想を練っていたことを想起しておくことは重要である。イタリアはオーストリアの隣国であり、かつてのハプスブルグ帝国の支配下にあった国で、文化的に両国は近しい関係にある。そのオーストリアに、性革命に対するボルシェヴィキの対応を激しく批判したライヒがいたことも一応、頭に入れておいてよいだろう。

一九一七年の革命がロシアの民衆の意識に強烈なインパクトを与えたことは当然で、性の問題はとりわけ深刻であった。ライヒはツァイトリンの論文を基に当時の状況を次のように述べている。「大衆一人一人の関心は、政治よりも性的問題である。性革命の指導者たちが性的問題を避けて通ろうとしていることを、大衆がおおっぴらではないまでも、それをいかに批判しているかを彼（ツァイトリン）は知っていた。彼ら指導者たちが、その問題について何ら明確な見解ももたず、それがためこの問題を回避してしまったのを彼は承知していた。しかもこの問題こそ、大衆の解決したいと願っていたまさにその問題である」。「彼ら指導者」がレーニンやトロツキーたちを指していたことは明らかである。

世界でも例を見ないほど強固な専制体制だったツァー体制を打倒して、いきなり資本主義を跳び越えて建て前の上では社会主義に入ったという社会的認識が民衆の生活も意識も観念も一変させるほどの状況だったところへ、国内の旧体制は言うに及ばず社会革命党やメンシェヴィキなど反ツァー体制革命党派までも敵に回し、テロリズムと軍事反革命が荒れ回り、その上国外の列強帝国主義諸国が革命潰しのために軍事干渉を行うといった大混乱。民衆は食うに食なく、住むに家なく、生活は困窮の度を深めていた。しかも解放感から自由な性を悦びたいという欲求が非常に強まったものの、性を営む住居もなく、社会的混乱は極点に達していった。

これに対してボルシェヴィキ指導者たちはなんらの具体的な思想も対応策も持っていなかった。マルクス・エンゲルスの著作のどこにも性革命について論究されておらず、レーニンたちは観念の上では旧来の結婚制度や家族制度が社会主義革命にそぐわないことは認めつつ、では現に生じている性をめぐる混乱と、大衆の激しい性の自由を求め、エロスの宴を味わい尽くしたいとの欲求については、陳腐な一般論を語るだけで、意識と肉体との人間的解放のための思想は全く持ち合わせず、性革命に対するボルシェヴィキとしての方針を提起できなかった。そうこうしているうちに、旧い性道徳思想が革命の美名を口にして息を吹き返し、せっかくの性革命を圧殺していったのである。

◇生きながらの死

性の混乱と性革命の退行について、いま少し当時のボルシェヴィキ内部のこの問題をめぐる思潮の流れを追いつつ、追求しておかなければなるまい。

大衆の関心が政治革命より性革命に移っているというのに、ボルシェヴィキは何ら具体的な思想も方針も提起できないでいるうちに、混乱と貧窮に追いつめられていた革命社会の、性を中心とする状況は悪化の度合いを強めていた。ライヒは次のように指摘している。

「こうした状況下では、性的自由を求める思春期青年の衝動は、平常時では考えられない様相を呈した。事態の意味を把握するとか、自分を立てなおすための努力よりも、性生活の獣化が優先した。『古いもの』に代わって何が起こるのかだれも予想できなかった。この獣化が根本から露出させたのは何であったのか。それは古い心理構造であって、通例父権社会に典型的にあらわれるものであり、平素は多かれ少なかれおおわれており、時に過度の加熱によって爆発するものである。いわゆる性的混乱は、内戦や飢饉に劣らず社会革命の過程において避けられないものであった。革命は内戦を欲してはいなかった。革命は、ただ帝政主義者（ツァーリスト）と資本家を打倒したのであり、そして彼らが過去の権力の奪還をはかったため、革命は自己防衛を余儀なくさせられたといえる。性的混乱は、一部つぎの事実にも原因がある。すなわち反動的環境が革命をスムーズに進行させず、従って自由を封じこめるような古い精神構造を処理する余裕もなかったということである」

こうした状況下でボルシェヴィキ指導者たちは、性革命についての思想も認識も持たないばかりか、恐怖感にとらわれた。ライヒは「その混乱に関するソヴィエト指導者たちの考え方をみるとき、すぐわかることは、性的自由が解放されるときの恐怖が現実の問題に目をつぶらせ、彼らの判断をゆがめてしまったということである」と言う。社会を根底から人間的なものに変革しようと突き進んでいたボルシェヴィキたちも「何千年もの間、腐敗した性道徳が、健康な性的責任感の発展を阻害していた」状況から解放されていなかったのである。

　こうして革命ロシアの社会は、性革命に失敗し、社会は旧道徳に窒息させられ、死んでいく。ライヒは指摘している。

「念頭においておくべきことは、現代人は、ひどくそれにあこがれていながら、自分の心理構造と相容れない、そういった性格の生活を極度に恐れている。民衆の圧倒的多数の特性としての性的あきらめは、怠惰、生の空虚さ、一切の健康な活動の麻痺やイニシアティブの枯渇あるいは獣性とサディズムの過剰を意味する。それは、あたかも生きることのなかにすでに死が予期されているようなもので、人々は死をめざして生きているといえる。しかも民衆は、もし現に生きている人生の不確かさや苦難に対処できないならむしろ、生きながらの死を選ぼうとする」

　人々が生きながら死を選ぶということは、ほかならぬ社会全体が死ぬことである。全体の重圧に抑圧されて、「生きながらの死を選ぶ」のである。その具体的姿は「怠惰、生の空虚さ、一切の健康な活動の麻痺やイニシアティブの枯渇あるいは獣性とサディズムの過剰」である。この社会状況こそまさにスターリン主義体制下のソヴィエト・ロシアの姿そのものではなかったか。性革命の失敗が革命ロシアを変質させ、いかに甚大な被害をもたらしたか、ライヒは鋭く見抜いていたのである。

　ライヒのこの分析とロレンスの直感とは共通するところがあるが、ライヒが当時の左翼的知識人の多くがそうであったようにレーニン主義の大枠から外れなかったのに対して、ロレンスがレーニン主義そのものに全くこだわらなかったことが、両者のスタンスを異ならせ、いまやレーニン主義やマルクス主義の政治革命至上主義が批判されるようになった今日、ライヒよりロレンスの方が、ある意味では性について、エロスについて、的確に見ていたといえる。

ロレンスが『チャタレイ夫人の恋人』の中で書いている次ぎの幾つかの叙述は、確かにロシア革命における性革命の退行とは直接関係ないかもしれないが、ボルシェヴィズムも資本主義同様、人間の物神崇拝へのひざまずきという点でなんら変わることがなく、かえって惨めなものにし、人間を生きながらの死に追いやったことでは極めて罪深いものであったのである。

〈彼は沈黙した。だが彼の心の中の絶望の真っ黒なうつろが彼女にわかった。そこではあらゆる欲望、あらゆる恋が死滅してしまう。それは男の内部にある暗い洞窟で、男の精神はすべてそこで失われてしまうのだ。〉

〈否、これは、コニーがここに住むことになってはじめて知った現代のイングランドの姿だった。そこに生まれてくる人間は金銭問題、社会政治問題については神経過敏であっても、自然な直感的な側面では死んでいた——死人にすぎなかった。ここの人間はことごとく半ば死体なのだ。〉

〈人間！人間！ああ、彼らはある意味では忍耐強い善良な人間なのだ。別の意味では存在していない人間なのだ。人間が持っているべき何ものかが彼らから搾りとられて殺されてしまった。しかもなお彼らは人間であった。彼らは子供を産んだ。女は彼らの子供を産んでやることもできるのだ。怖ろしい！考えるのも怖ろしいことだ！彼らは人が善く親切であった。しかし彼らは半分にすぎない、人間の灰色の半面にすぎないのだ。今までのところ彼らは『善良』だった。しかしそれも彼らが半分しか存在していないということから生まれる善良さなのだ。もしも彼らの中の死滅しているものが立ちあがったら！だが、いや、それは考えるのも怖ろしいことだ。産業労働者の集団ということを考えるのは、コニーには全く怖ろしいことであった。それは彼女には実に『不気味』に思われた。いつも『坑内』にいる人生。美もなく直感もないという人生。
そういう人間の子供。神よ、ああ神よ！〉
これらの文章は確かに、産業革命後の資本主義イングランドの、それも炭坑地帯の人間の、生きながらの死のありさまについて、ロレンスが語っている言葉である。しかしこれは、性革命が退行し、ライヒが「人々は死をめざして生きている」と指摘したボルシェヴィキ革命ロシアの姿でもあったのである。

◇囚われの愛と革命の死

性の混乱とボルシェヴィキの思想的無能ぶりによって革命ロシアの性革命は一九三〇年代にはいるとほぼ完全に抑圧されてしまう。旧来の性道徳の復活にすり替えられて性の反革命が推し進められたのだが、それはスターリン主義が着実に勝利していったのと時季が重なり合っていた。ライヒが『セクシュアル・レボリューション』で指摘した事実に依拠しつつ、当時の性革命抑圧の状況の一部を追跡しておこう。

一九三五年八月二九日付『ヴェルトビューネ』に掲載されたルイス・フィッシャーの論文によると、当時都市のアパートは過度に混み合い、若い人々の性生活は困難をきわめ、多くの少女たちは妊娠中絶を余儀なくされていた。まだ医療技術がそれほど発達していなかった当時、妊娠中絶が有害であることは当然で、そのため妊娠中絶は望ましくないとの考えが強くなり、そうした社会環境から、一部の革命家を装う反動的思想の持ち主が、論理をすり替え、跳躍させて、結婚して子供を産むことの方がよいと言うようになった。『ペーター・ヴィノグラドフの私生活』という映画では伝統的な結婚を奨励するに至っている。共産党機関紙『プラウダ』でも「ソヴィエトでは、家族問題は重大かつ真剣に検討すべき事柄である」と性の問題を家族問題にすり替え、性道徳キャンペーンを開始しはじめた。そこでは、大人たちの世代のもっている性抑圧的傾向が次の世代にも及ぶことを歓迎した。「ただよき家庭人のみが、よきソヴィエト市民たりうる」と主張するに至った。フィッシャーは「このようなことは一九二三年には考えられないことだった」と指摘している。

メディアの反動的キャンペーンはこうしてロシア社会に急速で、大きな影響を与えるようになり、「まじめな結婚」が持ち上げられ、教授たちは新聞紙上で人工流産の危険性を叫び、新聞もそれを契機に堕胎非難キャンペーンを展開、あわせてお祭り気分で結婚式を讃え、夫婦間の義務の神聖視なるものを強調、子供を三人も四人も生んだ母親や人工流産をしたことのない婦人が特別の表彰を受け、第五番目の子供を生んだ女性の美徳を新聞が囃し立てた。

こうして「性的誘惑に打ち勝つ少女たちは保守的でも反革命的でもない」と讃えられた。「家族の基本は愛であるべきであり、身体的欲求の満足であり得ない」からだというのだ。また、モスクワ社会衛生研究所長のバトキスは『ソ連における性革命』の中で「革命のさなかには、エロチシズム、性欲中心主義的（セクシュアリズム）要素は、それほど大きな問題ではなかった」と言いながら、性革命が反動化の時季に入ると「ソ連における自由恋愛とは、無拘束のままの、野性的な生き方をいうのではなく、お互いに愛し合っている独立せる自由な二人の人間の理想的な関係をいう」とさりげない形で「愛」を持ち出し、事実上エロスを抑圧する主張を展開している。ここで言う「愛」は、ロレンスの指摘する「いわゆる愛」である。

このような革命ロシアにおける性革命の反動化を見るとき、次のロレンスの主張の正しさがよく分かるのである。

〈社会は狂った怖ろしいものだった。文明社会というものは狂っていた。金銭と、いわゆる愛とが、社会の二大狂気であった。なかでも金銭の方がはなはだしかった。個人はそのばらばらに狂った精神で、この二つのものに熱中しているのだった。〉

エロスを追求したロレンスが、なぜ「いわゆる愛」を社会を狂わせる二大要因と主張したのか、その理由がよく分かる。革命ロシアの性革命の反動化、それと一体化したスターリン主義の権力定着が、まさに「いわゆる愛」を理由とし、口実としていたことでよく理解できるのである。「いわゆる愛」が体制の権力と権威によって、民衆にストイックに強制され、反動化の武器にされたのである。

支配者たちは常にそうするように、エロスとしての愛を、エロスとは無縁の観念と既成のモラルで塗りこめられた「いわゆる愛」にすり替えて、「いわゆる愛」をアガペ（精神的な愛）へとさらに変質させてエロスから分離し、その上でこの二つの愛を対立するものだとキャンペーンし、支配者にとって都合のよい権威主義的な道徳に加工し直した。こうして彼らは変造した「いわゆる愛」を、自己を殺し、欲望を抑え、全体への絶対的な奉仕を至上のものとする全体主義イデオロギーへとすり替え、押しつけるのに至ったのである。最初は家族への愛、次いで社会への愛、そして国家への愛。こうして権力と権威の押しつける「愛」は見事に全体主義イデオロギーへと転移させられた。

「一人はみんなのために、みんなは一人のために」というスローガンの意味内容の逆転などもそうした一例だと言うことができよう。それはエイゼンシュタインが映画『戦艦ポチョムキン』でロシア革命を象徴する精神としてスローガンに掲げた有名な言葉なのだが、スターリン主義の支配が浸透していくにつれ、エイゼンシュタインの言わんとしたところとはまるで逆の全体主義的な道徳にすり替えられてしまったのである。「一人はみんなのために」の「みんな」が自由で自律的な個人の存在を許さない全体主義国家となり、全て個人は全体に尽くさなければならないことが当然とされるようになった。しかもその全体とはスターリン体制と同一とされた。次いで、「みんなは一人のために」というくだりの「一人」とはスターリンだけを指すようになり、「みんな」はスターリン以外の党官僚をも含む全民衆のことを意味するように反転したから、「みんなは一人のために」という言葉は、民衆は全員スターリン個人のために尽くさなければならない、という独裁専制政治のスローガンにされてしまったのである。

こうして本来、闘争や社会構築あるいは労働といった場での人間の「連帯」の必要性と素晴らしさを表現したこのスローガンも、恐るべき全体主義的圧制のスローガンに換骨奪胎させられてしまったのである。革命ロシアの性革命の反動化はこうして、社会全体をナチズムと並ぶ全体主義へと掃き清めたのである。「いわゆる愛」はまさにロレンスが指摘したように恐るべき社会の狂気なのであった。

◇性と愛の党公認制度

性革命抑圧の極めつけが、コミンテルンをリンパ管として撒き散らした、ナチスもびっくりする全体主義的な愛のキャンペーンだった。一九三五年一〇月三一日付フランス共産党機関紙『ユマニテ』紙上で、P・ヴァイヤン・クーチュリエ署名の次の文章が掲載されている。

「家族を救え。愛する権利を守るため、いま重要な調査を行おうとしているわれわれを援助していただきたい。フランスでは、出生率が驚くべき速度で減少を続けている。……共産党員はきわめて重大な状況に直面している。彼らが変革しようとする国、フランスは弱体化し、人口減少という危険にさらされている。

衰退しつつある資本主義のもつ相互の敵意、その不品行、資本主義の生み出すエゴイズム、その悲惨、それの生み出す内密の人工流産、それらが家族というものを滅ぼしている。共産党員はフランスの家族を救うため闘おうとしている。共産党員は、不妊を理想とするようなプチブル的、個人主義的、無政府主義的伝統ときっぱり関係を断ってきた。

共産党員の欲しているのは強力な国家と繁殖力豊かな人種である。ソ連邦共和国はこの道を指し示している。しかしいまただちに必要なことはその人種救済のための積極的な手段である。

（略）

フランスの家族を救う手段として、フランスの家庭に母親らしさ、子供らしさを復活させること、多くの子供をかかえた家族に、彼らが国内でもつべき場所と利益を与えることによって実現しようとしている」（ライヒ『セクシュアル・レヴォリューション』二一〇ページ、小野泰博・藤沢敏雄訳）

スターリン主義共産党にとって、共産主義者は「強力な国家と繁殖力豊かな人種」を欲しているのであり、そうした「人種救済のための積極的な手段」として「愛」が必要なのだと言い、ソ連もそうした道を突き進んでいるのだと言う。さしずめ「愛はみんなのために」といったところであろう。官僚主義国家にあってはそのような愛が公認制度下に置かれることは自然な成り行きというものである。

そのようにして公認制度下に置かれた「愛」以外はどうやら「プチブル的、個人主義的、無政府主義的」だとレッテルを貼られ、人工流産しようものなら社会の敵扱いされることは必至であった。また、「母親らしさ」とか「子供らしさ」と「らしさ」を強く訴えているが、「らしさ」をキャンペーンすることによって、国民を一挙に全体主義化したのがほかならぬナチスであったことは、ハンス・ペーター・ブロイエル著『ナチ・ドイツ清潔な帝国』で明らかにされている。

もしこの論文が掲載紙や署名者を隠して発表されたなら、またフランスのかわりにドイツという言葉が使われていたなら、たいていの人間はゲルマン民族中心の人種優越至上主義のナチスの宣伝文だと思うに違いない。それほどお粗末なところまでボルシェヴィキ革命は、性革命の反動化によって陥ってしまったのである。一九三〇年にロレンスは死去したから、こうしたボルシェヴィズムの非人間的な酷さについて彼は知る由もなかったものの、この偉大な作家は既に革命が勃発した直後に、ストイシズム及び物神崇拝観念を批判する思想的視点と優れた芸術家特有の感覚で、見事にボルシェヴィズムの本質と革命の行方を見抜いていたといえよう。

◇革命崩壊の内在律

ロシア革命は性革命をはじめとする社会革命の抑圧という内在的な矛盾から国家資本主義化し、全体主義化し、国家テロリズム化して崩壊したのであって、国内反革命の暴力や帝国主義列強の干渉軍事侵略によって潰されたのではなかった。パリ・コミューンとロシア革命との決定的違いがここにある。

自由を求める革命にあっては、性の解放は単なる個人的な、肉体的、精神的な願望行動ではなくて、社会革命の核心をなすからであり、革命の原動力となるものだからである。ライヒは「原初的な物質的欲望の充足を妨害する抑圧は、性的欲望の充足を妨害する抑圧とはことなった結果を生ずる。前者の抑圧は、反乱の起爆剤となる。しかしながら後者の抑圧は、この欲望の抑圧とともに道徳による防御として定着するので、いずれの種類の抑圧に対しても反抗を無効にする。なおその上に、反抗それ自体の制圧は無意識裡におこなわれる。非政治的な、平均的人間の意識的精神は、制圧の痕跡さえ示さない」（平田武靖訳）と言っているが、性的欲望を抑圧することは無意識のうちに反抗を制圧し、無力化し、こうして社会も、社会を構成する人間も、生きながらの死の道を進むのである。スターリンと彼のエピゴーネンたちのスターリン時代のソヴィエト社会がそうだった。ライヒは「性的抑圧のあるところ、そこでは真の自由は度外視されている」と述べている。

ライヒの言う「奴隷的精神構造」はこうして形成され、遂にボルシェヴィキはナチスとなんら変わらない主張を声高に叫ぶようになった。性革命の抑圧はソヴィエト社会に大変なマイナス作用となって跳ね返った。民衆から自由な息吹が消え失せたことは当然のこととして、革命社会は自分たちが担うのだとの気概と意識が消滅し、物神崇拝状況の対極にある主人公性が見られなくなった。アパシー（無気力）が支配した。

これも当然のことで、自由を実現することが最大の目的である社会主義革命にあっては、自由と一体化している性革命と労働者・テクノクラートたちの主人公性をシステム化する自主管理革命が、社会革命の両軸と言えるが、その両軸を民衆から奪い去ったからである。後に残ったのは党官僚だった。民衆は党官僚に絶対的服従を強制される賃金労働者として、受け身の労働と生活を強要されたのである。そのような社会で労働生産性が上がるはずがない。ソヴィエト社会は慢性的な物不足となり、民衆は常に消費物資を求め、ドルが最高の価値を持ち、市民たちは「ドル！ドル！ドル！」と目の色を変える日常をおくるようになった。

まさに物神崇拝状況の極みであった。そしてそのようにして行き着いたのが、ベルリンの壁の崩壊だった。ロシア社会は、腐ることさえもできず、生きながら死んでいたから、老衰死のようにして死んだのである。たかが日和見主義者のエリツィンの田舎芝居的なパフォーマンスの前に、弱体なゴルバチョフ体制を軍事クーデタで潰すだけのエネルギーも気力も、ソヴィエト共産党権力が持っていなかったことで、スターリン主義体制の自然死ぶりが如実に証明されたことはまだ記憶に新しいところである。ロレンスが産業革命以降の人間について、自然死している、老衰死している、といったことを告発し続けたが、皮肉にもこの偉大な作家の告発が最も当てはまったのが、社会と人間の老衰死からの解放をめざしたはずの革命ロシアだったのである。ソヴィエトはその固有の内在律によって壊死したのである。

◇『一九八四年』的性生活

レーニンやトロツキーたちによって弾圧され、潰滅させられたボルシェヴィキ内の最良部分の「労働者反対派」の指導者・コロンタイ女史が性革命の進展と自主管理の実現に強い関心を持ち、努力していたことは当然である。ライヒは次のように言っている。

「『義務』『国家』『礼儀』『犠牲』などが互いに切り離して考えられないように、『生きる悦び（ジョワ・ド・ヴィーブル）』『労働民主制』『自主管理』『労働の享受』『自然な性欲』を切り離して考えられない」

この文章は平田武靖氏の訳文であるが、私は一箇所だけ敢えて訳語を変えた。「自主管理」という言葉である。平田氏によると「自己規制」となっている。しかし日本語で通常使う自己規制という言葉は、周囲の状況から判断して、自分の意思や欲望を抑えつけて、行為・行動を自制する、という場合に用いる。周囲の状況には当然、権力、権威との力関係、禁欲主義的道徳を代表とする宗教的ストイシズム、あるいは既成の道徳、常識、通念にとらわれている大衆の感覚や思想も含まれる。そうであれば、「自己規制」という言葉は、この場合そぐわないし、ライヒ自身もそうした考え方を激しく批判しており、訳語としては逆の意味になり、誤りのように思える。自己規制という概念は、むしろ、義務、国家、礼儀、犠牲と同じジャンルにはいる。そういう考えでここでは「自主管理」とした次第である。

なお「自己規制」の訳語は、他の個所、例えば『ファシズムの大衆心理』の「労働民主制」の中でも、「人間はかれに内在する自然で自発的な要素に対して武装し、生理的な機能である自己—規制との接触を喪失し、生き生きとした自由な要素に対して強い恐怖を抱くようになる」と訳されているが、この「自己—規制」も自主管理でないと意味がよく分からない気がする。あるいは「自主管理」よりも、より訳語としてふさわしい「自律性」のほうが好ましいようにも思える。平田氏が訳された一九七〇年にはまだ日本には、労働者自主管理といった言葉はあっても、ヨーロッパで当時使われだした「自主管理」(オートジェスチョン)については、まだほとんど紹介もされておらず、苦心して「自己—規制」という言葉を使われたのではないかと推測するが、やはり無理があるのではなかろうか。

さて元に戻ろう。ライヒは、性革命と自主管理革命との分かちがたい関係について、次のようにも述べている。

「あらゆる問題が、たとえささいな問題であっても、全コミューンの会議で論議された。日々の生活のあらゆる面に『委員会』なるものがあった。財政委員会、衣服委員会、衛生委員会であって、これらはそれぞれ健康問題、石鹸とか練り歯磨きの用意に至るまで、責任を分担した。その組織に関して、コミューンは国家統治の形態、すなわち委員会による統治の形を引き継いでいた。

しかし彼らは別のより基本的な難問題をかかえていた。それは直接の物質的欠乏によるものではなく、心的構造にかかわる性的不安によるものであった。表面上は、あたかも『エゴイズム』、『個人主義』、『プチ・ブル的習慣』がコミューンの集産的精神の邪魔になっているかのように見えた。これらの『悪い、古い習慣』を、われわれは道徳的規律によって根絶しようと試みた。われわれは『エゴイズム』に対し、集産生活の理想、道徳的原理を打ち立てた。すなわち、その組織の原理が、自治的、自発的、内面的規律になると考えられる組織を、道徳的、権威主義的手段の助けをかりて建設しようと試みた。この内的規律の欠如はどこから来るのか。コミューンは、長い間に、自治の原理と権威主義的規律との間の葛藤に耐えることができようか。

コミューンの自治は心的健康を前提としている。自治と権威主義的規律との間の葛藤は、集産生活へのあこがれとそれを妨げている心的構造との間の葛藤に根ざしている。そしてその心的構造が性生活の条件を規制するようになったとき、彼らは失敗してしまった」

コミューンとは革命社会の基本単位とも言うべき共同体のことであり、自治とは自主管理と同じものである。ロシア革命でもＮＥＰ（新経済政策）導入とタイミングを合わせるように、「私的コミューン」という形で民衆がコミューンを組織し、青年たちはそこに希望を持ち、新しい生活を試みようとした。性生活のエロス的追求は当然のことであった。しかしこの運動に対して、住宅難や社会的混乱等で現実との乖離が目立ち、一方での爆発する性衝動が性生活をいびつなものにして混乱をきたし、ボルシェヴィキたちはそうした状況に右往左往するばかりで、理論も方針も提起できず、無能無策。結局そうした自分たちの無能ぶりを棚に上げて「国全体が社会主義の最初の段階にあるのに、小さな島の形で社会主義、共産主義の最終段階を期待するのはほとんど意味がない」という官僚主義的総括でコミューン運動の息の根を止めたのである。一九三二年の頃、スターリン主義がまさに確立せんとする頃であった。

この問題は結局、「コミューン生活における最初の数年間は、コミューン・メンバー間の性的関係は望ましくない」との憲法修正案で有無を言わさず、決着させられた。ライヒはこの愚か極まる官僚主義的決着の仕方について次のように述べている。

「青年の性生活というものを考えてみると、絶対不可能だと考える。明らかに性的関係は人目をしのんで行われるもので、それは『委員会』の目をくぐり抜けてしまう。ここでは古い反動的世界の一部が再び取り入れられている。コミューンのもっていた当初の、正しい原則であった、性的問題について率直で、ありのままであろうという原則は、ここで破られてしまった」

こうしてロシア革命は、社会革命の失敗から、国家資本主義へと変質し、レーニンとトロツキーの政策スタイルを、最も頭悪く、野蛮に、テロリズム的手段を駆使して実践した独裁者スターリンによって、全体主義化し、革命そのものを圧殺し、民衆を無気力化したのである。結果としてボルシェヴィキのやったことは、ツァー帝政下の旧いロシアの復活であった。公認の性生活は

「委員会」の許可なくして行ってはならないという全くばかばかしいかぎりの「一九八四年」的な状況になり、コミューン・メンバーの性生活は「『委員会』の目をくぐり抜け、人目をしのんで行わ」なければならなかった。こんな不自然な体制が存続・発展できるはずがない。

そうした状況の一方で、労働生産性の低下と官僚主義のばっこにより物資欠乏が深刻化し、闇経済が異常に発達し、〈物〉が人間を支配するようになり、カネ！かね！カネ！かね！の世の中になった。ドルのためには女性たちは身体を売った。ドルショップは庶民にとって宮殿だった。物神崇拝の状況が最も深刻化していたのが、自己疎外と物神崇拝状況から解放されるはずだった革命ソヴィエトの社会だった。そこではコミューンとか自由などと叫ぶだけで、アナルコ・サンジカリストなどとレッテルを貼られ、社会的に抹殺されるのであった。党官僚だけがのさばり、主人公になったはずの民衆は息をひそめ、肩身を狭く、受動的に、ひっそりと生息していたのである。政治革命主導の権力主義的・権威主義的革命の見事な破産だった。

◇政治革命先行主義の破産証明

ボルシェヴィキによるロシアでの社会革命の失敗は、マルクス主義政治理論の思想そのものの欠陥とロシア社会の後進性ならびにレーニン主義の誤りが大きな要因となったことは否定できないだろう。

マルクス主義が弁証法的唯物論と史的唯物論を中心に思想構築されていることはよく知られて

いることである。そのマルクスの弁証法の基本が、土台と上部構造という論理スタイルを基軸に組み立てられていることも知られている。土台が経済を中心とする物質的な世界であり、上部構造が政治、文化、意識状況といった人間の精神や思想に深く関わる世界であり、そうした上部構造は土台によって作用を受け、決定づけられることも、一般的に言われることである。

そうした思考と論理の世界であってみれば、人間の意識や文化といった上部構造を変革しようとするならば、まず土台を変えてみなければならないことは誰でも分かることである。身の回りの世界や不合理で非人間的な世界を変革しようとしたり、あるいは自分たちの社会を自分たちで治めようとしたり、自分たちの職場を自分たち働く者の自発的、自律的な（オート）意志で経営（ジェスチョン）しようとするとき、土台としての権力支配体制が立ちふさがり、実現を妨げるのが一般的であったし、官僚的集団主義と呼ばれる今日の抽象化され、官僚システムによって抑圧支配されている資本主義体制下においてもそうである。ささやかな変革を試みようとするとき、まずそうした土台、つまり支配体制の構造や枠組み、システムといったものを打ち壊さなければ実現はおぼつかない。こうしたことが一九世紀になって分かってきた。一八四八年革命やパリ・コミューンの悲劇的敗北がこのことを人々にいやというほど思い知らしめた。

マルクスがそうした現実を分析し、人々の思いを理論化した。土台の上に上部構造が存在するとの論理スタイルに基づいてそうした。その結果、当然のことながら、革命の主目標と戦略は、まず支配の構造を破砕し、経済の仕組みを変革しなければならない、ということになり、それを実現するためには革命の主体が独裁的な権力を握り、絶対的権力を行使することによって、社会を変革し、人々の意識を変えなければならない、ということになった。まず政治権力を奪取し、その下で上からの権力的コントロールのもとに、権威主義的指導を重ね合わせて上部構造を変える、という政治権力奪取を先行させ、至上とする政治革命先行論が主流となった。社会革命や文化革命はその後に続かせればよい、との考えが主流となったのである。それが科学的な社会主義なのであり、そうでないものは非科学的で、空想的だとして、排除された。

荒畑寒村の指摘を待つまでもなく実際はロシア・ジャコバニズムでしかなかったのだが、自分たちの思想がマルクス主義的なものだと考え、そんなマルクス主義を信奉するレーニンたちボルシェヴィキがこうした考えで、ロシア革命に取り組んだつもりであったことは、ある意味では当然の帰結で、しかもそのレーニンたちボルシェヴィキの革命がとにもかくにも成功し、権威をもったから、レーニン主義は唯一絶対的な革命思想として、有無を言わさぬ権威をもった。これがロシア革命に対する一般の見方を決定付け、社会主義を誤解させ、二〇世紀の革命を失敗させた。政治革命至上主義では、決して社会を変革できず、民衆の意識を変えることができなかったことは、革命後半世紀以上にもなり、結局は惨めなあり様で形の上でも崩壊したソヴィエト・ロシアや国家資本主義の毒が体中に回った中国の最近の例をみれば明白である。

ロシア革命と中国革命の後に一体何が残ったのであろうか。ロシアの場合はなりふり構わずマフィア資本主義を導入し、市場経済の名の下に人々の間に赤裸々な物神崇拝状況が蔓延し、貧富の格差がはなはだしくなった。かつての党官僚たちは、支配的な時代に築いておいた人脈と蓄積しておいた外貨資本を利用して、マフィア資本主義時代になっても、権益を保持し、利益を享受している。エリツィンなどその代表例である。この男が共産党幹部時代に信奉していたとかいうマルクス主義、社会主義とはいったい何だったのか。こういう連中は、常に時代に迎合し、自分の権力を固めることに全力を挙げ、そこから手に入る甘い個人的利益を得ていただけにすぎない。社会主義の時代には社会主義的言辞を弄し、資本主義になれば市場経済論者になる。イデオロギーや主張はただの方便なのである。政治権力奪取を第一義とした革命では、革命的指導者を自称する人間においてもなんらの意識変革はなかったのである。

中国でもそうで、社会主義的市場経済などと、あたかも社会主義を持続しているように振る舞っているが、現実は既に国家資本主義である。人々の物神崇拝は深化し、貧富の差は増大、国家は廃絶に向かうどころか、国家権力は強化の一途を辿り、天安門事件などにみられるように人権を抑圧して、その非を平然と合理化する。当初彼らは、計画経済あるいは中央指令的経済システムが社会主義だとのとんでもないことを口にし、権力主義的に実施した。当然そのような経済システムは失敗し、崩壊するわけだが、そうなると今度はなりふり構わずプリミチブな資本主義経済体制を導入する。市場主義経済システムとか彼らが言うのがそれだ。そこには、社会主義の基本理念である物神崇拝状況からの解放という視点が決定的に欠落している。

生産手段の社会化（国有化ではない）は進まず、労働者・テクノクラートたちの自主管理は進むどころか、党官僚たちと私的資本家たちに経営（生産手段）を牛耳られ、働くものは受動的な賃金労働者でしかなく、それもいつ工場が潰れるか、失業するのではないか、などといったことを心配していなければならない、極めて資本主義社会的な日常生活を余儀なくされている。皮肉にも、マルクスが社会主義は資本主義の時代の後に生まれでると言った史的唯物論の正しさが、資本主義が未成熟な国でおこったロシア革命や中国革命によって証明されることとなったのである。

ソヴィエト・ロシアや中国で実証されたように、確かに自由と豊かさは、心理的解放とともに、社会主義社会を構築していく上で最も大切なものである。しかし考えなければならないことは、そうした自由や豊かさを実現するには、どのような過程を経過して、民衆がどのように関わりながら、いかなるスタイルでそれらを実現するのか、が大切だということである。結果として、個人の自由を抑圧しながら、あるいは民衆が物神崇拝の心理的くびきから脱却できずに、国家が経済的に豊かになればよいというものではない。資本主義的経済成長と社会主義的豊かさの達成との違いがそこにある。豊かになる過程で、物神崇拝性から解放され、社会の主人公として活動し、活躍し、心理的に充足感や生きがいに満たされる、そうした運動として日々、達成していかなければならないのだ。そうでない限り、自由は獲得されないし、心理的解放感は得られないのである。白い猫と黒い猫とは違うのである。

社会主義とは、人間が自己疎外と物神崇拝状況から解放されるために、人間的な社会を自分たちの手で築き上げることこそが目的であったはずだ。社会革命が最初にして最後の目的であった。しかしその革命の前に旧来の支配的な権力・権威が立ちふさがり、経済的束縛と暴力装置と官僚主義によって、社会革命を妨害しようとした。そのため社会革命より、政治革命を先行させて、革命側が権力を一党派独裁的に確保し、絶対的な権威を打ち立て、旧来の道徳律を復活させたり、マジョリティ民族主義を振り回すなどしてでも、反革命を撃ち破らなければならない、との主張が科学的社会主義なるものの名の下に正当化され、ロシア革命でその主張の科学性なるものが証明されたとされた。だがその結果は今日のロシアや中国の現状で明らかである。

二〇世紀はそうした政治革命先行主義の実験の世紀でもあった。実験は見事に失敗したのである。そしてそれとは違う新たな社会変革の試みが、ロシアや中国の国家資本主義への退行と逆比例するように生まれ、二一世紀の思潮となろうとしているのだ。一九六八年の市民や若者たちの社会革命運動がそれで、政治の面でも公民権運動や南アフリカの黒人解放運動、東欧の非暴力自主管理運動とベルリンの壁崩壊等の成功として現れるに至った。ロレンスの思想がこうした新しい時代に先行する思想として燦然と輝いていると言えないだろうか。

レーニン主義の呪縛から決して解放されてはいなかったライヒでさえ、次のように指摘し、そうでないかぎり「革命的と呼ぶことはできない」と言っていることは、革命という問題を考える上ではなはだ示唆的である。

「ソ連における性革命の本質をなすものは、その法律制定にありと、一般に考えられている。しかしそうした立法化、ないしその他の形式上の変化も、それが社会的意味をもってくるのは、それが、実際『大衆にまで浸透し』、いわば、それが大衆の心的構造を変革するに至るときである。ただこのやり方によってのみ、イデオロギーないしプログラムが歴史的次元での革命の原動力となるのである。いいかえれば、そのイデオロギーが大衆の感情生活や本能生活に及び深層まで変革できたときである。というのは有名な『歴史の主体的要素』は大衆の心的構造にほかならないからであり、その心的構造こそ社会発展の決定因であるからだ」

◇革命とは心的構造の変革

　奪取した権力と確立した絶対的な権威を背に専制的な独裁支配体制を敷き、文化革命という名の社会革命なるものを上からの指導という形で行うことの無意味さは、中国の文化大革命を持ち出すまでもなくそれが破産したことで、この二〇世紀に明確に証明された。権力や権威による外側からの抑圧や強制で、人間の内面が変えられるはずはないのである。内側から噴き出る情念をプロセス化することや抑圧的存在に対する対自的な抵抗あるいは闘争によってでしか、人間は自己を変革できないものだし、そのことの結果として社会も変革できないのである。

　ボルシェヴィキ革命も労働者反対派弾圧を頂点に国家資本主義への道を転げ落ちた。なんとも実に無駄で、甚大なエネルギーの無駄と多大の犠牲しかもたらさなかった。既に革命が進行中の一九二〇年代のロシアで、ウィリヘルム・ライヒはこのことを指摘し、警告したにもかかわらず、ロシア革命の国家資本主義化は食い止められなかった。政治権力奪取先行主義を掲げるマルクス主義的革命論の破綻であった。

　ロシア革命が一九一七年に勃発し、暴力的反革命を撃ち破りつつも、革命内部で急速に進行していた性革命に対して、紋切り型の口上を口にするだけで、なす術を知らず、立ち遅れた社会風土から旧来のストイシズムに満ちた道徳論が、革命の名の下に復活し、社会革命の基軸の一つの性革命が圧殺され、連動する自主管理革命も絞殺されるに及んで、ロシア革命は国家資本主義への道にはまりこんだのだが、その危険性についてライヒは一九二〇年代から三〇年代にかけて、鋭く警告している。

「政治革命には元来、訓練された強力な指導性と、それに対する大衆の信頼だけが欠かせない条件である。しかし文化革命は大衆個々人の心的構造の変容を要求する。これをめぐって、その当時、実践的理解はさておき、ほとんど何ら科学的把握がなされていなかったのである」

「機械の助けをかりた人間だけが歴史をつくるのであって、機械だけが歴史をつくるのではない。したがって生産手段の社会的所有の確立が、自由で、民主的な社会の基盤となる。しかし、それは、そこにいま自由で、民主的な構造が建設されるであろうということを意味しない。いわば、この革命の担い手である人間の心的構造が変革されていない今日、イデオロギー的上部構造の革命は起こり得ないということである」

「大衆心理という厄介な問題に対するこうした処理の仕方は、人を惑わしやすく、危険でもある。すなわち、『社会とその社会諸機関のもつ経済基盤を変えてしまえ、そうすれば人間関係は自ずと変わっていくものだ』という見方である。ファシズム運動の成功したあとになってみると、つぎの事実はもはや疑えない。すなわち民衆の心的構造および性的構造の形態上の諸関係が自ずと一つの力になり、やがて社会に対し広範囲にわたり影響力をもつようになるという事実である。これに気づかないことは、生きた人間を歴史から排除することになる」

スターリンが絶対的権力を握り、ファシズムがドイツやイタリアを褐色に塗りつぶしたあとになっては、つまり一九三〇年代半ばの頃には、ライヒのこうした叫びも空しく聞こえるが、人間の心的構造が変わらない限り、社会は変革されないどころか、その対極に歴史の軸を移動させ、革命は逆なものに変容するのだと、ライヒは正しく叫び続けたのである。

しかしそう叫ぶライヒもまた、無理からぬこととはいえ、政治革命至上主義のレーニン主義の重力圏から逸脱できず、このような中途半端な主張しかできなかったのである。心的構造は決して権力主義的、権威主義的には変容が不可能であり、したがって社会革命はレーニン主義的な政治革命方式では実現不能であったのだ。その意味でマルクスの政治革命理論もまた誤っていたと言える。その誤りが人類に分かるまで、パリ・コミューン以降およそ一世紀を必要としたのである。革命的ロマンチシズムの形を取りながら、権力主義的な暴力を必然的に伴う政治革命至上主義は破産した。破産したと分かったとき、ロレンスの「優しさの革命」が甦ってきたのである。

◇コニーの冒険

ロレンスが資本主義の非人間的体質を告発し、一方でボルシェヴィキ革命の国家資本主義への退行を鋭く見抜き、「優しさ」を核心とする社会革命を押し出すことによって、人間の物神崇拝の呪縛からの解放を追求したことは、病魔に犯され、残り少ない余命を知った著者が、自らに鞭打ちつつ書いた『チャタレイ夫人の恋人』にあまりにも明らかである。だからといってロレンスが、そうした「優しさの革命」について、ほとんど具体的に書いていないからと批判することはお門違いもいいところである。あの汚辱と血にまみれた社会主義レアリズムの信奉者ならいざ知らず、そうしたことを口にするだけで、その人間の文学に対する無知と非文学性を露呈してあまりあるからだ。暗殺されたビートルズのメンバーのジョン・レノンが『イマジン』の中で、国境のない、愛と平和に包まれた人類の現在と未来を切に願ったからといって、政治音痴の音楽家がたわいない空想を無責任に歌っていると批判することの愚かさと同じである。

とはいえロレンスは、遺書ともいえるこの作品の中で、革命のイメージをサンボリック（象徴的）に、まるでノートの断片に書き記すかのように、メモ書きしているから、作品の順序に沿って拾い上げてみることにする。イメージの凝縮の過程が浮かび上がる気がするからである。

主人公の一人のコニーは、貴族の家庭に生まれたが、自由主義的な教育を受けた女性である。父は王立美術院会員だったし、母は社会主義の影響も受けた知識人で、フェビアン協会のメンバーでもあった。芸術と政治の洗礼を受けて育ったのである。ただしロレンスはそうしたコニーを姉のヒルダとともに「芸術家と教養ある社会主義者たちにはさまれて、反動的芸術教育とでも言うべき教育を受けた」と皮肉っぽく描いている。それでもドレスデンに留学して音楽を習ったり、哲学や社会学や芸術について友人たちと論じあったりして「自由！」の味を存分に味わい、またベルリンにもつれていかれ、社会主義者の大きな集会に出ることも珍しくはないといった青春時代をおくった。

〈彼女らは世界主義者であると同時に地方主義者でもあった。そして純粋な社会的理想と調和するような芸術上の世界的地方主義というようなものをいだいていた。〉

この何気ない人物描写で気がつくことは、「世界主義者であると同時に地方主義者」ということで、決して国家を思想のスタンダードにしていないということである。インターナショナリスト（世界主義者）でコミューン主義者（地方主義者）であって、それが「純粋な社会的理想」の内実となっていた。ここでいう「芸術」の実体がエロスであることは当然である。エロスとは、美であり、愛であり、悦びであり、自由であった。優しさだった。コニーは一五歳でドイツに留学、自由の味を知った。

〈まったく自由だった。自由！それはまことに偉大な言葉であった。広々とした野外に出て、朝の森に行き、歌のうまい若い男たちといっしょにいて、思うままにふるまえる自由――なかでも――自分の好きなことを言えるという自由。〉

こうした自由な若い魂をもった女性が、クリフォード・チャタレイと結婚し、ブルジョワ家庭の空虚さと欺瞞性と物神崇拝の凝り固まりを鋭く感じとり、しかもクリフォードが性的に不能で満たされぬ日々を送っていたから、コニーがそうした日常性に反逆する下地は十分あった。『チボー家の人々』の主人公ジャックに共通するものがあるのである。こうした状況を明確に意識化してくれた人物が、プロレタリア階級の主人公メラーズだった。

ライヒは「階級間の性の自由化は、それでも階級支配を破る危険な弱点を意味する」と言っているが、階級の異なるコニーとメラーズとの性の交渉は危険なものとされ、それだけでスキャンダルとなるものであった。ヨーロッパ社会といわず、今日の日本社会でもそうなのだが、そうした階級社会では「抑圧された階級の成員との性行為も忌み嫌う観念」が存在し、「経済的には可能であっても性の道徳律が厳存するかぎり」、異なる階級間の性交渉はタブーとされてきたのである。コニーがスキャンダルの危険をも冒してこうしたタブーを破り、下層階級の使用人とエロスを追求したことそれ自体が優れて革命的な行為なのであった。その彼女の行為を比較的容易ならしめたのは、生まれ育った自由で、知的な環境であった。

◇未来へのイメージ

ロレンスは求めるイメージを『チャタレイ夫人の恋人』の中に散りばめていく。

〈ああ、向こうで火花を発している電気じかけの外界の物質を退け、生活の優しさ、女性の優しさ、欲望の自然な豊かさを護るために、共に戦う人間さえいたのだったら!〉

優しさと豊かさ、そして美。ロレンスにとっては美は悦びであり、陶酔でもある。優しさや豊かさとともにエロスの現象の一側面でもある。カットグラスの、燦然と輝くカット面なのだ。「彼女に見いだしている美」、「美の陶酔というべきもの」、「壮麗な美の鼓動」、「この暖かい、生き生きとした接触によって感ずる美」といったイメージが言葉となって表出し、それが性の宴によって紡ぎ織られていく。

〈寒くなり、彼は咳をした。気持ちのいい冷たい風が丘の上を吹いていた。彼はあの女のことを考えた。もしも彼女を自分の腕に暖かく抱き、二人で毛布にくるまって眠るならば、自分の持っているもの、これから持てるかもしれぬもののすべてを投げ出してもいいと思った。彼女とそこで逢い、一枚の毛布に暖かく包まれて眠る。ただ眠ることができれば、永遠性のあらゆる希望も、今までに手に入れた利得も、棄て去ってもいいと思った。女を抱いて眠ることだけ、それだけで充分だと思った。〉

この一節は、ロレンスにとって未来へのイメージであるとともに、現実との闘いに疲れた人間の癒しを希う闘争者の苦悩の表白であり、同時に切ない願望でもあることに気づく。「ただひたすらに眠りたい」と呟いたロルカやオーウェル、「温かい夕餉」を求めてさまよい歩く作中人物を登場させたツルゲーネフをふと思い出す一文である。

ロレンスの眼は、目指す世界のイメージを現実化するための、人間の生き様に向かう。それは他の人間も、つまり社会もそうした生き方を選択してほしいという切ない呼びかけになる。

〈「なにかほかのことを求めて生きよう。自分のためにでも、ほかのだれかのためにでも、金を作ろうと考えるのはやめよう。いまはおれたちは強いられている。おれたち自身のためには少し、それに親方のためにたくさん金を作るように強いられている！大声で怒鳴ったりする必要はない。少しずつ、工業的な生活をやめて後戻りをしよう。金はほんのちょっとで足りるんだ。みんなそうなのだ。おれもおまえも、親方も主人もそうだ。ほんのちょっとの金で実際の用は足りる。ただ決心をすればいいんだ。そうすれば混乱なんかなくなるんだ」彼はちょっと休んで、また続けた。

「で、おれはあいつらに言ってやろう。見ろ、ジョーを見ろ！あいつは生き生きと働いている！あいつがどんなに元気で気持ちよく働いているかを見ろ。あいつは美しい！ところでジョナを見ろ!あいつは不器用でみっともない。あいつは決してすすんで己が身を動かそうとはしないからだ。――おれはあいつらに言おう。見ろ!おまえのからだを見ろ!肩は傾いていて、脚はねじれ、足はむくんでいる!そんなひどい仕事をして、いったいおまえ自身のためになったか?おまえ自身を台無しにしてまでそんなに働く必要はないんだ。服を脱いで、おまえのからだを見てみろ。本来、生き生きとして美しくなければならないおまえが、醜く、死人も同然じゃないか。そしておれは彼らに違う服を着ろと言ってやる。たとえばぴったりした赤い、明るい赤のズボンと、小さく短い白い上衣だ。赤いちゃんとしたズボンをはいているだけで、男というのは一ヵ月で変わるんだ。再び人間らしくなる。人間らしく!そして女の方は思うとおりのものを着ればいい。男が真紅の美しいズボンをはき、白い上衣を着て立派な尻を見せて歩きまわるようになれば、そのときは、女も女らしくなる。女が男性的になったりするというのは、男が男らしくないからだ。そしてやがてこんなテヴァーシャル村は打ち壊して、何棟か美しい建物を建てる。そこにおれたちが住む。そしてその地方をもういちど美しくする。子供はたくさんはいらない。世界は人口過剰だからな」〉

このイメージはこの作品の最後の部分でも再度繰り返されている。それほどロレンスにとって、このイメージは強く訴えたかった主張なのであった。

◇権力の壊死

いまや主人公のメラーズとぴったり重なり合ったロレンスの思い描く世界は、最初は孤独な心の裡にだけしまってあったが、コニーと知り合ってからは、まずコニーとの二人だけの世界で、そしてその二人だけの世界は炭坑地帯のテヴァーシャル村へと視野を拡げ、遂に地球全体へと広がる。

〈「人間の世界は自分自身のひどい残忍さのために、現在のような運命になり下がったのだ。植民地へ移っても安全じゃない。月の世界へ逃げて行っても、振り返れば、汚れた、残忍な、不愉快な地球が星々のあいだに見える。人間が汚したんだ。おれは恨みを呑みこんだような気分になる。胸はむかついてくる。そしてその恨みが内側からおれを食い破ってくるから、どこへ逃げても逃げきれないような気になる。しかしどうかすると、すっかり忘れていることもある。この三百年というもの、人間にどんなことがされてきたか。全く恥ずべきことだ。人間は働き蟻になってしまった。人間らしさはなくなり、ほんとの生活さえもなくなった。おれはもういちど地表から機械を消してしまいたい。そして工業時代を汚点として、それに完全に終止符をうちたい。しかし、おれにそんなことができるわけはないし、だれにもできないことなのだから、自分の平和を守って、自分の生活をする努力をしたい。生きていかなければならないというならばだ。それも実は疑ってはいるのだが」〉

人間が地球を汚した、という告発は現代のエコロジー運動の原点である。産業革命と資本主義が、人間を物神崇拝の亡者にしたばかりか、際限なき経済的利益追求のあまり、地球そのものを汚した。人間はそれでも何かにとりつかれたように働き蟻になり下がり、本当の生活も失ってしまった。ロレンスのこの主張は二一世紀を目前にした今日においては、確かに人々は聞く耳を持ち、環境と生態系を護る運動に参加するものも増え、ヨーロッパなどでは緑の党とかグリンピースといった政治運動や戦闘的市民運動が存在するようになったが、ロレンスの時代にあっては、考えられないことだった。「しかし、おれにそんなことができるわけはないし、誰にもできない」と彼が悲観的にならざるを得ないのも当然であり、そうした状況下では、生きていかなければならないということに対してでも懐疑的にならざるを得ないことも当然で、せめて「自分の平和を守って、自分の生活をする努力をしたい」とささやかながらの自らの生き様を追求しようとしたことは十分理解できるのである。

この一文は、ロレンスにとって性の解放が単なる断片的な人間存在の在り方を追求するものでも、芸術・文学の可能性を追い求める実験でもなく、壮大な社会革命思想の中心的な一環であったことを明らかにしている。性の革命、エロスの世界の追求という自主管理の世界の構築、物神崇拝からの解放、物欲・金銭欲から解放された人間的な世界の構築とその人間的世界における主人公性の確立、そして金を求めてのあくせくした労働より生きることの楽しさと生活の場での美の追求、地球への慈しみ——ロレンスにとってこうした思いと考えは一体的なものであったのである。

ロレンスのこうした思想がボルシェヴィキ革命の思想よりはるかに進んだものであり、社会を変革するのに有効であったことは、第二次大戦後の世界の歴史をみれば一目瞭然である。ボルシェヴィキ革命は精々、ボルシェヴィキという一つのセクト（党派）が権力を握り、独裁専制の手段を駆使してその権力を保持するのに精一杯で、実体は国家資本主義へ退行、変質しながら建て前だけは、社会主義だとの主張に固執し、その言葉に自己疎外されてとんでもない国家テロリズム体制を築き上げ、民衆を抑圧し続けた。社会は停滞し、人々は生気を失い、生きながらの死の道を選ばなければならなかった。確かに原爆をつくり、自動車工場を建設し、ビルを建て、スプートニクを飛ばしたが、ロシアの民衆は社会の主人公であるどころか、党官僚に抑圧された奴隷的な存在から抜け出ることはできなかった。当然社会は進歩しなかった。欧米の言葉では、「社会」と「人々」とは同義である。

それに比してロレンスの思想は、社会革命を本質としているだけに、永続的な抵抗運動の精神となり得た。ボルシェヴィキ革命の失敗がスターリン主義の非人間性という形で明らかになり、ハンガリー、ポーランド、チェコ等で民衆の抵抗運動が自然発生し、遂にベルリンの壁崩壊に至り着いた。その一方では、資本主義社会も矛盾が増大し、行き着いた先に果てしなき人間のスクラップ化が進行し、同時にその矛盾は非人間的なベトナム戦争に凝縮されていき、それが臨界点に達したとき、全世界的に若者や市民、労働者、テクノクラート、知識人たちによる反乱が起き、それを契機に反原発運動等のエコロジー運動、無農薬農業運動、消費者運動、いちご白書革命、カリフォルニア性革命、黒人公民権運動、少数派労働者運動、フランスをはじめとする先進国の学生反乱、ドイツ学生の裁判制度改革運動、徴兵忌避運動等々の数限りない民衆の抵抗運動が同時多発的に起こり、持続し、発展して今日に至っている。いずれも社会革命の運動として位置づけられる。

もし政治革命が、民衆にとって望ましい形で起こるとすれば、こうした抵抗的な社会革命の果てに、その成果の総和と一連の運動・活動のプロセスおよび結果として起こるのである。プロセスそのものが革命なのであり、権力を握ることは民衆にとって革命でもなんでもない。プロセスの一つ一つにどのような人間的な意味があり、価値があるかが問題なのである。そのためにはプロセスの様々な段階で、常に民衆が主人公性をどのように追求し、確立していったかが重要なのである。権力とはすぐれて〈物〉そのものなのである。〈物〉が人間を物神崇拝状況から解放するなどあり得ない話である。

国家の廃絶あるいは国家の消滅がなぜ不可欠であるのかということは、〈物〉そのものである権力によって支配される国家が存在するかぎり、そのこと自体で人間の物神崇拝からの解放を不可能ならしめ、矛盾するからである。なぜ革命が進行している最中にレーニンが『国家と革命』を書いたのかということは、おぼろげながらもこのあたりの不安を彼が抱いていたからではなかろうか。実はこの著作は物神崇拝からの解放を目標とした本来の社会主義革命論とははなはだしく矛盾するものであったが、それはマルクス主義自体の矛盾でもあり、レーニンも自らの自己矛盾を避けて通った感が強い。彼のそうした矛盾は、やがてスターリン主義時代に明確な形を取り、ロシア革命の命を磨滅させ、奪うことになるのである。晩年レーニンは官僚主義の危険性を説き、官僚主義が革命を滅ぼすことを再三、指摘しているが、党官僚とは、〈物〉そのものの権力によって支配され、統治される国家という物神に仕える忠実な下僕であり、司祭であり、執行官であって、〈物〉のシステムに寄生する反人間的存在なのである。

だからもし人間が、こうしたマルクス主義の政治革命論の矛盾に気づき、二〇世紀の社会主義革命の失敗を総括して、再び抵抗運動を基調とする社会革命を目指す原点に立ち帰るならば、権力とそのシステムは民衆の侮蔑の中で、もはや冷笑されることもなく、老衰の中で自然に壊死するだろう。つまりそうしたプロセスをたどった社会にあっては、民衆を抑圧支配する政治権力は自然に壊死するのである。ほとんど権力サイドの抵抗を受けることなくベルリンの壁が崩壊したことが、このことを証明していると言えよう。ライヒの言う「心的構造」はその過程、過程において民衆個々の対自的行為を通して自然と形成されるのである。その逆があり得ないことは、まさに二〇世紀にロシア革命をはじめとする一連のボルシェヴィズム革命の破産が証明した。

◇永久抵抗運動の戦闘宣言

確かに多くの天才がそうであったようにロレンスは時代に早すぎて登場し、短い生涯を終えた。半世紀早かった。だから当然、自分の見解や思想が世に容れられるなどということは、自分でも考えられなかった。自分が「アウトダフェ」（異端者の火あぶり）の刑に処せられるだろうとさえ思わざるを得なかった。だから異国の地で私家本として少部数だけ密かに出版した。しかしそれだけに、妥協することを拒否し、絶対的否定主義者として自らを定位した。

〈「ではあなたの存在の核心ってなんですの?」

「目には見えないものなんだ。僕は世の中を信じない。金銭も、進歩も、文明の将来も信じない。もし人類に未来があるものなら、今あるものとはまったく別個のものでなければならないと思う」〉

コニーに訊かせて、メラーズが答えるという設定でのこの問答で、ロレンスは革命者としての自己を明確に打ち出している。しかし「じゃ、ほんとうの未来ってどんなものであるべきなの?」とコニーに問わせる形で、メラーズというロレンスは「わからない。でも僕は心の中で感じている。それは怒りと混じり合っているのだ。だがほんとうはどういうものになるのか僕にはわからない」と述べている。「怒りと混じり合っている」というのは、未来社会が決して完成されたユートピアではなく、たとえロレンスが想い描くエロスに満ちた未来社会が到来しても、そこでは「怒り」がたえず渦巻き、時には充満し、エロスへの生を闘いとらなければならない、そんな社会だと考えているのである。

革命は抵抗闘争のプロセスそれ自体であり、永久に完結するものではないからである。千年王国の理想社会が到来して、それから果実を味わうなどというものではないのだ。たとえ敗北しても、その敗北の中に意味と価値を見いだし、味わうものなのだ。苦く、辛く、悲しいことが多いが、いやほとんどだが、しかしそうしたシジフォスのごとき不条理な行為に意識して身を投じることが、すぐれて人間的なことなのであり、そこに人間にだけ許された味があるのである。人間が歴史の中で死ぬことができるのも、それが故である。

未来永劫に続く抵抗の世界であり、まさにカミュが言う不条理な世界である。『シジフォスの神話』で語るドン・ファンである人間たちの苦行にも似た営みの世界でもある。それはプロレタリア革命が成就した暁には、理想的な人間的社会が現実化し、もはや自己疎外も物神崇拝状況も存在せず、「能力に応じて働き、欲求に応じて取る」ことが可能な平和で豊かなユートピア社会が到来するとの青写真を描いたマルクスたちの未来社会とは異なる。

ではそうした永久抵抗社会における核質とはなにか、という問いに対してロレンスはコニーに答えさせるという形で、「優しさという勇気」を挙げている。人間に対する「優しさ」は、権力など非人間的な暴力に対する「怒り」となり、怒りを行為、行動によって示すには「勇気」がいる。真の優しさは大変な勇気を必要とするのである。「優しさの革命」は言葉とは裏腹に、非常に厳しい人間性を要求しているのである。

コニーによって未来社会のイメージの内実を与えられたメラーズは、こうして優しさの革命のために戦闘宣言を発する。

〈「私はひととひととの間の、肉体的意識のふれあいのために戦う」と彼は自分に言い聞かせた。「それから優しさのふれあいも。それに彼女は自分の伴侶だ。そして、これは、世界中の金と機械と、生気を失った観念的な猿にたいする戦いなのだ。彼女はその戦いにおいて自分の後ろ盾となるだろう。女性を得たというこの喜びはどうだ！私とともに生活し、私にたいして優しく、私をわかってくれる女を得たのだ。彼女は粗暴でもないし、馬鹿でもない。彼女は優しい、わきま

えのある女だ」〉

そしていま一度、未来社会のイメージを描く。人間は牧羊神パンのようにあるべきだ、と語る。〈「生活することと消費すること（と）は違うのだ、とさえ言ってやれたら、と思います。だがそんなことは役にたちません。金をかせいで消費するというようにでなく、生きるのだというように教育されていたなら、男たちが真っ赤なズボンをはけば、そんなに金のことは考えなくなるでしょう。皆が踊ったり、はねたり、歌ったり、ふんぞりかえって歩いたり、きれいにしていれば、金などはごく少しですみます。そして自分たち自身で女を楽しませ、女たちに楽しませてもらうのです。裸になり、きれいにしていて、皆で歌を歌い、昔の踊りをみんなで踊り、自分の椅子に彫刻をし、自分の紋章を自分で刺繍する、そういうことを学ぶべきです。そうすれば金はいらなくなります。産業問題を解決する方法はただこれのみです。人間を、金を使わなくても生きられるように、美しく生きられるように、訓練すること。しかし、これはできないことです。人々はいま、皆、偏狭な考えにこりかたまっているのです。群衆は考えるということができないのですから、考えようとしないのも当然なのです。人間は生き生きと快活であるべきです。あの偉大なるパンの神のごとくであるべきです。彼のみが群衆にとって永遠の神です。望むならば、もっと高い信仰を持つ少数者も存在しよう。しかし、大衆は永遠に異教徒であるべきなのです」〉（注・（と）は梅本が補完）

◇『資本論』と『チャタレイ夫人の恋人』

一八世紀にイギリスで起きた産業革命は、ほぼ同時期に勃発したフランス革命とともに、現代史の出発点となったものだが、そのイギリス産業革命は二人の偉大な思想家を生み出した。マルクスとロレンスである。マルクスは産業革命とその社会経済的システムである資本主義の徹底的な分析から『資本論』を著した。ロレンスは産業革命がもたらした人間の物神崇拝的壊死状態の究明から『チャタレイ夫人の恋人』を書いた。両著作とも、状況を象徴するモデルとしての小宇宙を二人の著者は設定しているが、そのような手法をとらない限り物神崇拝状況下の世界を描くことは不可能であったに違いない。

マルクスの『資本論』は、若き日々に考究した自己疎外論を前提に、産業資本主義を徹底的に分析し、人間性を空洞化している物神崇拝状況をまず指摘し、ミシュレの『魔女』を想起させるようなモデル設定をして、資本主義の本質を明らかにしている。ベルリンの壁崩壊でマルクス主義は現実性を失い、資本主義が勝利したなどと愚かな日本マスコミは囃し立てているが、マルクスの業績が今日においても燦然と輝いていることは明らかである。

近代経済学が資本主義経済の構造とメカニズムをそれなりに解明し、確かに行政や経営の実務に貢献していることは事実だが、残念ながら人間の内実との関わりが希薄であり、効率的で円滑な経済運営の結果として社会を豊かなものとし、人間を幸せなものとする、との思想に支配されているとも言えよう。ある意味では、経済的土台が人間の意識など上部構造を規定するとしたマルクス主義を逆手に取った「逆さマルクス主義」だとみることもできる。しかしその近代経済学理論では、物が抽象化された究極の商品である金（資本、数字、記号、情報）による、人間の自己疎外、つまり物神崇拝に取りつかれた虚ろな人間の圧し潰された状況について、アプローチしていない。アプローチできない。そうすることが学問の性格から不可能なのである。

それに対してマルクスの方法論では、経済と人間性との関わりを問題意識とし、学問的にアプローチした。マルクス自身は彼の哲学とその方法論から、ラジカルな革命を求めたが、皮肉なことに資本主義は自らの欠陥を補うために、マルクスの成果を摂取することによって、生き延びてきた。今日ヨーロッパでは、ほぼすべての国が社会民主主義政党が政権を握り、資本主義システムの矛盾を補正していることもその一例である。日本でも、サービス時間外労働の強要と従業員側の諦めで実態的には骨抜きにされている現実があるとはいえ、労働基準法など、マルクスの労働価値説を下敷きに作られている。バブル経済崩壊に伴い持ち株会社の是認を合法化したり、会社分割・企業再編を容易にするための商法改正など法整備を急速に進めるなどしてほぼ完全に骨抜きにされてしまったとはいえ、それでも形の上では独占禁止法によって資本集中化の弊害を防ぐ仕組みだけは存続させているのや、これまた形骸化してしまっているとはいえ、公務員給与についても民間給与との間に格差が広がらないように歯止めをかけるべく、国家（人事院）が統制しているのも、マルクスの理論に負うところが大である。ほかにも社会政策、福祉政策等の面でマルクスの労作から智恵を借りている例は無数にある。

ただいわゆる社会主義が、レーニン・スターリン主義というボルシェヴィズムによるロシア革命の失敗によって、ものの見事に破産したために、マルクスの思想が時代遅れだとか、資本主義に劣るなどと、『資本論』も『経済学哲学草稿』も『ドイツイデオロギー』も読んでいない者たちは囃し立てるが決してそうではない。むしろボルシェヴィズム政党国家が自己破産の結果、なりふり構わず、国家資本主義から私的資本主義（通称市場経済主義）へと退行し、いまやグローバルな資本主義体制が確立した今日、皮肉にも資本主義はその根源において体質的、体制的矛盾を深め、物神崇拝状況の蔓延化どころか人間崩壊の状況が世界を包み込み、どうしようもない危機的様相を露呈するに至っているのである。

それは、経済の領域だけに留まらず、人間の存在意義と価値を問う文化の領域における矛盾の総和として噴出するに至っているのであり、それだけに危機が全般化しているのである。状況総体が崩落に直面しているのだ。危機の行き着く底は全く覗き見ることはできない。土建屋ケインズ経済学や投機筋向け数理経済学になり果てた観さえ強い近代経済学にその処方箋を期待することは、この学問の性格からして無理な注文と言うべきだろう。

ここでいささか脱線すると、マルクスの『資本論』は、その学問的分析もさることながら、「原注」として彼が書いた産業革命の労働者たちの悲惨な状況を例示しているレポートは第一級のジャーナリズム作品である。当時の労働者たちの置かれた、非人間的で悲惨な状況を今日に生々しく伝える貴重なドキュメントとなっている。マルクスのジャーナリストとしての非凡さを物語っている。

さて、このようにマルクスの業績は現在もなお燦然と輝き、価値高いものだが、ただ一八四八年革命やパリ・コミューンの敗北の印象があまりにも鮮烈であったためか、政治権力奪取とその絶対的確保こそが何よりも重要だとの当時としては無理からぬ結論に達したことが現代では彼に対する評価を否定的にしていることは否めない。実際、そうした彼の政治革命論はボルシェヴィキ革命の失敗によって歴史的破産と非人間性が証明されたわけだが、だからといってそのことだけで彼の学問的業績を全面的に否定するのは間違いであろう。

そうした態度は結局、ボルシェヴィキ革命失敗の貴重な教訓を台無しにしてしまい、二〇世紀で犯した歴史と同じ誤りを、来世紀においても、反芻することなく再び繰り返し、悲劇を再来させることにもなる。政治権力を奪取し、階級独裁という名の一党派独裁によって革命の事業を完成させるという路線は、社会主義革命の社会主義革命たる所以の社会革命そのものと矛盾し、結局は国家資本主義システムしか作ることができず、物神崇拝の虜となった民衆を抑圧するために国家テロリズム化したレーニン・スターリン主義を拡大再生産するだけではないだろうか。

確かにボルシェヴィズム革命は、史的弁証法を無視したためであり、ロシア・ジャコバニズムやブランキズムの影響が強烈で、冷静なアントニオ・グラムシやローザ・ルクセンブルグをも惑わせるほど衝撃の強いものであったことは事実だが、しかし政治権力を独裁的に握り、その専制的ヘゲモニーと強権的支配の下で強圧的、暴力的に、文化革命という名の社会革命を民衆に強要することは、人間性にも反し、現実的にも不可能なのである。二〇世紀の歴史がそのことを実証し、多大の犠牲を産み出したのではないか。

ライヒの指摘するように、問題は「心的構造」なのであり、「心的構造」は外在的な強制力によっては変えることはできないのである。人間の意識や感性を変えるには、民衆が支配権力から非人間的に抑圧されながらも、自らを取り巻く状況に抵抗し、社会革命にアンガジェ（参加）することによってでしかあり得ないのである。政治権力が変わるのはそうした抵抗運動を通しての社会革命の総和であり、プロセス自体であり、結果でしかないのである。

このことは間接民主主義の議会制選挙を通しての政権確立についても同じことが言え、ルソーも鋭く指摘し、批判しているように議会制による政治変革は社会革命にとってなんらの意味も持たない。人々を物神崇拝のくびき、呪縛から解放しないからである。暴力的にであれ、議会制選挙を通してであれ、政治権力奪取先行型の社会革命はあり得ないのだ。政党制議会主義の形骸化と「支持政党なし」層の増大はそうした大衆の意識が深化していることの現れとも言える。デモクラシーの総本家のような顔をしている米国だって、最近の選挙では、ほとんどが投票率が四〇パーセント前後なのである。投票率の低さはいまやその社会の社会革命の進展度を表す目安になっているとさえ言える。ちなみにベルリンの壁崩壊前の東欧諸国の投票率はほぼ一〇〇パーセントだった。フジモリ独裁下のペルーでは、投票は国民の義務とされ、棄権する者にはかなり高額の罰金が課され、こうして法的に権利としてのデモクラシーを義務として強制される抑圧システムになっているのである。

その意味でロレンスの作品、なかでも余命少ないことを悟った彼が渾身の力を込めて、時には悲観的な気分に作用されながらも、おそらく遺書として書いたであろう『チャタレイ夫人の恋人』

は、様々な視点、角度から再検証され、再評価されるべきであろう。性革命、自主管理の追求、エコロジー、人権擁護、幸福権の追求、反戦、少数民族の権利確立、障害者等に対する社会的差別撤廃、反原発、反公害・反薬害、裁判・司法批判、官僚や企業に対する監視等の市民たちの運動や活動等を中心とする社会革命の徹底的追求こそが、二一世紀の最大の課題なのであり、この問題をないがしろにして、いかなる社会変革も、政治変革も、経済矛盾の解決もあり得ないのである。

日本はこの面では、世界的に決定的に立ち後れている。現在の日本の失速状況あるいは混乱を、単なる経済システムの矛盾であり、その根源の金融システムさえ是正すれば、社会は再び安定するかのように支配者たちは囃し立てているが、そんなものではない。もっと根が深い社会革命の立ち後れが原因なのである。それはすぐれて社会的、文化的、文明的な問題なのだ。個人が、自分や自分たちを取り巻く状況に対してどのように関わり合うのか、という問題なのである。自分が関わることのないシステムの問題などではない。政治の失速や経済の混乱は、そして社会の悲劇的事象は、そうした状況総体の壊死状態が表面に現れたたままの現象にすぎないのである。

たとえ一時的に景気が回復しても、根元的な原因が民衆自身の社会革命参加によって、解決へと踏み出していなければ、早晩、もっと酷い形で社会的危機が再び襲ってくるだろう。六〇年安保闘争や六八年全共闘・反戦運動を警察機動隊による暴力で抑え込み、一切の社会革命を抑圧した結果が今日の全般的危機を招来していることが、日本人にはまだわかっていないのである。そうした時、日本の最高裁が未だにチャタレイ裁判の違法判決を破棄しようとしないことは、笑止千万と言わなければなるまい。

補章　執筆メモ

本書は伊藤整訳・伊藤礼補訳『完訳チャタレイ夫人の恋人』（新潮文庫・新潮社）および伊藤整訳『チャタレイ夫人の恋人』（新潮世界文学四〇・ロレンスⅡ）を底本として書いた。この二冊に全面的に依拠することに、本書執筆の大きな意義があるからである。伊藤整訳本が司法権力によって検閲削除され、最高裁で有罪判決を受け、訳者が刑事犯罪人の汚名を着せられて、今日に至っているからであり、伊藤礼補訳本がそうした父の偉業を引き継いで、有罪を覚悟してまで再度、日本の読者にこの二〇世紀最大の文学作品の一つと評価されているロレンスの傑作を紹介してくれているからである。つまり日本にあっては、『チャタレイ夫人の恋人』とは、D・H・ロレンスと伊藤整・礼父子との一体的な共著訳作品として扱われるべきだ、との考えが私には強く、本書においてもそうした考えから、あえて原書には関係なく、またロレンスの他の作品を参考にせず、読み、論を進め、執筆した。

この二つの訳書が一体化した『チャタレイ夫人の恋人』それ自体が、歴史的な作品なのであり、ロレンスの原書や他の訳書とは全く異なる重みと意義とを持っているのである。だから、例えばペンギン・ブックス本から私が訳して、本書に引用することは、本稿を書く上で全く意味をなさない。私ならこう訳したいなどと思っても、この両テキストを忠実に引用したのはそのためである。両テキストの引用文は原則として〈〉で示しておいた。本来であれば、この作品の価値を深くすくいとり、ロレンス思想を十分評価し、今日なおなぜ本書が有罪状態に置かれているのかといった疑問を解きあかすためにも、検閲削除された部分の全文を引用し、吟味しなければならないところだが、分量的に全く不可能であり、はたして何パーセント引用できたであろうか。読者にはぜひ、伊藤礼補訳本でよいから、原文をじっくりと読んでいただきたいと願うものである。

この二つのテキストには、伊藤整の『チャタレイ裁判について』と『「チャタレイ夫人の恋人」の性描写の特質』の二つの論文、小川和夫の『解説・ロレンスの作品』、伊藤礼『改訂版へのあとがき』、安藤一郎『解説』の五つの論文が収録されている。いずれも非常に勉強になり、本書執筆にあたり参考にさせてもらうとともに、引用させてもらった。特に、伊藤整が法廷で解説するために書き下ろした『「チャタレイ夫人の恋人」の性描写の特質』は、誰にでも分かるように丁寧に書かれているが、どうしてこのように誠実で真摯な解説を受けながら、地裁も、高裁も、最高裁も、日本の裁判官どもは理解できなかったのか、不可解と言うしかない。飛田茂雄の小論『チャタレイ判決は生きている』によれば、『チャタレイ夫人の恋人』は、確かに英国、米国、ドイツ(当時は西ドイツ)、スウェーデン、デンマークなどで問題とされたが、いずれの国の裁判所でも罪として問われることはなかったという。

飛田は「日本の最高裁判事諸公は、道徳や教育について無知なのか、自信がないのか、それとも年をとりすぎているのだろうか」とずいぶん思い切ったことを書いているが、確かにそうした要素はあるだろうが、やはり私は自分のこれまでの三〇年余に及ぶ裁判経験から総括して、日本の裁判所の裁判官たちは、あまりにも政治権力と経済システムの側につきすぎ、歴史や社会の流れ、動きに無知で、しかも社会正義と人権に対する意識と感覚が欠如しているところへ、官僚化しすぎ、裁判官に対して絶大な権力を握っている最高裁事務総局の前に卑屈になり、自己保身の塊になり、こうした世界的非常識とも言える判決を下しておかしいとも思わないようになってしまっていると思える。

この傾向はますます酷くなるようで、そんな一例が九八年末にも見られた。仙台地裁の寺西和史判事補に対する分限裁判がそれである。新聞報道によれば、寺西判事補が、九八年四月に東京都内で開かれた組織犯罪対策三法案に反対する集会で、裁判官であることを明らかにした上で「盗聴法と令状主義というシンポジウムにパネリストとして参加する予定だったが、地裁所長から懲戒処分もありうると警告を受けたので参加を取りやめた」、「仮に法案に反対の立場で発言しても裁判所法に定める積極的な政治運動に当たるとは考えないが、パネリストとしての発言は辞退する」との趣旨の発言を行ったことに対して、最高裁は「積極的に政治運動をして裁判官の職務上の義務に違反した」と判断し、戒告処分を妥当とする判決を非公開の大法廷で下した。何でも「裁判官は、外見上も中立・公正を害さないように自律、自制すべきことが要請される」のだそうで、パネリストとして出席できなくなったと断る発言をしただけで「積極的な政治運動」をしたと決めつけられたのだから恐れ入るほかない。裁判官たるものはこの程度の発言さえも許されないという、人権不在状態にあることも是とする判断を示している。

国民はすべて基本的人権を保障され、言論・表現の自由がある。その当然の権利を行使した、というより行使しようとしたところ、駄目だといわれたので出席できなくなったと弁明しただけで、処分された。裁判官には基本的人権がないとの思想だが、自分の人権が守られず、人権を守るために行動することを抑圧されて、一体どうして国民の人権を真剣に考え、護ることができるのか、理解不能である。ジャーナリストもそうだが、社会正義や人権擁護を訴えるとき、ジャーナリストはそれにふさわしい言行一致の行動を可能な限りの努力を尽くして、追求しなければならないのである。ジャーナリストや裁判官のしんどさ、苦しさは、そこにあると言えよう。筆や口で言っていることと、日常自分がやっていることとが違っていては、様にならないのである。裁判官やジャーナリストのダンディズムは、そのあたりにあるのではないだろうか。

ただし、確かに裁判官が特定の思想に凝り固まって、自分の思想どおりに判決を下してはならないことは当然である。まして、伝えられているところによると、特定の宗教組織のメンバーやシンパサイザーが結構、裁判官や検察官になっていると言うから、そんな彼らがセクト（宗教的分派）の利害に左右されて独断的な判断で判決を下すようなことがあってはならないことは言うまでもないことである。そうした事態を防ぐ意味でも陪審制度（参審制度を含む）がぜひ必要なのである。官僚化し、官僚主義化している現在の裁判制度を是正する上でも陪審制度が必要なことは言うまでもない。デモクラシー制度下にある国家においては陪審制裁判制度は当然で、官僚化した裁判官が社会正義の名の下に判断し、判決を下すこと自体が非常識なのであり、異常なのである。裁判官というのはそれほど卓越した、神のような人間なのであろうか。

この寺西判事補に対する分限裁判で興味あるデータが出ている。朝日新聞九八年一二月三日付け朝刊によれば、最高裁大法廷一五裁判官のこの判決に対する意見分布が紹介されている。その内訳が実に面白い。同紙の付表をそのまま引用すると、多数意見つまり処分賛成とした意見の持ち主は、山口繁（裁判官）、小野幹雄（裁判官）、千種秀夫（裁判官）、根岸重治（検察官）、井嶋一友（検察官）、福田博（外交官）、藤井正雄（裁判官）、大出峻郎（行政官）、金谷利広（裁判官）、北川弘治（裁判官）。一方、反対意見を開陳したのは、園部逸夫（学者）、尾崎行信（弁護士）、河合伸一（弁護士）、遠藤光男（弁護士）、元原利文（弁護士）となっている。いずれもカッコ内は出身である。

一目瞭然である。処分に賛成した最高裁裁判官たちの出身職名にはすべて「官」がついている。逆に反対した裁判官には誰一人として「官」がついていない。賛成した裁判官は全員、官僚出身なのである。紛れもない司法官僚なのだ。骨の髄まで官僚なのである。中坊公平氏ではないが、「裁判官も官がついている以上、官僚なのですよ」の名言が改めて思い出される。そんな純粋培養された官僚が最高裁裁判官一五人の三分の二を占めているのである。

この分限裁判の判決で印象的だったのは寺西判事補の感想で、朝日新聞によれば「『裁判官が政治にかかわることはいけない』という結論ありきで、それに合わせて表現が積み重ねられていった、という印象がある」と述べていることである。私自身、あまた関わってきた裁判で、そうした印象が非常に強いことは、これまで他の自著でしばしば指摘したところである。事実を直視し、吟味し、真実を見極め、知性を働かせ、教養に裏付けられて、その上で論理を積み重ねていく先に判決があってしかるべきなのだが、現実の裁判はまるでそのような跡がない。

先に結論ありきで、後は適当に事実なるものをつまみ食いして張り合わせ、判決文を作成しているという印象が非常に強い。辻褄合わせさえしない。論理が滅裂で、立証されていない証拠を持ち出して裏付けていると称したり、当事者が争いもしていない着想を持ち出して恣意的な判断を下したりして強引に結論づけて、判決なる詔を宣う。不都合な事実はすべて切って捨て、理由をまったく付けず、説明もせず、文字どおりの三行半（みくだりはん）の判決文を読み下す。最高裁など門前払いの「決定書」なるものを郵便で送りつけてくる。地裁から最高裁まですべてそうだと断言してよい。そうした私の印象を、裁判官たる寺西判事補の発言で裏付けられたことの意義は実に大きい。日本司法の夜明けはまだ遠い。世界からまだ当分、日本はバカにされ続けることだろう。

壮大なる虚構、それが日本の裁判所であり、裁判制度である、と私はあえて断言したい。明治国家が成立してから、敗戦という深刻な事態を経験しながら、日本では司法権力だけが無傷で残ってきたと言える。特に裁判所がそうだった。天皇制でさえ象徴天皇制に移行したのに、裁判所だけはなんら変わっていない、と言うことができるのではなかろうか。ドイツ（当時は西ドイツ）も以前はそうだったが、一九六八年の学生革命で裁判所・裁判官の戦争責任問題が徹底的に追及され、それを契機に抜本的な改革が行われたというが、日本ではそうしたことが全く行われていない。デモクラシーなどと言いながら、陪審制度を導入しようとせず、司法官僚でしかない裁判官の恣意的判断に委ねられている。

今日、二一世紀を目前にして、日本は昏冥の中にある。経済は混乱し、人々は先を見通すことができない。ただ金融システムの破綻が原因であって、それさえ再生すれば再び日本社会は安定し、力強く発展していくだろう、との希望というより幻想にとりすがっている。だが国家・地方財政の累積債務が六四五兆円（二〇〇〇年三月現在）という、その一事だけを取り上げても、政治家や官僚やマスコミが言うような甘いものでないことだけは確かである。根元的な破綻原因は、明治国家の崩壊と日本文化の実体喪失というすぐれて文化社会的、文明的な状況崩壊にある。だから巨額の税金をつぎ込み、遮二無二銀行救済に血道を上げて、一時的には景況が回復するようなことはあるかもしれないが、サラ金地獄化した財政を前に、再びより深刻な状況悪化を招来することは目に見えている。インフレ政策の導入と軍事・治安力強化による体制維持が強行されなければいいのだが。そして問題は、こうした経済システムの事実上の崩壊以上に、人間そのものが崩壊している現実に人類が包み込まれてしまっている状況に置かれていることは、本書の前書きや本文中で指摘しておいたとおりである。

このような状況にしてしまった責任の大きな部分が裁判所にあることは、いくら指摘しても指摘しきれない。本来人間が幸せになるために作り上げてきたはずの権力機構や企業が、完全に自己疎外されて人間に対する支配者となり、人間もその状況に呑み込まれて物と化してしまった。その自己疎外物の忠実な僕（しもべ）として人間を抑圧してきたのが日本の裁判所ではなかったか。憲法も法律も本来、自然人たる人間のために作られ、存在してきたはずなのに、日本の裁判所はまず権力秩序と法人企業体制の側に身を置き、自然人を抑圧してきた。そうすることによって、いまや日本人のみならず、世界の民衆にとって桎梏となってしまいながらも、現在なお根を強固に張り続ける明治国家を生きながらえさせてきたと断言できる。日本の裁判所は今日の日本社会危機の産婆役を務めてきたのである。

アジアや欧米の日本軍による戦争被害者に対して一切、賠償を認めないとする判決を乱発して、日本の文明国としての声価を低めさせ、六〇年代の若者たちのプロテスト行動弾圧・抑圧に手を貸して若者たちを無気力化させ、欧米のみならずアジア諸国でも人権として定着してきているバカンス（長期有給休暇）をとって解雇された者に対して企業側に味方する判決を出し、誰が見ても不当労働行為を受けて人権を侵害されて苦しむ国労労組員に対して形式論理を弄んだ非常識極まる屁理屈で敗訴判決を出す。単身赴任は非人間的だと訴えた人間を敗訴させる。なりふり構わず、強きを助け、弱きを挫く。冤罪を着せられて死刑判決を受け、人生を台無しにされてしまった無実の市民に対して国家賠償責任は一切しなくてもよいとの非常識極まる判決を出しておかしいとも思わない。そうしたツケがいま、回ってきているのである。

財政の破綻と裁判の堕落（正義で裏付けられるべき権威の喪失）は、革命への一里塚である。時には暴力的な状況を伴うことがある。というより、二〇世紀までの革命史の多くは、民衆の武装抵抗から発展した暴力革命の形を取ってきた。パリ・コミューン、明治維新等、その例を挙げるのに、まさに枚挙にいとまがない。ようやく二〇世紀後半になって人類は、インドにおけるガンジーたちの独立闘争、アフリカのマンデラたちの黒人解放抵抗闘争、米国における黒人たちの非暴力差別撤廃運動、東欧諸国のスターリン主義体制からの抑圧への抵抗と自主管理革命運動、ベトナム解放闘争に連帯し自己自身をも解放しようとした世界の若者たちの総反乱、フランス五月革命で噴出した非暴力先進国革命の萌芽、といった非武装抵抗闘争が成功しつつ現実化してきた。だが日本ではまだそうした下からの非武装抵抗運動が成功した実績はない。

日本の社会はいまや根元的な危機に曝されているのである。怖ろしいのは、そうした状況の悪化に伴う全体主義的な、あるいは国家テロリズム的な動きである。警察による盗聴を正当化する法改悪に代表される市民生活への権力の侵害、国歌・国旗強制という良心の自由をも許さない束縛、裁判を批判したことだけで懲戒解雇が正当化されるという人権侵害、東海村核施設での放射能漏れやほかならぬ当の高速増殖原型炉「もんじゅ」のナトリウム事故が発生し、深刻な事態を引き起こした間近な現実が存在するにもかかわらず、それを無視して最も危険な高速増殖炉の開発と運転を是とする日本の裁判所の度し難い感覚と非常識さ、企業再編のため労働者の権利を奪い去る商法等の法改悪、弱者いじめの財政・税制・諸政策、そして憲法改悪を国会のテーブルに載せ、いまやはばかることなく改悪に向かって論議し、スケジュール化するという異常さ。

そして二一世紀に入るや国民総背番号制が実施される。商品に商品番号を付けるように、日本国民全員に背番号をつける監理制度である。新基本台帳法に基づき実施されるもので、住民票に番号を付け、個人情報を集中的に記載し、コンピュータで一元管理するシステムになっている。北海道から沖縄まで全住民台帳をネットワーク化し、たちどころに個人情報は国家権力など、それを必要とする体制の側に知られるどころか、様々に利用、活用される。怖るべき監視・管理のシステムである。人間が物と化した体制の究極の姿である。この監理のシステムを人類はかつて経験したことがあることを、もう忘れてしまったのだろうか。およそ半世紀前ナチス・ドイツの強制絶滅収容所に入れられた囚人たちは全員背番号を付けられ、番号を入れ墨されて、監理され、物として処分された。囚人たちの運命はよく知られているところである。その悲惨な状況を私はアウシュヴィッツはじめヨーロッパ各地の強制絶滅収容所で数多く見てきた。今回の総背番号制はコンピュータで処理し、オンライン化されているだけに、ナチス時代とは比べものにならないくらい効率が高い。日本人がバーコードで処理される日も遠くはあるまい、冗談ではなしに。

その一方での時代遅れの「左翼」と称する人間たちの、権力奪取の政治革命のためには手段を選ぶ必要がないとして、無差別テロを正当化する革命家たち。あるいはまた民族紛争や社会的混乱の激化してる地域での、ナショナリズムなるものを振り回して民衆を地雷の犠牲にして平然としている民族主義的指導者や自称ゲリラたち。暴力は人間が自らの尊厳を守るための最後の手段である抵抗闘争の場合にのみ許されるものであることを、無視する彼ら。

そうした総状況に抵抗し、阻止してきた人間は無力化され、対立物がなくなった官僚機構は、もはや敵なく、弁証法の自然として自らが腐ってしまった。対立物の一方が消滅した、あるいは消滅させられたとき、いま一方の対立物も消滅するのが弁証法の摂理というものである。警察と軍隊（なぜ自衛隊などと欺瞞的に呼ぶのだろうか）そして官僚の果てしない腐敗、堕落はそうした一現象である。

少し裁判批判が長くなってしまった。しかし本書の指摘し、主張したいテーマは実は、そこにあるのではない。ロレンスの描いたエロスの世界の芸術性と思想性、そして文学としての卓越性は改めて言うまでもなく、そのことは当然の前提として、さらに次のことを強く主張したかったのである。

それは、私の指が見つけだし、考えたロレンスの物神崇拝状況の弾劾であり、ボルシェヴィズム批判であり、『チャタレイ夫人の恋人』を媒介とする二〇世紀の総括であり、そうしたことと絡めてかねて私が考えてきた政治権力奪取先行型革命破産の指摘と、そのことと不可分の抵抗型社会革命への頭の切り替えの必要性――このことをなによりも言いたかったのである。フランス五月革命、チェコ「プラハの春」、自主管理革命としてのユーゴ第二革命、裁判官のナチ協力・戦争責任の追及を中心に運動を展開して司法制度を変革させたドイツ（当時は西ドイツ）の学生運動、世界的なベトナム反戦運動、若者たちの総反乱、カリフォルニア性革命などが一斉に沸き起こった一九六八年を境に世界の歴史の潮流はがらりと変わったことはいまさら指摘するまでもなかろう。

少し説明しておこう。かねてから私は、世界の文明史は一二世紀以降、ヨーロッパを軸に発展してきたと主張してきた。それもほぼ三〇〇年を周期に大変動を遂げ、今日に至っていることも指摘してきた。即ち、一二世紀のヨーロッパ中世ルネサンスを始期として、一五世紀のイタリア・ルネサンスと大航海時代、一八世紀の産業革命とフランス革命、というようにである。次の三〇〇年目が二一世紀であることは当然で、現在の世界史的な激動や混乱はそうした文明史の転換期に見られる苦痛に満ちた現象とも言える。単なる経済的な混乱といったものではない。

さてその一八世紀を始点とする現代文明史だが、およそ九〇年前後の周期で歴史が急展開しているように思える。その世紀の七〇年前後に時代を急転させ、次ぎの世紀を性格づける大きな事件が起きている。一七八九年のフランス革命、一八七一年のパリ・コミューン、そして一九六八年の若者を中心とする民衆の総反乱。一九六八年は二一世紀の方向を示し、性格づける年だった。二一世紀元年だった。

現在は次の九〇年目の二〇五〇年代に向かって歴史が痙攣しつつ進んでいる時代と考えられるが、今度の歴史転換は三〇〇年ごとの文明史的転換の時期と重合しているだけに、壮大な世界史的な展開となることが必至と言えよう。その新たなる時代は、人間が暴力から解放され、官僚主義を撃ち破り、物神崇拝から自己解放して、主人公性を確立する、そんな時代になると思える。権力・権威による人間統治の時代は終焉を迎えるのである。パソコン・ネットワークのあまねき浸透、ヨーロッパ連合発足に見られるような国境の消滅、「支持政党なし」層の増加など人間の意識の根本的な変化といったものが、権力、暴力、国家、権威等の存在を許さなくなっていくものと見られる。

意識した人間たちは、もはや時代遅れになったそうした非人間的な二〇世紀の遺物に対して抵抗し、抵抗する過程で新しい自分を見つけ、自己変革を遂げていくにちがいない。対自的な抵抗闘争である。暴力的に、権謀術数的に権力を握った一部の人間が、権力主義的・権威主義的に人間の精神構造を上から変えるという、二〇世紀型革命は害あって益なし。人々はそっぽを向いてしまうだろう。インド、南アフリカ、東欧諸国の非暴力抵抗運動の勝利、北アイルランドやスペイン等での平和路線への方針転換、パレスチナのインティファーダ抵抗運動の追求等にそうした新しい時代への萌芽を見ることができる。ただし、権力を取ろうとして手段を選ばない暴力に訴えることと、人間としての尊厳や人権を守るために武装して抵抗することとは、全く別であることを改めて断っておきたい。

ところがなんとも残念なことながら、日本においてはあいもかわず権力奪取、政権獲得とかに右から左まで、新左翼を称するセクトに至るまで、お題目のように唱えているが、もう時代遅れだ。いくらスターリンとそのエピゴーネンたちの悪業を並べ、文化大革命の悲劇を叫んだところで、人間個々にとって意味ある歴史は到来しないだろう。叫んだ彼らも、権力を手中にすれば、やはりスターリンになり、毛沢東にならざるを得ないからである。権力支配による、上からの権力・権威主義的革命ではそうならざるを得ないことをわれわれは二〇世紀にいやというほど知らされたのではなかったか。

選挙で自己の党派が多数を握ることによって「民主的に」政権を握っても同じことが言える。彼らのそうしたやり方は、「イギリスの人民は自由だと思っているが、それは大まちがいだ。彼らが自由なのは、議員を選挙する間だけのことで、議員が選ばれるやいなや、イギリス人民はドレイとなり、無に帰してしまう」と述べたジャン・ジャック・ルソー（『社会契約論』桑原武夫・前川貞次郎訳）の指摘と同じである。官僚システムの上に乗っかり、口先では適当なことを言うが、民衆を管理・支配・統治することに血道を上げ、人を〈物〉としか見ないし、扱わない。民衆が主人公となることをなによりも、誰よりも恐れるのはそんな「民主主義的」政治家どもである。

資本と情報がグローバル化し、民衆の圧倒的多数が「支持政党なし」化し、自分の人生と運命と生活に対する自己決定権を持つことを望み、優しさを求めて自らの生き様を追求し、ヨーロッパのように国境や自国通貨をなくす、そんな時代になってきているというのに、あいもかわらぬ、破産が証明された二〇世紀型の革命論ではどうにもならないのだが、彼らにはそうしたことを決して分かろうとしない。

とにかく二〇世紀に人類が犯した過ちと悲劇は、新たなる世紀には絶対に繰り返してはならない。まえがきでも触れておいたように、二〇世紀は権力と官僚の時代であった。手段を選ばず権力を掌中にすることがなににもまして優先され、重要だとの認識で動いた。まじめな人間が、まじめにそうしたから、救いがなかった。その結果がもたらしたものは、凄惨な悲劇であり、人間の物神崇拝化とスクラップ化であった。官僚だけがのさばり、民衆を支配した。

連合赤軍のリンチ殺人事件もポルポトたちのジェノサイドもみな、まじめな人間がまじめに計画し、まじめに殺した。まじめであればあるほどそうした。スターリンの粛清裁判では、誠実な革命家たちが皆、自分は祖国と革命と党を裏切った人民の敵であることを認め、自白し、まじめに処刑されていった。アルベール・カミュ流に言えば、歴史的必然性なるニヒリズムがそうした悲劇を生んだ。後にのさばったのは革命の最中には要領よく身をこなしていた官僚どもで、彼らは党官僚として、民衆を支配した。国家テロリズムが彼らの武器だった。

官僚・官僚制・官僚主義が強大な権力と一体的であることは、二〇世紀の歴史で充分証明された。近代官僚制は権力政治を貫徹し、浸透させるために発達してきたものである。だから権力を弱体化させせない限り、官僚の力を弱めることはできない。昔の官僚制が帝王や君主たちの絶対的な支配を貫徹させるための統治システムであったように、現代の官僚制が帝王以上の神たる「物神」の絶対的支配を社会の隅々から人間精神の内奥に至るまであまねく浸透させるためのシステムであることは論を待たない。

官僚の報酬を一般労働者の平均賃金以下で抑えるなどといったことでは、官僚制と官僚主義はびくともしない。官僚たちは、体制に寄生することによって、そこから様々な利益を得るからである。食糧費、天下り、公用車、コネ、交際費、接待供応、収賄等々、報酬以外にこそ彼らのエネルギー源があるのである。今日中国では、党官僚たちによる汚職に頭を痛めているが、一党独裁による強大な国家権力が存在する限り、決して汚職は解消しないだろう。

資本主義国・日本における行政官僚・警察官僚・軍事官僚、企業官僚の底なしの腐敗も、社会主義国・中国における党官僚の救いがたい汚職も、ソ連からの抑圧からの解放を目指し特権制度の打破を訴えていたはずのポーランドにおける「連帯」活動家たちの私服肥やしも、ついこの前までは社会主義の総本家を自認していたロシアのエリツィンたちの恥知らずな構造汚職も、フランス社会党幹部たちの腐敗も、コール元首相らドイツ・キリスト教民主同盟幹部の非合法な秘密資金づくりも、すべて物神崇拝から生まれた当然の現象なのである。その面でも自称あるいは正当派マルクス主義者たちの中央集権的な政治論、革命論と、経済哲学における物神崇拝論あるいは自己疎外論とは、矛盾していると言わなければならない。官僚主義の問題については既に他の刊行物で発表しているが（例えば、「ジャーナリスト同盟報」第二六八号から第二七二号にかけて連載した論文『官主制の時代』）、できるだけ早い機会に他の場所で改めてまとめて論じてみたいと考えている。

いま二〇〇〇年。私自身、この世紀に六四年間生息してきた。ひもじかった戦時中のこと、まだ小学生で子供だったが充分味わえた戦争直後の解放感、無意味そのものだった受験戦争、警職法から六〇年安保闘争にかけての解放感に満ちた学生時代、およそジャーナリズムとは遠く、無気力な企業でしかなかった時事通信社への就職とそこでの少数派労働者組合運動への関わり、ユーゴへ、ポーランドへ、北アイルランドへ、といった激動する世界への自腹を切ってのルポルタージュ取材と執筆……、思い出してみれば様々な体験をしてきたものだと思う。国内外の動きも急だった。ハンガリー革命、ベトナム戦争、ベルリンの壁崩壊、南アフリカでの非暴力黒人運動の勝利とマンデラ政権の誕生……、実にめまぐるしかった。そうした中で、なぜか私の脳裡から連合赤軍事件の悲劇が消え去ることがない。まじめな若者たちがまじめであるが故に、リンチ殺人事件を起こした。明らかに思想的破産で、スターリン主義の残影を見る思いがし、この問題を徹底的に考え、二度と過ちを繰り返さないことが大切で、そうした思いの一部が本書を書かせた動機でもあるが、このテーマについては今後さらに追求していきたいと思う。

本書で私は「逆さマルクス主義」という言葉を使っているが、そのことについて少し説明しておきたい。この言葉の主は、私の先輩記者の中村豁志氏である。もう三〇年ほど前になろうか。あるとき池田内閣の高度経済成長政策について談論していた折、下村理論に話が及んだことがあった。そのとき中村氏が下村理論は逆さマルクス主義だ、と言われた。その瞬間、言い得て妙だ、と感心したものである。私の記憶が確かであれば、下村理論では政治などの上部構造を安定させるためには、土台の経済をしっかりしたものにし、経済生活を豊かなものにしなければならない、そのためには経済のパイを大きくすることが重要になる、ということで高度経済成長政策が打ち出され、池田内閣が取り入れた。これは上部構造は土台の上に成り立つとするマルクス主義の論理を逆さにした考えで、いわば「逆さマルクス主義」である。そういった趣旨のことを中村氏は語られたと記憶する。

当時はまだ、六〇年安保闘争の温もりが残り、六八年全共闘運動が燃え上がりつつあったときだったから、この言葉は私の脳裡に突き刺さった。これだ、確かに「逆さマルクス主義」だ、と思った。後に私が経済企画庁の記者クラブ（経済研究会）詰め記者であった頃、当時の事務次官の宮崎勇氏（後に経済企画庁長官）が懇談の席で昔を振り返り、「六〇年安保騒動の時、デモ隊の波が霞ヶ関の官庁街に押し寄せて、大変なものでしたが、私はそんなデモ隊の音を聞きながら、これでは駄目だ、何とかしなければ、そのためには経済をよくしなければと思いつつ私は、高度経済成長政策の作業に取り組んでいました」と回想されていたことをいまでも鮮明に記憶している。以前聞いた中村氏の言葉が裏付けられた思いだった。

日本の近代経済学者、エコノミスト、財界人・企業経営者の多くは学生時代マルクス主義の勉強をした人が多い。勉強どころか洗礼を受けて、学生運動や共産党活動した人々も結構いる。それだけに「逆さマルクス主義」が自民党政府の理論や政策を裏付ける思想となってもなんら不思議ではない。日本の自民党の政策は、ヨーロッパの中道左派と思想や政策で似通ったところがある、というのがかねてからの私の持論だった。日本が戦後、強力に経済再建を果たし、自民党政治が安定できたのも、皮肉なことにマルクス主義のおかげだったとも言える。

私はこの中村氏の言葉が大いに気に入り、しばしば使うようになった。自著にも使うようになった。やがて、戦国末期以降の日本の経済発展の歴史を勉強し、マックス・ウェーバーや鈴木正三（すずき・しょうさん）の説を学び、近代経済学も少し聞きかじっていくにつれて、私は「逆さマルクス主義」が単に下村理論の思想的下敷きになっているだけにとどまらず、近代経済学自身が「逆さマルクス主義」ではないか、と思うようになった。近代経済学が土壌とする資本主義そのものは本来、謙譲な信仰心熱い人間が謙虚に、誠実に生きる形而下の生き様のスタイルとして発達してきたものであり、資本主義システムのもとで経済生活を豊かなものにすることが神や仏の御心に沿うもの、という宗教思想に裏付けられていた。欧米と日本で資本主義が発達したのも、封建時代を完熟させたことのほかに、プロテスタンティズムや禅宗を中心とする仏教の思想的裏付けがあったことを指摘しておかなければなるまい。

その意味で、資本主義経済を導いてきた近代経済学は、豊かな形而下世界という土台の上に神や仏の世界が形成され、人々は物質的にも精神的にも豊かな生活をおくれる、との確信を抱かせた、と考えられる。あくまでも人間に密着した経済的世界の理論として、近代経済学は発達してきたはずである。逆に言えば、形而下の世界である経済生活を豊かなものにすることによって、宗教、文化、政治といった上部構造の世界も安定し、豊かなものになる、との思想が近代経済学には内包されていたと思えるのである。つまり近代経済学も「逆さマルクス主義」だった、と考えられるのだ。

しかし、たとえ近代経済学がそのような思想と精神で構築され、発展してきたものであっても、資本主義そのものがウェーバーが危惧したように大きく自己疎外され「鉄の檻」と化してしまって、近代経済学は「逆さ」であれ、「マルクス主義」的要素を失ってしまったことは、とりわけバブル経済が崩壊した今日の状態を目にするだけで明白であろう。金融資本主義の最終段階に達した資本主義は、人間世界から離れてしまって、先物取引きから派生した金融商品といった投機的なものを中心とするようになり、それが世界の経済を瞬時にして崩壊させてしまう怪物となってしまった。数式やグラフなどを用いて投機の理論とし、瞬時にして世界経済を大きく動かす。そこには人間の顔や手が入り込むスキがない。人間の手を離れ、人間に興味や関心を持たない「経済」という怪物が人間世界を支配し、左右する。

ウェーバーが『プロテスタンティズムの倫理と資本主義の精神』で締めくくる次の言葉と、マルクスやロレンスの思想と、なんと共通するものがあるだろうか。

「将来、この鉄の檻の中に住むものは誰なのか、そして、この巨大な発展が終わるとき、全く新しい預言者たちが現れるのか、あるいはかつての思想や理想の力強い復活が起こるのか、それとも――そのどちらでもなくて――一種の異常な尊大さで装飾された機械的化石と化することになるのか、まだ誰にも分からない。それはそれとして、こうした文化的発展の最後に現れる『末人たち』にとっては、次の言葉が真理となるのではなかろうか。『精神のない専門人、心情のない享楽人。この無のもの（ニヒツ）は、人間性のかつて達したことのない段階にまですでに登りつめた、と自惚れるだろう』と」（大塚久雄訳）

あとがき

本書執筆に当たり、補章冒頭に挙げた文献以外に、コロンタイ、トロツキー、立原信弘ほか著『ロシア革命と労働者反対派』（本間暁・八木哲子・時田昌瑞・北村孝一訳、海燕書房）のほか、ウィルヘルム・ライヒの次の二文献を参考にさせてもらい、引用もした。『セクシュアル・レボリューション』（小野泰博・藤沢敏雄訳、現代思潮社）、『ファシズムの大衆心理』（平田武靖訳、せりか書房）

本書が学術論文でないため、読者に煩雑になることを避けることもあって、いちいち当該個所を記さなかったが、改めて著者、翻訳者、出版社に、その労をねぎらい、厚くお礼を申し上げたい。私自身も経験があるが、翻訳という作業は、人様の書いたもの、書こうとしていたものを忠実に再表現しなければならないものである以上、自分のオリジナルを書き下ろすより幾十倍も大変な苦労を伴うものであり、労多くして実少ないこの苦役に献身された人にはただただ頭の下がる思いである。ほとんど報われることのないのが翻訳だが、この苦労があればこそ、文化を広め、深め、進められるのである。人々の生活を豊かにしてくれるのである。その意味でも、苦労してロレンスの名作を翻訳しながら、刑事犯罪人にされた作家・伊藤整の名誉を回復したい思いが、私にはつのるのである。

本書は最初、その前半部分を「読書雑感」のタイトルで時事通信労働者委員会機関紙『ＩＭＡＧＥ』（イマージュ）に発表、同時に同労組インターネット・ホームページにも掲載、さらに手を加えて木目は粗い形のままながら全体的に統一して雑誌『状況と主体』に連載し、その上でかなり手を加えて本書にまとめあげた。したがって、それぞれの段階で内容や表現が異なる場合があるが、本書が推敲を重ねた上での定本である。

このような事情から本書の原型は既に一九九八年にできあがり、同年末に社会評論社に原稿を渡したのだが、一九九九年にユーゴ動乱が本格化し、急いで日本人には分かりにくいバルカン情勢を解説するための原稿を書き下ろし、『ユーゴ動乱１９９９』として緊急出版することとなって、せっかく早く書いた本書を後回しにしなければならなくなってしまった。ということで二〇世紀最後の年に刊行することになった次第だが、せっかく遅れたからにはより充実したものにしようと、かなり手を加えた。新しい材料、新たに勉強した知識も加えて書き改めた個所も少なくない。序章と第三章は大幅に書き加えたり、かなりの分量を新たに書き加えた。当然のことながら補章は新規に書き下ろした。当初のデッサンからデフォルメにデフォルメを重ねる絵画作品の制作にも似た作業だった。アンリ・ジョルジュ・クルーゾー監督ドキュメンタリー映画作品『ピカソ天才の秘密』に描かれたピカソの、原形をとどめぬまでにデフォルメしていく創作作業に似ているなあ、とわれながら思わず苦笑したものである。

ここで若干お断りしておきたいことがある。月刊誌『状況と主体』に寄稿したいわば草稿に大幅に手を加えた元原稿ではあったが、そんな元原稿を出版社（社会評論社）に渡してから先ほど述べた理由によりゲラ（校正刷り）が出てくるまでおよそ一年半が経過した。この間の社会情勢の変化は予測の域を超えた急激なものだった。とりわけ少年犯罪が連続して多発し、誘拐、殺人、リンチ、恐喝……と、形、質ともに凶悪なものとなった。その一端は本書中にも触れておいたが、共通して言えることは、被害者を人間として見ずに、まるでおもちゃの人形を壊すように扱っているということである。私はこの現在進行形の問題を本書において避けて通れない、と考えた。そのためあるいは本書の主題からはみ出し、時には脱線し、本書の作品としてのリズムとバランスを崩すかもしれないとは思ったが、敢えて取り込んだ。このためいささか読み辛くなり、容易に理解することを妨げたかもしれない。このことをお詫びするとともにお断りしておきたいのである。

教育公害といわず少年犯罪といわず今日の子供たちの置かれている状況について、私は別稿でまとまったものを書いてみたいと思っているのだが、結論だけを一般的、抽象的に書けば、子供たちが人間性を奪われ、感情や思考を喪失され、圧し潰されて自己崩壊させられ、物と化さしめられた状況総体が今日の悲惨さを招来したと考えている。物が感情を持ったり、思考したり、思いやりや優しさを抱いたり、コミュニケートすることはありえない。だから物と化した子供たちが人間性を意識したり、人間関係を形成できるはずがない。子供たちは孤独に分断され、居場所もない。孤立した子供たちは時には単独で、たいていの場合にはグループで、まるで何かに取りつかれたかのように行動する。いじめという長年月にわたって形成されてきた土壌が子供たちの心理に微妙な影響を与え、催眠術にかけられたかのように行動する。物でしかない子供たちは感情を持たない殺人機械となる。遊ぶカネ欲しさのため凶行に及ぶ。悪口を言われたといっては残忍に殺害する。だが子供たちは、物と化しても人間である以上、完全に物と化しきることはできない。そんな子供たちの中には、殺人など凶悪な行為に走る単独犯に多く見られる現象だが、半分は自己を正当化するために、半分はいたって真面目に、そのような自分にされてしまった社会、とりわけ学校教育や周囲の扱いに恨みを抱き、確信犯として自らの心情を文章化さえする。

こうして人間崩壊させられた子供たちの悲惨な状況は、まさにロレンスが『チャタレイ夫人の恋人』の中で、告発し、弾劾し、予言したことではなかっただろうか。「セルロイド製の魂を持った死んだ魚」や「セルロイド人形」でしかない「ブリキ人間」たちがそうした子供たちの悲劇的社会をあくせくと造ってきたと言えよう。子供たちの世界の情景は「ブリキ人間」たち大人の物神崇拝世界の尖鋭な投影でもあるのだ。今日の子供たちの置かれた状況をどうしても本稿に取り込みたかったことが少しは理解してもらえただろうか。

本稿執筆に際し、友人の大槻則一、中村克、長沼節夫各氏に取材上の協力を受けた。お礼申し上げる。

また日本の裁判システムのおかしさを私に知らしめ、怒りに火を付けた「バカンス裁判」等で永年ご苦労をおかけしてきた内田剛弘、羽柴駿、渡辺博三弁護士には、改めて謝意を表したい。

本書刊行に当たり、いつものことながら社会評論社の松田健二社長に無理をきいていただき、お世話になった。ありがたいことである。

梅本浩志（うめもとひろし）
1936年滋賀県大津市生まれ。1961年京都大学文学部仏文科卒業。同年時事通信に入社。記者、編集委員。1996年定年退社。同社での業務とは別に海外ルポを中心とする独自の取材執筆活動を展開。現在フリー・ライター。時事通信労働者委員会所属。

主要著訳書

『寡占支配』（共著、時事通信社、1975年）
『ロッセリーニ』（マリオ・ヴェルドーネ原著、共訳、三一書房、1976年）
『ベオグラードの夏』（社会評論社 1979年）
『グダンスクの18日』（合同出版、1981年）
『ミッテラン戦略』（合同出版 1981年）
『「連帯」か党か』（ポーランド「連帯」労組等原著、共訳、新地書房、1983年）
『時代の狩人』（朝日出版社、1984年）
『企業内クーデタ』（社会評論社、1984年）
『ヨーロッパの希望と野蛮』（社会評論社、1985年）
『三越物語』（ＴＢＳブリタニカ、1988年）
『バカンス裁判』（三一書房、1989年）
『ワルシャワ蜂起1944』（ヤン・チェハノフスキ原著、筑摩書房、1989年）
『ワルシャワ蜂起』（共著、社会評論社、1991年）
『わが心の「時事通信」闘争史』（社会評論社、1996年）
『国家テロリズムと武装抵抗』（社会評論社、1998年）
『ユーゴ動乱1999』（社会評論社、1999年）

チャタレイ革命——エロスを虐殺した20世紀

2000年8月31日　初版第1刷発行

編　者　梅本浩志
装　幀　桑谷速人
発行人　松田健二
発行所　株式会社　社会評論社
東京都文京区本郷2-3-10 TEL.03(3814)3861／FAX.03(3818)2808
http://www.netlaputa.jp/~shahyo
印　刷　スマイル企画＋ピーアンドピーサービス
製　本　東和製本

ISBN4-7845-0388-9